ハヤカワ文庫FT

〈FT617〉

アトラス6

〔上〕

オリヴィー・ブレイク

佐田千織訳

早川書房

8919

日本語版翻訳権独占
早　川　書　房

THE ATLAS SIX
by
Olivie Blake

Translated by
Chiori Sada
First published 2023 in Japan by
HAYAKAWA PUBLISHING, INC.
This book is published in Japan by
arrangement with
TOM DOHERTY ASSOCIATES
through TUTTLE-MORI AGENCY, INC., TOKYO.

挿絵／鈴木康士

わたしに目いっぱい活を入れてくれた、物理学者の男の子と
夢見がちな女の子、そしてオリヴァー卿に。

目　次

下巻目次

アトラス6

〔上〕

登場人物

レイナ・モリ
REINA MORI
ナチュラリスト
エリザベス（リビー）・ローズ
LIBBY RHODES
物理術師
ニコラス（ニコ）・フェレール・デ・ヴァローナ
NICO DE VARONA
物理術師

トリスタン・ケイン
TRISTAN CAINE
幻術師

パリサ・カマリ
PARISA KAMALI
テレパス

カルム・ノヴァ
CALLUM NOVA
エンパス

アトラス・ブレイクリー……………………〈管理人〉
ダルトン・エラリー…………メディアン。案内役
エズラ・ファウラー……………………リビーの恋人
マックス
ギデオン ………………………ニコのルームメイト
エイリフ…………………………………ギデオンの母

はじまり

プトレマイオス王立アレクサンドリア図書館については、すでに世界じゅうが言及しており、もしかしたらそれは退屈な話だったかもしれない。この図書館が題材として限りなく魅力的であることは歴史が証明していた。その理由は、そこに収蔵されていた可能性があるもはや想像するしかないものへの執着か、集団になると特に物事を強く望む人間性か。一般的にいって、すべての人は禁じられたものを愛することができるし、ほとんどの場合、知識はまさにそれにあたる。失われた知識となればなおさらだ。退屈であろうとなかろうと、アレクサンドリア図書館に関していえば、誰もがなにかしらの憧れを感じる存在であり、わたしたちは常に遠い未知のものにきわめて敏感な種であった。

破壊される前の図書館には、四十万巻を超える歴史、数学、科学、工学、そして魔法に関するパピルスの巻物が収蔵されていたといわれている。多くの人は時間には一定した傾向があり、それが安定した成長と進歩の弧を描いているものと誤解しているが、歴史が勝者によって記されるとき、その語り口はしばしばその形をゆがめて伝えることがある。現実には、わたしたちが経験しているように、時間というものはたんなる干満にすぎず、直線的というよりは循環的だ。社会的風潮や不名誉とされることは変化し、知識が進む方向は必ずしも前とはかぎらない。魔法も同じことだ。

あまり知られていないことだが、アレクサンドリア図書館は、自らを守るために焼け落ちたのだ。それはふたたび蘇るために死んだのであり、その焼失をたとえるならば不死鳥というよりも、シャーロック的戦略であろう。ユリウス・カエサルが権力の座についたとき、古代のアレクサンドリアの〈管理人〉たちは、帝国が三本脚（服従、絶望、無知）の椅子にしかうまく座れないことをはっきりと悟った。また彼らは、世界が永遠に同様の専制政治の追求によって悩まされることになるのもわかっていた。それゆえ、そのような貴重な書庫を存続させるために慎重に隠さねばならないと決意したのだ。

実のところ死と消失は、新たに出直すための常套手段だった。この再生は完全に、図書館が自らの秘密を守れるかどうかにかかっていた。メディアンたち——魔法人口のなかでも特に学識のあるものたち——は、その世話をする義務を受け入れるかぎりにおいて図書館の知識を利用することが許された。図書館の焼け跡から育った〈協会〉では、そのメンバーであることの特権は、その責任と同様、比類なきものだった。世界が持つすべての知識が彼らの指先に存在し、その見返りとして彼らは、それを育み成長させるだけでよかった。

　世界が広がるにつれ――バビロン、カルタゴ、コンスタンティノープルの図書館を越えて、帝国主義や帝国の支配によって失われたイスラムやアジアの図書館の蔵書にまで拡大していくにつれ――アレクサンドリアの書庫も拡大し、メディアンの影響力が増大するにつれ、いわゆる〈協会〉自体も拡大した。十年ごとに新入会員候補が選ばれて新しいクラスができ、彼らは一年をかけて訓練を受け、書庫の機能や最終的に一生ものの技になるであろうことを学んでいった。一年のあいだ、〈協会〉に選ばれたものたちはそれぞれ、書庫とその蔵書に囲まれて暮らし、食べ、眠り、呼吸した。そしてその一年の終わりに、六人の有望な候補者のうち五人が入会した。彼らは図書館でさらに一年間、徹底して独自の研究を続けたのち、とどまって研究者として仕事を続ける機会を――あるいはこちらを選ぶ傾向が強いが、新たな雇用の申し出を受ける機会を与えられた。〈協会〉の会員であるアレクサンドリアンたちは、政治指導者や後援者、ＣＥＯ、大きな賞の受賞者などになるのが一般的だった。入会式を終えたアレクサンドリアンを待っていたのは、富、権力、名声、そして夢に見たこともないような知識だった——それゆえ、選ばれて入会式の席につくことは、限りない可能性に満ちた人生の第一歩だった。

　これが、ダルトン・エラリーが直近の候補者クラスに伝えたことだった。彼らは誰も、なぜ自分たちがその場にいるのか、なにを競うことになるのか、知らされていなかった。おそらく彼らはまだ、その部屋に立っているからといって、ダルトン・エラリー自身が、今後何世代にもわたってふたたび出会うことはないであろうたぐいまれな熟練のメディアンであり、ほかに考えられる数多くの選択肢のなかからこの道を選んだ人物だということを、把握していないようだった。彼らと同様、ダルトンもまた、かつて自分がなっていたかもしれない人物、自分が生きていたかもしれない人生——それはいまとくらべれば、十中八九ありふれたものだったはずだ——を捨て去っていた。彼はなんらかの職業に、ひょっとすると儲かりさえしたかもしれず、なんらかの役に立つ形で常人の経済に組みこまれてはいるが、〈協会〉の申し出を受け入れたおかげで目にしたものとはまったく無縁の、そんな職業に就いていただろう。自分ひとりでも並外れた魔法を使っていたかもしれないが、桁外れの魔法を使うにはいたらなかったはずだ。そして必然的に、すべての人間が最終的にはそうなるように、日常的なあれこれに、日々の骨折りに、退屈に屈していたことだろう——しかしこの道を選んだいま、その心配はないはずだ。十年前にこの部屋で席について以来、もう二度とその危険を冒すことはないであろう数多くの事柄のなかには、わずかな収入で送るささやかな暮らしも含まれていた。

　ダルトンは彼らの顔を眺め、自分が送っていたかもしれない人生、このような……富を、永遠の栄光を、比類のない知恵を提供されることがなければ、彼ら全員が送っていたかもしれない人生を、ふたたび想像した。ここで彼らは、世界が何百年、何千年ものあいだ、それ自体から隠してきた秘密を解き明かすだろう。ふつうの目にはけっして見えず、劣った頭脳にはとても理解できない物事を。

　ここ、この図書館で、彼らの人生は変わるだろう。この場所で、以前の彼らは図書館それ自体のように、再構築されるだけのために破壊され、〈管理人〉とアレクサンドリアン、そして交差することのなかった人生や選ばれることのなかった道の亡霊以外にはけっして見えない影のなかに、隠されることになるのだ。

　ダルトンは、偉大であることは簡単ではないとはいわなかったし、偉大さはそれを担うことに耐えられないものにはけっして与えられることはない、とつけ加えもしなかった。たんに図書館について、入会式への道のりについて、そして手の届くところにあるもの――もし彼らに手をのばしてそれをつかむ勇気がありさえすれば――について語った。

　当然のことながら、彼らは魅了された。ダルトンは物事に、アイデアに、対象に命を吹きこむのがとてもうまかった。それは繊細な技だった。あまりに繊細なので、まったく魔法らしくなく、そのことが彼を並外れた学究の徒にしていた。実際、そのことが彼を、新しいアレクサンドリアンのクラスにとって最適な顔にしていたのだ。

話しはじめる前でさえ全員が申し出を受け入れることは、ダルトンにはわかっていた。実のところ、それは形式的手続きだった。〈アレクサンドリアン協会〉の誘いを辞退するものはいなかった。たとえ関心がないふりをしているものたちも、抵抗することはできないだろう。彼らが人生の次の一年を生きのびるために必死に戦うことが、彼にはわかっていた。そしてもし彼らが〈協会〉の見こんだとおり、揺るぎなく、有能であれば、そのほとんどは生きのびるだろう。

彼らのほとんどは。

この物語の教訓はこうだ。

素手で立ち向かってくるものには気をつけろ。

もし相手に標的として見られていなければ、自分は武器だと思って間違いない。

I

武器

リビー

五時間前

リビー・ローズがニコラス・フェレール・デ・ヴァローナに初めて出会った日は、偶然にも、それまで使い途のなかった「頭にくる」という言葉が、いまでは彼の近くにいる感覚を説明するのに考えつく唯一の表現であることを発見した日でもあった。それはリビーが学部長であるブリッケンリッジ教授のオフィスで、数世紀前のカーテンの裏地に誤って火をつけてしまった日のことで、そのたった一度の事故はリビーのニューヨーク魔術大学《NYUMA》への入学と、ニコに対する永遠の憎しみの両方を確定的にしていた。あの日以来ずっと、リビーはむだに自制心を働かせようとしてきた。

その激しさはさておき、ついにそうした日々も最後ということで、今日はまったく違うものになるはずだった。どこかで偶然出くわせば、ふたりとも猛烈な勢いで相手を無視するだろうとリビーは確信していたが――なんといってもマンハッタンは大都会で、おたがいになんとしても関わりあうまいとする人たちであふれていた――そんなことでもなければ、彼女とニコはついに別々の道を進むことになっており、ふたたびニコ・デ・ヴァローナとともに働くはめになることはけっしてないだろう。その朝、リビーはそれを思うとほとんど歌いださんばかりで、恋人のエズラはそんな彼女の様子を、クラスでトップの成績で卒業すること（ニコと同点だったが、そこに注目する必要はない）、あるいはＮＹＵＭＡ卒業生総代のスピーチをすること、といった式典のより直接的な事柄からきているものと思っていた。もちろんどちらの栄誉も軽視することはできないが、それ以上に彼女が魅力を感じていたのは、近づいてくる時代の新しさだった。

　今日はリビー・ローズがニコ・デ・ヴァローナを目にするであろう最後の一日であり、ニコに侵されることのない、より単純でより上質な人生の夜明けを迎え、彼女はこれ以上はないというほどはしゃいでいた。

「ローズ」ニコが学位授与式の舞台上で彼女に声をかけ、隣の席に座った。ニコは舌の上でビー玉を転がすように彼女の姓を発音してから、いつものようにふざけて空気のにおいをくんくん嗅いだ。一部のものにとっては、彼の日に焼けたえくぼや完璧ではないところが魅力的な鼻（ちょうどいい具合に折れていた）は、目立って高いわけではない身長や数え切れない性格の欠点を充分補っていた。リビーにとっては、ニコ・デ・ヴァローナはただの優れた遺伝的特徴と、どんな人間の男にもふさわしくないほどの自信のかたまりだった。「ふむ。妙だな。煙臭くないか、ローズ？」

ああ面白い。爆笑。

「気をつけて、ヴァローナ。この講堂が断層線の上にあることは知ってるでしょう？」

「もちろんさ。なにしろこの先一年、その上で働くことになってるんだから、知ってて当然だろう？」彼は思いに耽《ふけ》るようにいった。「それはそうと、特別研究員になれなくて残念だったな」

その言葉は明らかに彼女をいらつかせるためのものだったので、リビーは返事をするかわりに集まった人たちに目を凝らすという模範的な判断をした。講堂はこれまでに見たことがないほどの人で埋め尽くされており、卒業生とその家族でバルコニー席までいっぱいで、玄関ホールにもあふれ出していた。

リビーは遠くからでも、上等のブレザーを着た父親を見つけることができた。それは彼が少なくとも二十年前に結婚式のために購入し、それ以来、気楽なものからそこそこ改まったものまで、正式な行事の際には必ず着てきたものだった。リビーの両親は中程の列の中心からほんの少し外れた席に座っていて、ふたりの姿を目にした一瞬、リビーは抑えきれない愛情を感じた。もちろん両親にはわざわざこなくてもいいと伝えてあった。不便だから、とかなんとか。しかし彼女の父親はブレザーを着てここにいた。母親は口紅を塗っていて、彼らの隣の席には——

なにもなかった。リビーがその空席を意識したちょうどそのとき、ハイトップスニーカーを履いた十代の少女が、杖をついた誰かのお祖母さんをかわし、その場の人たちみんなに反体制的なしかめ面を向けながら、列のあいだを縫うように進んできた。そこまでタイミングよくふたつのことがそろったのは、不思議なことだった。若者らしいどこか退屈そうな雰囲気（そのわりにはストラップレスドレスを着ている）と、両親の隣にある空っぽの椅子。一瞬、視界が揺らぎ、リビーは突然目が見えなくなるのではないか、涙があふれるのではないかと心配になった。

幸いどちらにもならなかった。ひとつには、もしキャサリンがまだ生きていれば、彼女はもう十六歳であるはずがないからだ。なぜかリビーは姉の歳を追い越してしまい、どういう計算をすればそうなるのか理解できないまま、いまではそのことは古傷になっていた。もはや致命傷ではない。むしろかさぶたをいじるようなものだ。

リビーがマゾヒスティックに考えこみすぎる前に、通路に別の動きがぼやけて見えた。見慣れたぼさぼさの黒い巻き毛のとさかが、謝った拍子にぴょこんと上下に動き、空席に落ち着いた。偶然にもリビーがその週に洗濯して色落ちしなかった一枚きりのセーターを着たエズラは、キャサリンがいるはずだった穴を埋め、身を乗り出してリビーの父親にプログラムを手渡し、母親にティッシュを差し出していた。しばらく礼儀正しいおしゃべりをしたあと、彼は目を上げて舞台上を捜し、リビーを見つけると、ちらっと気づいた素振りを見せた。そして声に出さずにいった。「ハイ」

　キャサリンの不在による古い痛みが治まり、安堵に変わった。彼女ならこんなことはいやがっただろうし、リビーのドレスや、たぶん髪型も気に入らなかっただろう。

「ハイ」リビーは声に出さずにそう答え、お返しにエズラの見慣れたゆがんだ笑みを受け取った。彼はいつも間食をしているわりには痩せこけているといってもいいほどの細身で、見た目の印象よりも背が高い。その身のこなしはほとんどネコのようで、彼女はその優雅さが好きだった。その落ち着きが。それはリビーを安心させてくれた。

　あまり励まされることではなかったが、彼女の視線をたどっていたニコが、一瞬だけ口の端を引きつらせて笑い声をあげた。「そうか、ファウラーもきてるんだな」

　ありがたいことに少しのあいだニコの存在さえ忘れていたリビーは、エズラのことに触れられて苛立った。「どうして彼がここにいたらおかしいわけ？」

「ああ、理由はないんだ。そろそろきみはレベルアップしてるかもしれないと思っただけさ、ローズ」

のせられちゃだめ、のせられちゃだめ、のせられちゃだめ――

「実をいうと、エズラは昇進したばかりなの」彼女は冷静にいった。

「凡才から秀才にか？」

「ちが――」

リビーはいったん言葉を切り、片方の拳を握りしめると黙って三つ数えた。

「いま彼はプロジェクトマネージャーなの」

「それはそれは」ニコは皮肉っぽくいった。

リビーがさっとにらみつけると、彼は笑みを浮かべた。「実に素晴らしいな」

「あなたのネクタイ、曲がってる」無表情に教えてやると、ニコが反射的にネクタイをまっすぐにしようと手をやった。「家を出るときにギデオンはなおしてくれなかったの？」

「なおしてくれたけど――」ニコがぐっとこらえて途中で口をつぐむ一方で、リビーは静かに自身の成功を祝った。「実に面白いな、ローズ」

「なにが面白いの？」

「ギデオンがぼくの乳母だなんて、大笑いだ。ちょっとした新機軸だな」

「えっ、エズラをばかにするのが突然画期的なことになったみたいに？」

「ファウラーの力量不足の話題がいつまでも色褪せないのは、ぼくのせいじゃないぞ」ニコはそう答えた。もし自分たちがクラスメイト全員や、大勢の教職員の目の前にいるという事実がなければ、リビーはさらにひと呼吸おいて意識を集中するかわりに、なんであれ自分の能力に強いられるままに行動することを考えていただろう。

あいにくニコ・デ・ヴァローナの下着に火をつけることは、容認できない行為とみなされていた。

今日で最後なんだから、とリビーは自分に言い聞かせた。ニコとの最後の日。

彼にはなんでも好きなことをいわせておけばいい、どうせなんの意味もないんだから。

「スピーチのほうはどんな具合だい？」ニコが尋ねると、彼女は目を丸くしてみせた。

「まるでわたしがあなたに相談するみたいじゃない」

「それがどうしていけないんだ？　きみがあがり症なのは知ってるからな」

「わたしは――」もうひと呼吸。念のためにふた呼吸。「わたしはあがり症じゃない」今回リビーは、どうにかさっきより冷静になった。「それに、たとえそうだとしても、わたしを助けるために正確にはなにをしてくれるわけ？」

「ああ、ぼくが協力を申し出てると思ったのか？　申し訳ない、そんなつもりじゃなかったんだ」

「自分がスピーチをする役に選ばれなかったからって、まだ落ちこんでるの？」

「よしてくれよ」ニコは小声でばかにしたようにいった。「卒業式のスピーチを誰がやるべきかなんてばかばかしい投票に、誰も時間をむだにしなかったのは、おたがいわかってることだろう。ここにいる連中の半分はもう酔っ払ってる」たしかにそれは、リビーがこれまで認めたことがないほど彼の指摘どおりだったが、一方でそれが彼にとって不愉快な話題だということも、彼女にはわかっていた。ニコは好きなだけ気にしていないふりをすることができたが、その話題を重視していようといまいと、リビーに負けることをけっして面白く思っていないのはたしかだった。

なぜわかるかといえば、彼の立場なら自分もまったく同じように感じていたはずだからだ。

「へえ？」リビーは面白がって、嫌味っぽくいった。「もし誰も気にしてなかったんなら、どうしてわたしが勝ったの？」

「それは投票したのがきみだけだったからさ、ローズ。きみはぼくの話を聞いてもいないみたい――」

「ローズ」卒業式の舞台上にいる彼らのまわりを人々が列になって次々に通り過ぎるなか、ふたりの席のかたわらを颯爽と進みながら、ブリッケンリッジ学部長が声をかけた。「ヴァローナ。あなたがたにこれから一時間、礼儀正しくしていてもらうのは、無理な注文ですか？」

「教授」彼らは無理やりそっくり同じ笑みを浮かべてそろって挨拶を返し、ニコは思わずネクタイをもう一度いじった。

「まったく問題ありません」いくらニコでも異議を唱えるほどばかなことはしないだろうとわかっていたので、リビーは学部長に請けあった。「すべて順調です」

　ブリッケンリッジが片方の眉を上げた。「それでは、今朝は何事もなく進んでいると？」

「流れるように」ニコが例の魅力的な笑みをちらりと見せながらいった。実は彼のいちばん悪いところは、リビー以外の誰に対してもそんなふうに愛想よくできることだった。ニコ・デ・ヴァローナは全教員のお気に入りだった。同級生はといえば、誰もが彼のようになりたい、彼とつきあいたい、せめて友だちになりたいと思っていた。

　なんらかの大いに客観的できわめて寛大な感覚でとらえれば、リビーにはそれがどれほど当然なことであるかが理解できた。ニコは実に不公平なほど魅力的で、リビーがどんなに賢くても、どんなに才能に恵まれていても、学生も教授陣も彼女よりニコに好感を抱いていた。彼がどんな才を持っているにせよ、それはミダス王の手のようなものだった。ニコはつまらないものを苦もなく金《きん》に変える能力、技術というより反射神経を持っていて、才能ある研究者のリビーはけっしてそれを身につけることはできなかった。気安い魅力というニコのブランドには、研究のための指標、適合性を表す識別可能なしるしはなかった。

またニコには、実は自分がなにをいっているのかまったくわかっていないのに、わかっているように人々に思わせるという、とんでもない能力があった。ときにはわかっていたかもしれない。しかし間違いなく、いつもではなかった。

ニコの能力不足のあれこれより悪いのは、彼が手に入れたもの、リビーがほんとうにほしかった――彼女が認めることはけっしてないだろう――仕事だった。たしかにマンハッタン一《いち》の魔法ベンチャーキャピタリスト会社に採用されたのは、けっして小さなことではなかった。リビーは革新的なメディアンのテクノロジーに資金を提供し、成長と社会的資本の膨大な可能性を秘めた刺激的アイデアのポートフォリオから選択することができるのだ。いまは行動のときだった。世界は人口過密で、資源は枯渇し、乱用され、代替エネルギー源はかつてないほど必要不可欠になっていた。この先、彼女はメディアンの発展の構造そのものを変える――世界経済全体の進行方向を変えるために、こちらの新興企業を、あるいはあちらの企業を選ぶ――ことができるだろうし、そうすることによって高額の報酬を得ることもできる。しかし彼女が望んでいたのはNYUMAの特別研究員の地位であり、もちろんそれは無条件でニコのものになっていた。

ブリッケンリッジ教授が席に着き、ニコが理性的なふりをするなか、リビーは自らの至福の未来に思いを巡らせていた。そこでは物事が常にふたりの争いに行き着くことはないのだ。この四年間、ニコは彼女の人生の逃れられない要素であり、なにかの厄介な退化した器官のようだった。元素を使いこなす物理的メディアンはまれな存在で、実際、彼らふたりしかいないほど珍しかった。四年という長くつらい年月、ふたりは休む間もなくあらゆるクラスに一緒に押しこまれ、彼らの卓越した能力の規模に匹敵するのはおたがいに対する反感の強さだけだった。

自分のやりたいようにやることに慣れていたニコにとって、リビーはとにかく煩わしい存在だっただろう。出会った瞬間から、リビーは彼を独りよがりで傲慢だと感じ、面と向かってそういうのをためらわなかったし、ニコ・デ・ヴァローナが誰よりも嫌いなのは、ひと目見ただけで自分のことを崇拝しない相手だった。おそらくそれは、彼が負った初めてのトラウマだったはずだ。彼のことだから、自分の足元にひれ伏さない女性が存在すると思うと、夜も眠れなかったにちがいない。しかしリビーの事情は、はるかに複雑だった。ふたりが性格的にまったく合わなかったとはいえ、ニコはただの平均的なろくでなしよりもはるかにたちが悪かった。それに彼は、リビーが手に入れ損ねたあらゆるものを思い出させる、不愉快で、階級差別的な人物でもあった。

ニコは有名なメディアンの一族の出で、幼い頃からハバナの豪華な宮殿（と彼女は思っていた）で個人的に訓練を受けていた。リビーはといえば、ピッツバーグ郊外の出身で、その家系にはメディアンどころか、とりたてていうほどの魔法使いさえおらず、ブリッケンリッジ学部長の仲介でNYUMAにくるまでは、コロンビア大学に進学するつもりだった。彼女は基本的なメディアンの原理をなにも知らず、魔法理論のあらゆる面で出遅れており、ほかのみんなの倍は頑張ったが――その努力はこういわれて片づけられるのが落ちだった。**はい、とてもよくできたわ、リビー……それでは今度はニコ、あなたがやってみたらどうかしら？**

ニコ・デ・ヴァローナにはこの気持ちはけっしてわからないだろう、とリビーはまた思った。数え切れないほどそうしてきたように。ニコはハンサムで、頭がよくて、魅力的で、金持ちだった。リビーは……そう、強力だった。彼と同じくらい強力で、その優れた自制心を考えれば、時がたつにつれてさらに強力になりそうだったが、魔法的な達成基準としてのニコ・デ・ヴァローナとともに過ごした四年間で、リビーは自分が不当に評価されていることに気づいていた。もし彼がいなければ、リビーは自分の学習を楽々とこなし、退屈にさえ感じていたかもしれなかった。ライバルはおろか、同等の相手さえいなかったことだろう。結局のところニコがいなければ、実力で彼女と肩を並べられるものが果たしていただろうか？

誰もいない。リビーはどんなものであれ、自分やニコの物理的魔法の技量に近いものを持つ相手には、一度も会ったことがなかった。彼がほんの少しかっとなったことで起こる小さな振動は、より能力が劣るメディアンなら、それを無から生み出すために四時間がかりで大変な努力をする必要があっただろうし、同様にリビーが起こしたただの火花は、NYUMAに入学するための奨学金全額と、その後の実入りのいい正規雇用を確保するのに充分なものだった。その種の力は尊敬され、もし彼らのどちらかが唯一の存在であれば――初めて彼らはそうなるわけだが――称賛すらされていたところだ。比較対象になるニコが横にいなければ、リビーはようやく目立つために死ぬほど自分を追いこむことなく、自由に才能を発揮できるようになるだろう。

実際、それは奇妙な考えであり、妙に寂しかった。だがそれでも、とにかくわくわくした。

足の下にかすかなゴロゴロいう響きを感じたリビーはちらりと目をやり、ニコが物思いに耽っているのに気づいた。

「ちょっと」リビーは彼をそっと肘で突いた。「やめてよ」

ニコはうんざりしたような目つきで彼女を見た。「いつもぼくだとは限らないんだよ、ローズ。ぼくは山火事をきみのせいだと触れまわったりしないぞ」

リビーは目を丸くしてみせた。「地震とヴァローナの癇癪《かんしゃく》の違いはわかってる」

「気をつけろよ」ニコは警告し、彼女の両親の隣に座っているエズラのほうにさっと視線を飛ばした。「またぼくらが大げんかしてるところをファウラーに見られたくないだろう？　誤解されるかもしれない」

まったく、またこれだ。「わたしの恋人に執着するのは子どもじみてるって、自分でもわかってるんでしょう、ヴァローナ？　あなたにふさわしくない」

「なにがぼくにふさわしくないかをきみが考えてるとは、気づかなかったな」ニコは物憂げに答えた。

舞台の反対側から、ブリッケンリッジが彼らに警告の視線を投げた。

「もういいかげんにして」リビーはつぶやいた。ニコとエズラは、エズラがNYUMAを卒業するまでの二年間、ずっとおたがいをひどく嫌っていて、それはたまたま、ニコの彼女に対する反発とは別問題だった。ニコは生まれてこのかた困難に直面したことがなかったから、エズラの回復力の複雑さは彼にとってはどうでもいいことだった。リビーとエズラはどちらも喪失感を理解していた。エズラは子どもの頃に母親を亡くし、親も家庭も失っていた。一方でニコは、おそらく自分でトーストを焼いたことさえなかった。「念のためにいうけど、あなたとエズラは二度と顔を合わせる必要はないんですからね。わたしたちは」リビーは遅ればせながらいいなおした。「二度と顔を合わせる必要はないの」

「そんなに悲しいことみたいにいうなよ、ローズ」

リビーがにらみつけると、ニコは彼女に顔を向けて薄笑いを浮かべた。

「煙はどこかな?」彼がつぶやくと、リビーはまた嫌悪感が押し寄せてくるのを感じた。

「ヴァローナ、ちょっと――」

「――ここに謹んで卒業生共同総代をご紹介します。エリザベス・ローズ!」卒業式の司会者の声がして、リビーが顔を上げると、いまや出席者全員が期待を込めて彼女を見つめていた。エズラが群衆のなかから彼女に少し顔をしかめてみせているのは、彼女がまたしてもニコと口げんかをしているのを見ていたのだろう。

リビーは無理に笑顔をつくって立ち上がり、出ていくときにニコのくるぶしを蹴飛ばした。

「髪に触らないようにな」ニコがつぶやくようにそう声をかけたのは、もちろん切り下げた前髪を気にさせるためで、彼女が用意した全部で二分間のスピーチのあいだ、それはいまにも目に入りそうだった。彼女をいらいらさせる、ニコのちょっとした魔法のひとつだ。

スピーチそのものは上出来（たぶん）だったが、それが終わる頃には、リビーはニコをもう一度蹴飛ばしたくてたまらなくなっていた。そのかわりに彼女は自分の席に戻り、およそ二十分後には永遠にニコから解放されて、いかに素晴らしい人生が待っているかを自分に言い聞かせた。

「よくやったわ、ふたりとも」ブリッケンリッジ学部長が皮肉っぽくいって、舞台を下りる彼らと握手した。「最後まで何事もなく卒業式が終わるとは、感動的ですよ」

「ええ、ぼくたちはとても感動しています」リビーならひっぱたくような口調でニコが同意したが、ブリッケンリッジはおかしそうに小声でくすくす笑い、好意的に首を振っただけで、リビーとニコが階段を下りるのと同時に反対の方向へ離れていった。

卒業生とその招待客の群れのところにさしかかったところで、リビーはなにかひどい言葉を考え出そうと足を止めた。最後の破壊的な別れ際の呪いの言葉を。なにか、彼女が永遠にニコの人生から歩み去るときに、彼の頭から離れなくなるような言葉を。

しかしそのかわりに、リビーは彼に手を差し出し、大人になろうと決めた。

礼儀正しく。

ほかにもいろいろ。

「それじゃあ。よい人生を」リビーがいうと、ニコは疑わしげにちらりと彼女の掌を見た。

「それがきみの考えてた台詞なのか、ローズ？」彼は口を尖らせて尋ねた。「おいおい、もっとましなことがいえるだろう。シャワーのなかで練習してたのはわかってるんだからな」

　まったく、頭にくるやつだ。「いまのは忘れて」彼女はそういって手を引っこめ、出口に続く通路のほうへくるりと向きを変えた。「二度と顔も見たくないわ、ヴァローナ」

「よくなった」ニコが投げやりな拍手とともに、後ろから声をかけた。「ブラーヴァ、エリザベス――」

　リビーは拳を握ってくるっと振り向いた。「それで、そっちの台詞はなんだったわけ？」

「まあ、いまさらいってもしかたないんじゃないか？」ニコはにやりとしていったが、それは自己満足の気取った笑みに近かった。「きみにあれこれ考えさせるだけにしようかな。ほら」ニコは一歩彼女に近づきながら、つけ加えた。「ファウラーとの退屈な人生の道のりで、なにかで頭をいっぱいにする必要があるときのためにさ」

「ほんとにあなたって最低ね」リビーはぴしゃりといった。「お下げを引っ張るなんて、そそられない。十年後もあなたにはギデオン以外にネクタイを選んでくれる人はいないだろうし、いっておくけど、わたしはこれっぽっちもあなたのことを考えるつもりはないから」

「きみのほうは十年後には、三人の赤ちゃんファウラーで手いっぱいだろうな」ニコはいいかえした。「見るからにぱっとしない夫に夕食はまだかと訊かれながら、自分のキャリアはいったいどうなったんだろうと思ってるさ」

またはじまった。

頭にくる。

「ヴァローナ、もう二度と会うことがないなら」リビーは小声で息巻いた。「そう決めつけるにはまだ早すぎ――」

「失礼」そばにいた男に声をかけられ、ニコとリビーはそろって食ってかかった。

「なにか？」ふたりが声をそろえてきつい口調で尋ねると、何者であるにせよ、その男は笑みを浮かべた。

肌の色は浅黒く、髪を剃った頭がかすかに光り、四十代くらいのようだ。男は徐々に少なくなっていく卒業生の群れのなかで目立っていた。その物腰から服装（ツイード、それもタータンチェックがアクセントになっている正真正銘のツイード）まで、いかにも英国的で、かなりの長身だ。

それに、とんでもなく浮いていた。

「ニコラス・フェレール・デ・ヴァローナとエリザベス・ローズだね？」男は尋ねた。

「もしよければ、きみたちにひとつ申し出をさせてもらいたいのだが」

「仕事なら間に合ってます」ニコが当然示すはずの貴族的な反応を待つのがいやで、リビーは苛立たしげに伝えた。「それにもっと重要なことに、いまわたしたちは取りこみ中なんです」

「なるほど、そのようだ」男は面白そうに答えた。「しかし、こちらもスケジュール的に厳しくてね。それにこういってはなんだが、この申し出に関していえば、わたしにはほんとうに最高の人材が必要なのだよ」

「それで正確には、ぼくたちのどちらがそうだと？」ニコがそう尋ね、一瞬見せた根拠のないうぬぼれに対するリビーの険しい視線を受け止めながら、左腕に傘を引っかけて待っている男のほうを向いた。「もちろん、その最高の人材というのが――」

「きみたちふたりともだ」男が請けあうと、ニコとリビーは当然そうだろうといわんばかりに、むきになって顔を見合わせた。「それとも、ことによるとひとりか」男は肩をすくめ、リビーは興味がないにもかかわらず、わずかに顔をしかめた。「どちらが成功するかは、わたしではなくきみたち次第だ」

「成功する？」自分がしゃべっていることにまだ完全には気づかないうちに、リビーは尋ねた。「それはどういう意味ですか？」

「枠は五人分しかないのだよ」男はいった。「選ばれているのは六人。世界最高の人々だ」彼はつけ加えた。

「世界ですか？」リビーは疑わしげに訊き返した。「それはかなり大げさに聞こえますけど」

　男は首を傾げた。

「喜んでわれわれのパラメーターの正しさを証明しよう。現在の世界の人口は百億近い、そうだね？」彼が促すと、リビーとニコはふたりとも少し戸惑いながら、用心深くうなずいた。「より具体的にいえば、九十五億人で、そのうち魔法が使えるものはごくわずかだ。魔法使いに分類することができるのはおよそ五百万人。そのなかでメディアン級の魔法使いであると確認され、世界じゅうに散らばる教育機関で大学レベルの訓練を受ける資格があるのは、わずか六パーセント。ここのような最高峰の大学に入学できるのは、そのうちの十パーセントだけだ」男はそういいながら、周囲のNYUMAの校旗を身振りで示した。

「彼らのなかでごく少数——一パーセントかそれ未満——がわが選考委員会の検討対象になるわけだが、その大多数は見向きもされずに落とされる。そうやって残るのは三百人。その三百人の卒業生のうち、専門性、学業成績、性格等において、必要な資質を備えている可能性があるのは、わずか十パーセントのみだ」

　三十人。ニコはリビーに、きみが計算してるのはわかってるぞ、というような気取った表情を見せ、リビーのほうは、どうせあなたは計算してないんでしょう、というような軽蔑的な表情を返した。

「もちろん、そこからが本番だ——ほんとうの選抜だよ」男はあつらえ物のツイードのスーツが示唆する、くつろいだゆとりのある態度で続けた。「どの学生が最も希少な魔法を持っているか？　最も探求心旺盛なのは？　きみたちの特に優秀なクラスメイトの大半は、会計士、投資家、魔法弁護士として、魔法経済に貢献することになるだろう」彼はふたりに告げた。「ことによるとごくひと握りのものは、ほんとうに特別ななにかを生み出すかもしれない。しかし並外れた才能があるとみなされるものは全部で三十人しかおらず、扉をくぐるよう招かれるほどまれな存在は、そのうちのわずか六人なのだ」

　男はかすかに笑みを浮かべた。「もちろん、一年が終わるまでに、そこから歩いて出てくるのは五人だけだ。しかしその問題は、これからじっくり考えればいい」

　選考のパラメーターに少しあっけにとられていたリビーは、ニコが先に口をきくのを許してしまった。

「ローズやぼくより優秀なものが四人いるというんですか？」

「わたしは同程度に素晴らしい才能を持つものが六人いると思っているのだよ」まるでそこまではすでに認められていることだといわんばかりに、男は暗唱するような口調で訂正した。「そのなかで、きみたちは資格を与えられるかもしれないし、与えられないかもしれない」

「すると、わたしたちを競いあわせたいということですか」リビーはさっとニコに視線を投げながら、不機嫌にいった。「もう一度」

「それにほかの四人ともね」男は同意し、ふたりそれぞれに名刺を差し出した。「アトラス・ブレイクリーだ」彼が名乗ったとき、リビーはちらりと視線を落として名刺を見た。

アトラス・ブレイクリー　**〈管理人〉**。「さっきいったように、わたしはきみたちにある申し出をしたい」

「なんの管理人ですか？」ニコが尋ねると、そのアトラスという男は彼に愛想よく微笑んだ。

「一度に全員に説明するほうがいい。申し訳ないが、説明はかなり長くなるし、この申し出は数時間で失効してしまうのだ」

　衝動で動くことがほとんどないリビーは、用心深く反対の姿勢を保った。「ご自分の申し出がどういうものかを、わたしたちに教えるつもりもないというんですか？」彼の勧誘の仕方がむだにこそこそしているように思えて、彼女は尋ねた。「いったいどうしてわたしたちが、それを受け入れることに同意するというんです？」

「まあ、そこのところは実際にはわたしが決めることではないからね」アトラスは肩をすくめながら、思わせぶりにいった。「とにかくさっきもいったように、わたしのスケジュールはかなり厳しいのだ」彼がふたりにそう告げて傘を腕に引っかけたとき、いまや仲間にはぐれた数人にまで減った群衆の残りが、通路を空けはじめた。「標準時間帯というのは厄介な問題でね。わたしはきみたちのどちらに期待すればいいのかな？」彼があてつけがましくふたりを交互に見ながら尋ねると、リビーは顔をしかめた。

「それはわたしたち次第だといいませんでしたか？」

「ああ、そうとも、もちろん、最終的にはね」アトラスはひとつうなずいていった。「たんにわたしは、ふたりとも別々の道を進みたくてしかたないようだから、招きを受け入れるのはきみたちのうちひとりだけだろうと思ったのだよ」

リビーとニコの視線がぶつかり、ふたりともむっとした顔をした。

「それで、ローズ？」ニコがいつもの人を小ばかにしたような調子でいった。「きみの口からこの人に、ぼくのほうが優秀だといいたいかい、それともぼくがいうべきかな？」

「リブス」後ろから声がして、エズラが彼女に駆け寄ってきた。彼のくしゃくしゃの黒髪をちらりと見ると、リビーは無理にくつろいだ表情を浮かべようとした。ニコのこととなるといつもやってしまうように、どうしようもなく理性を失ってなどいなかった、とでもいわんばかりに。「準備はいいかい？　お母さんが外で待って――」

「ああ、やあ、ファウラー」ニコが尊大な笑みを浮かべ、エズラに顔を向けた。「プロジェクトマネージャーになったんだって？」

リビーは内心たじろいだ。もちろん彼の口調には侮辱の響きがあった。それはどんなメディアンにとっても名誉ある地位だったが、ニコ・デ・ヴァローナはただのメディアンではなかった。彼はなにか大きな、なにか……注目すべきものになるだろう。

彼は世界で最も優れた六人のうちのひとりだった。

世界で。

そして彼女もそうだった。

でも、なんのための？

リビーが瞬きして考え事からはっとわれに返ると、ニコはまだしゃべっているところだった。

「――取りこみ中なんだ、ファウラー。ちょっと待ってもらえないかな？」

エズラが顔をしかめて、警戒するような視線をリビーに向けた。「きみは……？」

「大丈夫」彼女はエズラに請けあった。「ただ……ちょっと待って、いいでしょう？　ちょっとだけ」そう繰り返しながら彼を肘で突いて遠ざけると、アトラスのほうに向き直り、遅ればせながら、エズラにはそこにほかの誰かが立っているのに気づいた様子がなかったことに気づいた。

「それで、ニコラスは？」アトラスが期待に満ちた表情でニコに尋ねていた。

「ああ、どうかニコと呼んでください」ニコはアトラスの名刺を素早くポケットにしまい、気取った満足そうな目つきでリビーを見ると、握手のために右手を差し出した。「いつお会いできますか、ミスター・ブレイクリー？」

　ああ、そんな。

　ああ、そんな。

「わたしのことはアトラスと呼んでくれたまえ、ニコ。きみは今日の午後、その名刺を使って移動してくれればいい」アトラスはそう答えてから、リビーのほうを向いた。「それからきみに関しては、ミス・ローズ、失望したといわざるを得ないな」彼がそういったとき、リビーの心は逆方向に突進した。「しかし、とにかく会えてよか――」

「いきます」リビーが思わず口走ると、ひどく頭にくることに、ニコの口がそうくると思ったというように、ひくひく動いた。彼女の決断を面白がり、驚きもしていない。「ただの申し出、そうでしょう？」彼女はほぼ半分はニコに、もう半分はアトラスに、そしてわずかに残った分は自分自身に向かっていった。「それがどういうものなのかあなたの説明を聞いたあとで、受け入れるか辞退するかを決められるんですよね？」

「そのとおり」アトラスは首を傾けて請けあった。「それではふたりとも、今晩また」

「ひとつだけ」遠くから眉間にしわを寄せてじっと見ているエズラにちらりと目をやってから、リビーは彼を引き止めた。エズラの髪は一段とぼさぼさで、まるで動揺してかきむしったかのようだった。「わたしの恋人にはあなたが見えていないんですよね？」アトラスが首を振って認めると、彼女はためらいがちに尋ねた。「それなら正確には、彼はわたしたちがいまなにをしていると思ってるんでしょう？」

「そうだな、きっと自分の頭が合理的とみなすもので、空白を埋めているところだろう」

そのアトラスの返事を聞いたリビーは、自分が少し青ざめるのを感じ、申し出の内容がひどく気になっていた気持ちがいくらか薄れた。「それでは、午後にまた」アトラスはそうつけ加えると姿を消し、あとには声を立てずに笑っているニコが残された。

「なにをくすくす笑ってるの？」リビーが噛みつくようにいってにらみつけると、ニコは気を鎮めるために一瞬間をおいてからなんとか肩をすくめ、彼女の肩ごしにエズラにウィンクした。

「いまにわかるさ。またあとでな、ローズ」彼は仰々しいお辞儀とともに去っていき、残されたリビーは、そういえば煙のにおいがしなかっただろうかと思った。

レイナ

四時間前

レイナ・モリが生まれた日、近くで火事があった。都会で、しかも炎にはとても不慣れな土地だったため、その死亡率は高かった。火事というのはとても原始的で、とても古めかしい問題だった。魔法的なものと常人の両方の技術において進歩の震源地であるトウキョウにとって、無限の炎という垢抜けない時代遅れのものに悩まされるという事態は、厄介なほどに聖書の内容を思わせた。ときどき眠っているときにそのにおいが鼻のなかに忍びこんできて、レイナは咳きこみながら目を覚ますと、肺のなかから煙の記憶がなくなるまでベッドの横に少し嘔吐した。

彼女が最高レベルのメディアンの能力を持っていることは、すぐに医師たちの知るところとなった。標準的な魔法使いのささやかな能力を超える力さえ、それ自体が充分珍しいというのにだ。病院の高層階にはこれといって自然の生命が多いわけではなかったが、そこにあったもの——隅に無造作に置かれた観用植物、花瓶に生けられたひと握りの見舞いの花——は、びくびくした幼い子どものように、不安と切望、死の恐怖を抱えながら、赤ん坊だった彼女に這い寄ってきた。

　レイナの祖母は彼女の誕生を奇跡と呼び、レイナが初めて息をしたとき、世界はそれに応えて安堵のため息をつき、彼女に与えられた命の恵みにすがりついたのだといっていた。一方でレイナは自分の最初の息を、半端仕事に明け暮れる一生のはじまりとみなしていた。

　ほんとうなら自然を操るナチュラリストという肩書きは、彼女にとってそれほど負担にならないはずだった。ほかにもナチュラリストのメディアンはいて、多くは農村地域に生まれた彼らは、農業関係の大企業に就職するのが一般的だった。そこで彼らは大豆の増産や水の浄化に貢献し、相当な報酬を得ることができた。レイナが彼らのひとりとみなされたこと、あるいはそもそもナチュラリストと呼ばれることは、ちょっとした分類間違いだった。ほかのメディアンたちは自然になにかを求め、彼らがまずまず愛想よく、あるいは立派に、あるいは力強く手招きすれば、自然はそれを与えてくれた。レイナの場合、自然は気に障るきょうだい、あるいはたまたま親戚だった救いようのない麻薬中毒患者のようなもので、いつもひょいと現れては理不尽な要求をしてきた——そして、そもそも家族というものを重視していないレイナは、その感覚を気にせず、ほとんどの場合は無視していた。

誰かの私生児であることがなにかの役に立つとすれば、自らの経歴を編集し、自分自身の重要性を消し去る技が身につくことくらいだった。彼女は生まれながらにして、物事を遮断するやり方を心得ていた。

実のところ、トウキョウを出ること以外にオオサカの学校に進学する理由はなかった。トウキョウの魔法大学は、おそらくそちらのほうが少し格上ということはないにせよ、まったく申し分なかったが、レイナにとってずっと同じ土地で暮らしつづけるのは、けっして大いに心躍ることとはいえなかった。彼女は自分が経験しているような事例――「あなたはなんという救世主なのだろう」という目で見られるよりも、「それだけ多くのことの面倒を見るのはなんと大変な重荷だろう」と思われるようなこと――を徹底して調べ、その答えをおもに神話学のなかに見出していた。そこでは魔法使い、あるいは魔法使いとおぼしき神々が、レイナにとって大いに共感できる、そして場合によっては好ましい経験をしていた。島流し。黄泉の国での半年間。自分の敵は口がきけないものに変えなければならないという強迫観念。教師たちは彼女に、ナチュラリズムの技を磨き、植物学と薬草学を履修して、植物の細部に焦点を絞った研究をするよう勧めたが、レイナに必要なのは古典だった。彼女に必要なのは文学、そしてもっと重要なのは、葉緑素の欠乏のようなつまらない問題でじっと自分を見つめてこないものについて考えられる自由だった。トウキョウが彼女の手に奨学金を押しつけ、我が校の一流のナチュラリストたちと一緒に研究してほしいと懇願してきたとき、彼女はかわりに、より自由なカリキュラムを約束してくれたオオサカの誘いを受け入れた。

ささやかな脱出だが、それでも脱出にはちがいなかった。

彼女はオオサカ魔法学院を卒業し、街の魔法的中心地に近いカフェでウエイトレスの仕事に就いた。足で稼ぐ仕事の大半を魔法が引き受けている場所でウエイトレスをすることのいちばんいいところは？　本を読む時間がたっぷりあることだ。それに書く時間も。レイナが卒業した瞬間に飛びかかろうと手ぐすねを引いて待っていた農業関係の会社は数知れず（そのうちの何社かは日本のライバルの、中国やアメリカの企業だった）、彼女は地球とその住人の両方によって彼らの目的のために消耗させられることになる広大な畑のなかでの仕事を避けるために、できるかぎりのことをしてきた。そのカフェには植物はなかったから、ときどき木製の家具が彼女の手の下でゆがみ、露出した年輪で物欲しげに彼女の名前を綴りさえしても、それを無視するのは簡単だった。

そうはいってもレイナを捜しにくるものがまったくいないわけではなかった。今日やってきたのは、バーバリーのトレンチコートを着た、長身で浅黒い肌の男だった。

感心なことにその男は、いつもの資本家の悪党には見えなかった。実際、少しシャーロック・ホームズを思わせた。彼は店に入ってきてテーブルにつくと、その上に小さな種を三つ並べ、レイナがひとつため息をついて立ち上がるまで待った。

カフェにはほかに誰もおらず、当然そういうときを狙って入ってきたのだろう。

「これを生長させてみたまえ」男は出し抜けに持ちかけてきた。

彼が典型的なオオサカ弁ではなく控えめなトウキョウ弁を使ったことで、ふたつのことがはっきりした。ひとつ、この男は彼女が何者であるかを、あるいは少なくともどこの出身であるかを正確に知っていた。ふたつ、それは明らかに彼の母国語ではなかった。

レイナは男に生気のない目を向けた。「わたしが生長させるんじゃない」彼女は英語でいった。「勝手に育つの」

そうくるのではないかと思っていたとでもいいたげに、男はどこかもったいぶった様子で平然と、いかにも上流階級らしいイギリス英語で答えた。「それは自分とはなんの関係もないことだと思っていると?」

相手がなにをいわせたいのかはわかっていた。いつものように、今日、彼がそれを聞くことはないだろう。

「あなたはわたしからなにかをほしがってる」レイナはそういうと、無表情につけ加えた。「みんなそう」

「たしかに」男は同意した。「コーヒーを一杯もらえるかな」

「喜んで」彼女は肩ごしに手を振った。「二分で出てくるわ。ほかになにか？」

「ある。それはきみが怒っているときのほうがよく働くのかな？　悲しんでいるときはどうだろう？」

そう、コーヒーのことじゃないんだ。「なにをいってるのかわからないんだけど」

「ナチュラリストならほかにもいる」男は長いあいだ探るような目つきで、じっと彼女を見つめた。「なぜわたしはきみを選ぶべきなのだろう？」

「選ぶべきじゃない」レイナはいった。「わたしはウエイトレスで、ナチュラリストじゃない」

種のひとつが弾けて木のテーブルにめりこんだ。

「天賦の才があり、適性がある」男はいった。「きみならこれをなんというのかな？」

「どっちでもない」ふたつ目の種にひびが入った。「呪い、かな」

「ふむ」男は種に視線を落とし、それからまたレイナを見た。「なにを読んでいるんだね？」

　レイナはまだ脇の下に本を抱えていたのを忘れていた。「ギリシャの魔法使い、キルケーの手稿の翻訳」

　男の口がぴくりと動いた。「その手稿は長らく行方不明になっているのでは？」

「読んだ人たちが、その内容を書き留めた」

「そういうことなら、新約聖書程度には信頼できるな」

　レイナは肩をすくめた。「まあそうね」

「もしその本物が手に入るといったらどうする？」

　三つ目の種が芽を出して天井にぶつかり、下に跳ね返って床の木目に食いこんだ。

　少しのあいだ、ふたりとも動かなかった。

「それは存在しない」レイナは咳払いをしていった。「いまあなたがそういった」

「いや、わたしははっきり、長らく行方不明になっている、といったんだ」男はそういいながら、足元の種の表面をいたずらっぽく這っている小さな亀裂に目をやった。「誰もがそれを見られるわけではない」

　レイナは口元が強《こわ》ばるのを感じた。それは奇妙な賄賂だったが、彼女はそれまでにもいろいろな申し出を受けていた。あらゆるものには代償が伴う。「それで、わたしはなにをしなくちゃならないわけ？」彼女はいらいらと尋ねた。「引き換えに八年分の収穫を約束する？　年間利益の何パーセントかを補償する？　いいえ、ごめんよ」

レイナが背を向けると、足の下でなにかが弾けた。床から小さな緑色の根が生え、巻きひげか触手のように這い出して、彼女の足首までのびてくると、靴の底部を叩いた。

「こういうのはどうかな」男はどうとでも解釈できる態度を取った。「引き換えに三つの質問に答えるというのは？」

レイナがいきなり振り向くと、男はためらわずに続けた。明らかに彼は、人に影響力を行使する訓練をいくらか積んでいた。

「なにがそれを起こすのだろう？」彼は尋ねた。最初の質問であり、もし選択権を与えられたのが彼女なら、きっと選ばなかったであろう質問だ。

「わからない」男は片方の眉を上げて待っており、レイナはため息をついた。「いいわ。それは……わたしを使う。わたしのエネルギー、わたしの思考、わたしの感情を使う。与えるべきエネルギーが多ければ、使われるものも多い。たいていは抑えてるけど、もし気を緩めたら――」

「そういう瞬間、きみはどうなる？　いや、待て、はっきりさせよう」男はどうやら三つの答えという約束にこだわっているらしく、いいなおした。「それはきみを消耗させるのかな？」

レイナは歯を食いしばった。「少し返ってくることもときどきある。でもふつうは、そう」

「なるほど。最後の質問だ」男はいった。「もしそれを使おうとしたらどうなる？」

「いったでしょう。わたしは使わない」

男は椅子に深く腰かけ、まだテーブルの上に残っているふたつの種を身振りで示した。ひとつは中途半端に根をのばし、もうひとつは弾けて中身がむき出しになっている。

その身振りがなにを意味しているかは明らかだった。**やって見せてくれ。**

レイナはその結果をじっくり検討し、計算した。

「あなた何者？」種を見つめていた視線を引きはがし、レイナは尋ねた。

「アトラス・ブレイクリー、〈管理人〉だ」男は答えた。

「それで、なんの管理をしてるの？」

「喜んで話したいところだが、実をいうと、そこは少々閉鎖的なのだよ。厳密にいうと、わたしはまだきみを招待することはできない。きみはまだ、われわれのリストの同率六位なのでね」

レイナは顔をしかめた。「どういう意味？」

「六人しか招待できないという意味だ」アトラスははっきりといった。「オオサカ学院の教授たちは、きみがわたしの申し出を辞退すると思っているようだ。そのことがきみの立場を少々……」彼は言葉を濁した。「そうだな、率直にいおう。全会一致ではないのだよ、ミス・モリ。わたしはきっかり二十分以内に残りの評議員たちを説得して、きみを六人目の候補者として認めさせなくてはならないのだ」

「誰が選ばれたいっていった？」

アトラスは肩をすくめた。「そうかもしれない」彼は認めた。「その場合はもうひとりの候補者に、その枠はきみのものだと通知することになるだろう。旅人《トラヴェラー》だ」彼は明確にした。「とても知的で、よく訓練された、若い男だ。ひょっとしたらきみよりよく訓練されているかもしれない」わざと少し間をおく。「彼が持っている才能はきわめてまれなものだ」アトラスは認めた。「しかしわたしの見るところでは、彼の能力はきみのものにくらべてかなり有用性が低い」

レイナはなにもいわなかった。足首に巻きついていた植物が不満げにため息をつき、彼女の不安を感じてわずかに萎れた。

「よくわかった」アトラスが立ち上がると、レイナはたじろいだ。

「待って」彼女はつばを飲みこんだ。「手稿を見せて」

アトラスが片方の眉を上げた。

「三つの質問に答えるだけでいいといったじゃない」レイナがそう指摘すると、彼の口角が満足げに上がった。

「だからわたしは答えた、そうでしょう？」

アトラスが片手を振ると、手作業で綴じられた一冊の書物が現れ、ふたりのあいだに浮かんだ。その表紙が注意深く滑るように開き、細かい文字で走り書きされた手稿の中身が現れた。古代ギリシャ語と疑似象形文字風のルーン文字が混ざっているようだ。

「きみが読んでいたのはなんの呪文かな？」彼がそう尋ねたときには彼女の手はすでに差しのべられていた。「申し訳ない」アトラスはそういいながら、手を振って本を少し引き戻した。「きみに触らせるわけにはいかないのだ。すでに書庫の外にある時点で問題なのだが、それでもわたしの努力がむだではなかったときみが証明してくれることを期待しているのでね。なんの呪文を読んでいたのかな？」

「わたしは、えーと。遮蔽の呪文」レイナはそのページをじっと見つめたが、半分ほどしか理解できなかった。オオサカのルーン文字読解の課程は、少々初歩的なものだったのだ。トウキョウの課程のほうがよかったのだろうが、それでもそちらはひもつきだった。「キルケーが島を隠すために使った呪文」

アトラスがうなずくと、ページがひとりでにめくれていき、現れたページには、経年劣化で一部がかすれたアイアイエー島の素朴な線画が描かれていた。それは荒削りで未完成の幻影呪文で、レイナはいっさい学ぶことができなかったメディアンの基礎理論を超えたものだった。オオサカ学院の幻影のコースは幻術師のためのもので、彼女はそうではなかったのだ。

「ああ」レイナはいった。

アトラスが微笑んだ。

「十五分」彼はあらためていうと、本を消した。

すると、これもひもつきだったわけだ。それは明らかだった。レイナはこの手の説得がけっして好きではなかったが、彼女のなかの論理的な部分は、人々からの誘いがやむことは絶対にないだろうと理解していた。レイナは力の泉、重い扉がついた金庫室のようなもので、向こうが侵入する方法を見つけるか、こちらがときどきあっさり扉を開いてやることになるかのどちらかだろう。そうするのにふさわしい買い手に対してだけ。

レイナは目を閉じた。

ヤッテモイイ？　種が小さな種の言葉で尋ね、それはほとんど肌を小さなものでちくりと刺されるような感覚だった。**ネエネエオネガイ　カアサン　イイデショウ？**　という子どもたちの声のような感覚だ。

彼女はため息をついた。

セイチョウシテ、レイナは彼らの言葉でいった。それが彼らにとってどんな感じがするものなのか、彼女にはけっしてわからなかったが、彼らのほうはレイナのいうことを充分理解しているようだった。ヒツヨウナモノヲワタシカラトッテイイカラ、と彼女は不機嫌につけ加えた。トニカクヤッテ。

安堵の思いが骨の内側からするすると這い出してきた。ヤッター――。

レイナがふたたび目を開けたとき、床の上の種は生長して細い枝を次々にのばし、彼女の足元から天井まで達すると、天井一面に枝を広げ、発疹のように広がっていた。木製のテーブルにめりこんでいたものはそれを半分に割り、枯れ木の幹を覆う苔のように上に向かってのびている。最後のひとつ、割れた種は熟した色が広がるなかで細かく震えて弾け、蔓をのばし、それから今度は実をつけて、そのひとつひとつが彼らの見ている前で、天文学的速さで熟れていった。

リンゴが丸く、重く、いつでも収穫できるほどおいしそうになったとき、レイナは息を吐いて肩の痛みをやわらげ、期待を込めて訪問者に目をやった。

「これは」アトラスが椅子の上で体をずらしながらいった。生い茂る植物のせいで、快適に座っていられる場所はほとんど残っていなかったのだ。頭上の網状の樹冠と足元で絡みあった太い根っこのあいだには、もはや頭も脚も入る余地がなかった。「なるほど、天賦の才と能力の両方というわけか」

自分の価値をよく知っているレイナは、あえてなにもいわなかった。「ほかにどんな本があるの？」

「わたしはまだ申し出をしていないんだがね、ミス・モリ」アトラスはそう応じた。

「あなたはわたしをほしがるわ」レイナはあごを上げていった。「こんなことができるのはわたししかいない」

「たしかにそうだが、きみはリストに載っているほかの候補者たちを知らないだろう」アトラスは指摘した。「何世代にもわたって世界が見てきたなかで最も優秀な物理術師がふたり、比類なき才能に恵まれた幻術師がひとり、たぐいまれなテレパスがひとり、何千人もの群衆を引きつけられるエンパスがひとり——」

「ほかに誰がいようと関係ない」レイナはあごを引いた。「それでもまだ、あなたはわたしをほしがるでしょう」

アトラスは一瞬、レイナを注意深く眺めた。

「たしかに。ああ、たしかにそのとおりだな」

ハハハ、と植物たちが笑った。ハハ、カアサンノカチダ、ワタシタチノカチダ。

「やめて」さっと下りてきて、よくやったというように頭のてっぺんをかすめようとした枝に向かってレイナがささやくと、アトラスは含み笑いを漏らして立ち上がり、名刺を一枚取って差し出した。

「これを受け取ってくれたまえ」彼はいった。「およそ四時間後に、きみはオリエンテーションのために運ばれるだろう」

「なんのためって？」レイナが訊き返すと、彼は肩をすくめた。

「わたしに何度も同じことをいわせないほうがいい」アトラスは答えた。「幸運を祈るよ、レイナ・モリ。きみが受ける試験はこれが最後ではないだろう」

それからアトラスは姿を消し、レイナは顔をしかめた。

彼女がなんとしても避けたいのは植物でいっぱいのカフェであり、いまアトラスのコーヒーはカウンターの上で忘れられ、すでに冷めかけていた。

トリスタン

三時間前

「いいや」扉が開いたとき、トリスタンはいった。「またか。いまはだめだ」

「相棒」ルペシュがうめいた。「きみは何年もここに籠《こ》もりっきりじゃないか」

「そうとも」トリスタンは同意した。「仕事をしてるんだ。信じられないだろう？」

「まあ無理だな」ルペシュはつぶやき、トリスタンの机の向かいの空いた椅子に腰を下ろした。「きみは将来の跡取り息子なんだぞ、トリス。なにもしなくても受け継ぐことが決まってるのに、そんなにせっせと働くなんて、とうてい理屈に合わないだろう」

「まず第一に、この会社は君主制じゃない」トリスタンは自分が取り組んでいる数字から目を上げずにつぶやいた。そして手を振り、それを並べ替えた。自分の評価額がわずかに外れていたので、割引率を調整した。リスクを嫌う投資家委員会が、より多様な数字を見たがるのがわかっていたからだ。「たとえそうだとしても、ぼくは跡取りじゃない。ただ――」

「ただ、ボスの娘と婚約してるだけ」ルペシュは片方の眉を上げて、彼のかわりにいった。「なあ、日取りを決めるべきだって。もう二カ月になるんじゃないか？　きっとイーデンはじりじりしてるぞ」

　それはたしかにそのとおりで、彼女は日に日にそれを表に出すようになっていた。「ずっと忙しかったんだ」トリスタンは頑なにいった。「それに、そもそもぼくに時間がないといったのは、まさしくそのせいなんだ。出ていってくれ」彼は身振りで扉を示しながらいった。「出発前に片づけなくちゃならない査定が、少なくともあと三件はあるんだ」

　それは毎年恒例のウェセックス家の休暇で、トリスタンはいつものようにイーデンのエスコートをすることになっていた。今年は彼がウェセックス家の長女の同伴者として付き添うようになってから四年目で、いうまでもなくそれは、彼にとって楽しいものではなかった。足元に気をつけ、口をつぐみ、礼儀正しさの仮面をかぶるのは、ひどく疲れるものだった――だがそれでも、ウェセックス家のこの上なく牧歌的な暮らしに近づくことには、果てしない偽装を続けるだけの価値があった。トリスタンの完璧な振る舞いは、イーデンをがっかりさせた。彼女はトリスタンの経歴にほんのわずかでも不備があれば大喜びで家族の夕食の席に火をつけようとしていて、どんな口実も待ちかまえていた――しかしトリスタンにとっては、ここで生物学的父親とは異なる姓を持つ人物から跡継ぎとみなされるのは、あらゆる高慢な上流階級の何気ない差別的言動に目をつぶるに値することだった。トリスタンは、イーデンを説得して自分が彼女の姓を名乗ることを認めさせられるだろうか、と思った。それが可能だと仮定することが、彼の運命を封印するために必要な最後の一歩を踏み出す力を奮い起こさせてくれた。

「きみはあの人たちと一緒に休暇旅行に出かけてる」ルペシュが片方の黒っぽい眉を上げて指摘した。「もう家族の一員だ」

「いいや、違う」まだ。トリスタンはこめかみをさすりながら、ふたたび数字に目を走らせた。この取引を成功させるために必要な資本は莫大で、いうまでもなく既存の魔法インフラは問題だらけだった。それでもこのポートフォリオは、この日彼が査定したほかの十三のメディアン関連事業のどれよりも、現金化できる可能性が高かった。たとえほかの役員は気に入らなくても、ジェイムズ・ウェセックスは気に入るだろうし、この建物に彼の名前がついているのはだてではなかった。

トリスタンはその事業計画を「可能性あり」の項目にファイルしながら、つけ加えた。

「ぼくはこの会社をただ受け継ぐつもりはないんだ、ルップ。ほしいものがあれば、ぼくはそれを手に入れるために働かなくちゃならない。きみも同じようにやってみたらどうだ」彼がそう助言して、ブルーライトカットの眼鏡の位置を直すために顔を上げると、ルペシュは目を丸くしてみせた。

「だったら、とにかく終わらせろよ。イーデンは午前中ずっと、お決まりの身支度の写真をアップしてる」

イーデン・ウェセックス、億万長者のジェイムズ・ウェセックスの娘は美しい相続人であり、そのおかげで美貌や影響力《インフルエンス》といった形のないものだけで資産を生み出すことができる、そのままで使える製品だった。ウェセックス社の役員会に常人のソーシャルメディアアプリの魔法版である〝ライトニング〟への投資を検討するよう助言したのは、トリスタン自身だった。そしてそれ以来ずっと、イーデンは会社の顔だったのだ。

「そうだな、ありがとう」トリスタンはそういって咳払いをした。たぶんこうして話をしているあいだにも、彼女からのメッセージを見逃しているのだろう。「もうじき終わるよ。それだけか？」

「きみが帰るまで、ぼくはうちに帰れないからな、相棒」ルペシュは彼にウインクした。

「人気者より先に帰るわけにはいかないだろう」

「まあ、そういうことなら、好きにするさ」トリスタンはそういって身振りで扉を示した。

提言をあと二件。書類に目をやりながら、彼は考えた。まあ、一件か。そのうち一件は、明らかに不適格だった。「さあいけよ、ルップ。そしてそのコーヒーの染みをなんとかしろ」

「なんだって？」ルペシュが目を下にやって尋ねると、トリスタンはファイルから目を上げた。

「きみが使ってる幻は鮮度が落ちてきてる」彼はそういって、ルペシュのネクタイのいちばん下についている汚れを指さした。「ブランド物のベルトに五百ポンドも使っておいて、ゴミ箱を引っかきまわして染み隠しの呪文を引っ張り出してちゃだめだろう」だが口ではそういいながらも、まさにそういうことをするのがいかにもルペシュらしいところだと、トリスタンにはわかっていた。他人に見られるものしか気にしない人間はいたし、特にルペシュはトリスタンにどの程度見透かされているかに気づいていなかった。

「まったく、きみは面倒なやつだよ」ルペシュはわざとらしく目を丸くしていった。「ほかの誰も、ぼくの呪文がすりきれてるかどうかなんて気にしちゃいないさ」

「わかってるじゃないか」トリスタンにとっては、ほかに注意を払うべきことはほとんどなかった。ルペシュ・アブカリ、富を受け継いで生まれ、おそらくそのまま死んでいく。

なんと素晴らしい。

「きみを嫌いになる理由がまたひとつできたな、相棒」ルペシュはそういってにやりと笑った。「とにかく終わらせるんだ、トリス。ぼくたちみんなのために終わらせて、海辺の絵になる土地に出かけてくれたら、残ったぼくらは何日かのんびりできるってもんだ」

「やってみよう」トリスタンはそう請けあうと扉を閉め、ようやくひとりきりになった。

彼は一件を脇に放り投げ、有望な一件を手に取った。その数字は信頼できそうだった。先行投資もそれほど必要ない。ということは――

扉が開き、トリスタンはうめいた。

「二度といわないぞ、ルペシュ――」

「ルペシュというわけではないんだがね」低い声で返事があり、パソコンの画面から顔を上げたトリスタンは、部屋にいる見知らぬ男を見つめた。なんの変哲もないツイードのスーツを着た、長身の浅黒い肌の男で、トリスタンのオフィスの丸天井を見まわしていた。

「なるほど」男はそういいながら、扉が自然に閉まるにまかせてなかに入ってきた。「これはきみが出発した場所とは大違いだな」

たしかにそうだった。北向きの窓から明るいロンドンの空の切れ端が見える新しい角部屋のオフィスは、前回の昇進の結果として手に入れた褒美だった。

しかし誰であれトリスタンの出発点を知っているものは厄介な存在で、彼はむっつりと転落に備えた。

「もしあんたが――」彼は「友人」という言葉をギリギリと噛み砕いて、飲みこんだ。

「父のお仲間なら――」

「そういうわけではないんだ」男は請けあった。「エイドリアン・ケインのことはわれわれみんな、それなりに知っているがね」

われわれ。トリスタンはしかめ面になるのをこらえた。

「ぼくはここではケイン家の人間じゃない」たしかにその名前はまだ彼の机の上にあったが、ここの人たちが結びつけることはけっしてないだろう。裕福な人たちは、ときどききれいに掃除して、ほとんど目に触れないようにしてあれば、足元の汚れのことはほとんど気にしないものだ。「あんたのためにぼくにできることはなにもない」

「わたしはなにも頼んではいないよ」男はそこでいったん間をおき、トリスタンの机の向かいの空いた椅子を期待を込めて見やった（トリスタンは彼に椅子を勧めなかった）。

「しかし」男は続けた。「どうしてきみがこの特別な道を歩んできたのか、不思議に思わざるを得ないな。なんといってもきみは、ある種の帝国の後継者だったのだろう？」彼が尋ねても、トリスタンは黙っていた。「ケイン家のひとり息子がどういうわけでウェセックス家の富のために働くことになったのか、わたしにはわからないね」

他人には関わりのないことだったが、トリスタンと父親は、彼が大学生のときにおたがいに関係を断っていた。エイドリアン・ケインがトリスタンのことを、上流階級の役に立たない道具同然——よくいえば彼らを楽しませるためのペット、悪くいえば彼らが犯す罪の祭壇の崇拝者——とみなしていることが、明らかになったのだ。たしかにそれは事実だったが、トリスタンは父親と違って森も木も見ることができた。エイドリアン・ケインはカルト的で強欲な、卑劣な人物だった。ジェイムズ・ウェセックスも同じだが、トリスタンは不幸が手を出せないのはどちらの男かわかるほど利口だった。

「金の問題じゃないこともある」トリスタンはそう答えたが、それは明らかに誤りだった。あらゆることには金が関係しているが、充分なだけ持っていれば最終的には忘れることができる、というのがほんとうのところだ。野心的に、トリスタンはそこで生きることを選んだ。「それに申し訳ないが——」

「それでは、なにが問題なのかな？」男が尋ね、トリスタンは派手にため息をついた。

「いいか、誰がここに通したのか知らないが——」

「きみにはもっと多くのことができる」男は厳粛な目つきでトリスタンを見すえた。「きみがこれに長く満足できないことは、きみもわたしもわかっている」

それは違う、とトリスタンは思った。実際、金というのはとても満足感を与えてくれるものだった。特に大金持ちをだまして巻き上げたときには。「あんたは実際にぼくのことを知っているわけじゃない」トリスタンは指摘した。「ぼくの名前はぼくという人間のほんの一部にすぎないし、それほど説得力のあるものでもない」

「きみが自分で思っているよりも珍しい存在だということを、わたしは知っている」男は反論した。「きみの父親はその才能をむだだと思うかもしれないが、わたしはもっと分別がある。誰でも幻術師にはなれるかもしれない。誰でも悪党にはなれる。誰でもエイドリアン・ケインにはなれるのだ」彼は唇を引き結んだ。「だが、きみが持っているものは、誰にもまねできない」

「具体的にぼくがなにを持っていると？」トリスタンは素っ気なく尋ねた。「可能性なんていわないでくれよ」

「可能性？　まさか。間違いなくここにはないな」男は手を振って、宮殿のようなオフィスをぐるりと示した。「とてもいい檻だが、それでも檻にはちがいない」

「あんたは何者なんだ？」トリスタンは尋ねた。いまさらと思われるだろうが、言い訳をすると、彼はすでに何時間か資本主義の下で労働していて、最高に頭が切れる状態ではなかったのだ。「父の友人でもジェイムズ・ウェセックスの友人でもなく——最新のメディアン関係のソフトウェアを売りこみにきたのでもないとすれば」彼がぶつぶつと生煮えの推理を披露すると、男の口元がそれを裏づけるようにぴくぴく動いた。「あんたがここにいる理由があるとは、まったく想像できないな」

「わたしがきみのためにここにいるかもしれないと思うのは、そんなに難しいことかな、トリスタン？」男はどことなく面白がっている様子で尋ねた。「かつてはわたしも、きみのような立場にいたのだよ」

トリスタンは椅子の背にもたれかかり、自分の角部屋のオフィスを身振りで示した。

「それは疑わしいね」

「たしかに、いつでも結婚してロンドンで最も有力なメディアン一家の一員になれる立場にあったことはない。それは認めよう」見知らぬ男は含み笑いを漏らして答えた。「しかし、かつてわたしはなんとしても、ある特定の道を進むつもりだった。ある日、ある人物からとある申し出を受けるまでは、それが成功するための唯一の選択肢だと考えていたのだ」

男は身を乗り出して、トリスタンの机に薄い名刺を置いた。そこには**アトラス・ブレイクリー〈管理人〉**とだけあり、幻のせいでかすかにちらちら光っていた。

トリスタンは顔をしかめてそれを見た。輸送魔法。

「行き先は？」彼が曖昧に尋ねると、その男、アトラス・ブレイクリーは微笑んだ。

「すると、きみにはその魔法が見えるのだな？」

「こういう状況では、魔法がかかっていると考えたほうが無難だろうね」トリスタンは用心深く額をさすった。机の引き出しで、携帯の呼び出し音が鳴り響いた。イーデンが彼を捜しているのだろう。「ぼくはこの手のものに触れるほどばかじゃない。ぼくには居場所があるし、これがなんであるにせよ――」

「きみは幻を見通すことができる」アトラスの言葉に不安をおぼえ、彼は身をかたくした。それは誰にも知られてはならないことだった。トリスタンは自分のことを詳しく知られるのを気にしていたわけではなかったが、彼の能力が最も力を発揮するのはほかの人間がそれに気づいていないときなのだ。「きみは価値を見きわめることができるし、もっといいことに、偽りを見抜くことができる。きみには真実が見える。それがきみを特別な存在にしているのだ、トリスタン。きみはジェイムズ・ウェセックスの事業を拡大するために毎日働くこともできるし、そうあるべき自分になることもできる。ほんとうの自分にだ」アトラスは揺るぎない視線でじっと彼を見つめた。「ジェイムズがきみの真の出自を知るまで、どれだけこうしていられると思う？　しゃべり方はなかなかのものだが、わたしにはその下にイーストエンドの訛りが聞き取れる。労働者階級の魔法使いらしい響きがね」アトラスは穏やかにほのめかした。「それはきみの労働者階級の舌に生きつづけている」

トリスタンは苛立って、デスクの下で片方の拳を握った。

「これは脅迫なのか？」

「いいや」アトラスはいった。「申し出だよ。機会だ」

「機会なら山ほどある」

「きみはもっといい機会にふさわしい。ジェイムズ・ウェセックスよりも。間違いなくイーデン・ウェセックスよりも、そしてエイドリアン・ケインよりもはるかにいいものにね」

トリスタンの携帯がふたたび鳴った。たぶんイーデンが自分のおっぱいの写真を送ってきているのだ。四年間つきあってきて、彼女はトリスタンに見透かされているとは知らずに、飽きもせず豊胸魔法の成果を見せびらかしていた。とはいうものの、その写真はほとんど彼の役には立たなかった。イーデンはタブロイド紙に載るようなスリリングな男、一緒にいると自分の名前に傷がつくような男を求めていた。そしてトリスタンは、彼女が傷つけているまさにその名前という社会的資本を求めていた。取引という観点からいえば、彼らはお似合いだった。

「あんたは自分がなにをいっているのかわかっていないんだ」トリスタンはいった。

「それはどうかな？」アトラスは名刺を身振りで示しながら反論した。「二時間以内に決めてくれたまえ」

「なにを決めるんだ？」トリスタンはぶっきらぼうに尋ねたが、アトラスはすでに立ち上がって肩をすくめていた。

「きみの質問には喜んで答えるが、ここではだめだ。いまでもない。トリスタン、もしきみがこの生活を続けるつもりなら、どんな会話をしても意味はないだろう？ しかし、もしきみにそれをつかむ気があれば、得られるものはきみが思っているよりもはるかに多いのだ」彼は横目でトリスタンを見た。「きみがやってきたところにいるよりも、そしてきみがいまいるところにいるよりも間違いなく多い」

彼がいうのは簡単だ、とトリスタンは思った。アトラス・ブレイクリーが何者であろうと、彼の父親は、人生で最大の失望は自分のひとり息子だと考えるような頑固な暴君ではなかった。五年前にバーテンダーをしていたパーティー会場でイーデン・ウェセックスに目をつけ、彼女こそが最善の道、最も簡単な道、唯一の逃げ道だと判断したのは、彼ではなかった。

だが、アトラス・ブレイクリーのいうことにも一理あるかもしれない。おそらく、オフィスでいちばんの親友が、自分はトリスタンにばれずに彼の婚約者と寝ていると信じつづけていない世界も存在するのだろう。彼のアレに残っている安物の避妊魔法が、トリスタンには角部屋のオフィスからでもよく見えていることに、本人は気づいていなかった。

実際、そこからの眺めは驚くほど平均的だった。

「それはなんなんだ?」トリスタンは尋ねた。「その……」彼はその言葉が舌の上に落ち着くにまかせた。「機会というのは」

「一生に一度の機会だ」アトラスが口にしたのは答えではなかった。「見ればそれとわかるだろう」

それはほぼ常に正しかった。トリスタン・ケインに見えないものはまずないのだ。

「ぼくには居場所がある」トリスタンはいった。

生きるべき人生。監督するべき未来。

アトラスはうなずいた。

「賢く選びたまえ」彼はそう助言すると、太陽がロンドンの灰色の雲の向こうに消えるように、扉を閉めてそっとオフィスをあとにした。

カルム

二時間前

カルム・ノヴァはほしいものが手に入ることに慣れきっていた。彼が持っている魔法の専門技能はあまりに効果的で、たいていの場合は秘密にしていたが、そうしておけば労せずしてすべてのクラスでトップの成績を取れるようなものだった。それは催眠術のようなものだった。思い返してみれば、元恋人のなかには、ドラッグをやったような幻覚作用と呼ぶものもいた。相手が常に警戒していなければ、カルムは彼女たちをいいくるめて、なんでもやらせることができた。おかげで彼にとって物事は簡単だった。簡単すぎる？　ときにはそうだ。

だからといって、カルムが挑戦を好まないわけではなかった。

六年前に大学を卒業してアテネから戻って以来、彼はほんとうにほとんどなにもしておらず、彼自身その事実を気に入っていたわけではなかった。もちろん大学を卒業したメディアンの多くがそうするように、カルムは家業に従事していた。魔法メディアの複合企業体を支配するノヴァ家の主たる事業は、美だった。壮麗さだった。また、すべては幻でもあり、なかでもカルムは最も不実な幻だった。彼は虚栄心という商品を売り、それを得意としていた。いや、得意どころではなかった。

だが、すでに信じていることを人々に確信させるのは、退屈だった。カルムはいわゆる操縦師としては明らかにまれな専門技能の持ち主であり、さらに珍しいのは彼の才能で、基本的レベルで魔法をかけられる魔法使いなら誰でも持っている能力をはるかに超えていた。カルムはそもそも賢いので、彼が人々を説得して自分の思いどおりに動かすためにほんとうに汗をかくには、挑戦的なことでなくてはならなかった。またカルムはいつも娯楽を求めていたから、戸口の男は彼を説得するのにほとんど言葉を費やす必要はなかった。

「〈管理人〉」カルムは机に足をのせて名刺を注意深く調べながら、声に出して読み上げた。彼は仕事に四時間も遅刻していたが、経営パートナー（姉）からもオーナー（父）からも、欠席した会議についてはなにもいわれていなかった。その日の午後に二分間（九十秒でやれるのだが、エスプレッソを飲み終わるのに充分な時間はとどまることにしよう）、ロンドンファッション・ウィークに備えてランキング上位の幻術師たちを間違いなく勢揃いさせるためにノヴァ家が必要とする顧客と同席して、遅刻の埋め合わせをすればいい。「あなたが管理しているのが、なにか面白いものだといいんだがな、アトラス・ブレイクリー」

「面白いとも」そういって、アトラスは立ち上がった。「それでは、きみにまた会えると思っていいのかな？」

「推定は危険だよ」カルムはアトラスの関心事の縁を手探りした。それはぼんやりしていて粗く、簡単には影響を及ぼせなかった。何者であるにせよ、アトラス・ブレイクリーはカルムの特殊な技について警告を受けていたのだろう。それはつまり、その真の性質をつかむために、深く掘り下げたにちがいないということだ。カルムにいわせれば、進んで汚れ仕事をしようというものは誰であれ、二分間を割く価値がある相手だった。「ほかに誰が参加しているんだ？」

「ほかに五人」

いい数字だ、とカルムは思った。充分に閉鎖的だが、統計的にいえば、五人のうちひとりは好きになることができるだろう。

「いちばん興味深いのは？」

「興味深いというのは、主観的だね」アトラスはいった。

「そうか、だったらぼくかな」

アトラスはユーモアに欠ける笑みを浮かべた。「きみが興味深くないわけではないのだ、ミスター・ノヴァ。だが、部屋にいるのは自分と同じくらいまれな存在ばかりという状況は、きみにとって今回が初めてになるのではないかな」

「面白そうだ」カルムは机から足をどけて、身を乗り出した。「それでも、ぼくは彼らについてもっと知りたいね」

アトラスは片方の眉を上げた。「きみは機会そのものについて知ることには興味がないのだね、ミスター・ノヴァ？」

「ぼくが望めば、それはぼくのものだ」カルムは肩をすくめた。「急がなくても、どうするかはあとで決められる。ゲームより面白いのは、常にプレイヤーなんだよ。そうだな、正確には」彼はいいなおした。「ゲームの内容はプレイヤー次第で変わるということだ」

アトラスの口元がかすかにゆがんだ。

「ニコ・デ・ヴァローナ」

「聞いたことがないな。なにをやっているんだ？」

「彼は物理術師だ」アトラスはいった。「物理的力を自分の要求に合わせることができる。ちょうどきみが人の意図に対してやるように」

「退屈だな」カルムはそっくり返った。「だが、やらせてみるかな。ほかには？」

「リビー・ローズも物理術師だ」アトラスは続けた。「彼女が周囲に及ぼす影響は、わたしがこれまで見てきたどれとも違う。同様に、レイナ・モリは大地が自らその果実を差し出すナチュラリストだ」

「ナチュラリストは簡単に手に入る」カルムはいったが、たしかにいまは興味をそそられていた。「ほかには？」

「トリスタン・ケイン。彼は幻を見通すことができる」

珍しい。とても珍しい。特に役には立たないが。「それから？」

「パリサ・カマリ」その名前はためらいがちに口にされた。「彼女の専門技能はいわずにおいたほうがいいのではないかな」

「ほう？」カルムは片方の眉を上げて尋ねた。「それで、彼らにぼくのことを話したのか？」

「彼らは尋ねなかった」

カルムは咳払いをした。

「あなたは出会った人みんなに心理学的プロファイリングをするのを、習慣にしてるのか？」彼は独り言とも取れる調子で尋ね、アトラスは答えなかった。「だが」カルムはつぶやいた。「自分が影響を受けていることに気づきにくいものは、自ら訴えることはないんじゃないかな？」

「わたしたちはある意味、正反対のようだな、ミスター・ノヴァ」アトラスはいった。「わたしは人々がなにを聞きたがるか知っている。きみは自分の知っていることを彼らが聞きたがるように仕向ける」

「ぼくが生まれつき興味深い人間だというだけじゃないか？」カルムが平然というと、アトラスはあえて否定はしないというように低い笑い声を立てた。

「どうだろう、自分の価値がそこまではっきりわかっているわりには、ひょっとするときみは、その天賦の才の下にとてつもなくつまらない人間が隠れていることを忘れているのではないかな」アトラスの言葉に不意をつかれ、カルムは瞬きした。「空きがあるというわけではないが――」

「空きだって？」カルムはむっとして繰り返した。「それはどういうことだ、気を引こうというのか？」

「空きはないが」アトラスは繰り返した。「たしかに未完成のものはある」彼は立ち上がった。「時間を割いてくれて感謝するよ、ミスター・ノヴァ。わたしの想像では、われわれが話をしているあいだに、きみならとても多くのことができただろう。きみが戦争をはじめるにはどのくらいの時間がかかったと思うかね？　あるいはそれを終わらせるには？」彼はそこで間をおいたが、カルムは黙っていた。「五分？　十分かな？　きみが誰かを殺すにはどのくらいかかっただろう？　ひとりの命を救うには？　きみがやらなかったのは、たしかに感心なことだよ」アトラスは首を傾げ、どこか誘うような目つきでいった。「しかしなぜやらなかったのかは、疑問に思わざるを得ないな」

「それは、世界に干渉すると気が変になるからだ」カルムはいらいらしていった。「ぼくがぼくであるためには、ある程度の自制心が必要なんだよ」

「自制心。それとも、もしかしたら想像力の欠如」

自信のかたまりのようなカルムは、ぽかんと口を開けることはなかった。かわりに彼はこういった。「これがぼくに時間を使わせる価値のあることでなかったら、まずいことになるだろうな」

こうはいわなかった。四分と三十九秒。かかるのはそれだけだろう。

彼には〈管理人〉のアトラス・ブレイクリーが自分をおびき寄せようとしているという感覚があり、わざわざつかまらないようにするべきではないとも、はっきり感じていた。

「その言葉はそっくりきみにお返ししよう」アトラスはそういうと、別れの挨拶がわりに礼儀正しく帽子を傾けた。

パリサ

一時間前

パリサはお気に入りの黒いドレスを着てマティーニをちびちび飲みながら、バーに座っていた。こういうとき、彼女はいつもひとりだった。一時は女友だちと連れ立ってきていたこともあったが、最終的にはやかましすぎると判断したのだ。邪魔になると。彼女たちはしばしば嫉妬深くもあり、それがパリサには耐えられなかった。パリの学校ではひとりかふたり女友だちがいたし、かつてテヘランではきょうだいと仲良くしていたこともあったが、それ以降は、ひとりでいるほうが効果的だと考えるようになっていた。結局それが、彼女にとって理にかなっていたのだ。モナリザを見るために列をつくった人たちが、近くに掛かっていた絵の題名を挙げられないのはふつうのことだったし、それは悪いことではなかった。

パリサのことを表す言葉はかなりたくさんあって、それはたいていの人ならよく思わないようなものだった。もしかするというまでもないことかもしれないが、パリサは人に認められることを重視してはいなかった。彼女は才能があり、賢かったが、それ以上に——少なくとも彼女を見たことがあるすべての人によれば——美しかった。自分の二本の手で獲得したものではなく偶然のＤＮＡの配列によって手に入れたものに対する承認は、彼女にとって偶像化したりとがめたりする必要性を感じることではなかった。パリサは自分の容姿を呪いはしなかったが、それに感謝することもなかった。単純に、金槌やシャベル、そのほかなんであれ必要な作業を仕上げるために必要な道具のように利用した。それに、非難というのは考える価値のないことだった。場合によってはパリサを非難していたかもしれない女たちは、すぐに彼女のダイヤモンドや靴や胸——それはすべて天然のもので、けっして合成品でも幻が生み出したものでさえもなかった——にお世辞をいった。彼女たちになんと呼ばれようと、少なくともパリサは紛《まが》い物ではなかった。たとえ偽りの約束をすることで暮らしを立てていたとしても、彼女は本物だった。

実際、自分の価値を知っている女ほど危険なものはない。

パリサは隅の席で仕事の打ち合わせをしている、高価なスーツを着た年配の男たちを眺めた。会話の中身に何分か耳を澄ましていたが——結局のところ、セックスがすべてというわけではなく、ときにはインサイダー取引のほうが簡単な場合もあったし、彼女は複数の脅威に対応できるほどに賢かった——事業のコンセプトが根本的にあやふやで、最後には興味をなくしてしまった。しかし当の男たちには、依然として興味をそそられていた。彼らのうちのひとりは結婚指輪をいじりながら、内心、妻のことで気を揉んでいた。退屈だ。別のひとりは明らかに、その退屈な心配性の男について、ある種の解消されない性的悩みを抱えていて、たとえ彼女の目的の役には立たなくてもそちらのほうが面白かった。最後のひとりはハンサムで、おそらく金持ちだった（それ以上の評価は保留）。そして結婚指輪がはまっているはずの場所は日に焼けていた。パリサは椅子の上で体をずらし、注意深く脚を組んだ。

　男が顔を上げ、彼女の太腿をちらりと見た。

なるほど。彼は間違いなくその気がある。それだけはたしかだった。

　男の商談がすぐに終わるかどうかわからなかったので、パリサはよそに目をやった。そのあいだ、彼女の思考はほかの誰かの思考に占められていた。たぶん奥の隅のほうにいる、いまにも泣きだしそうな裕福な女だろう。いや、気が滅入りすぎる。明らかに自分の手の使い方を心得ている、いつものバーテンダーがいた。彼はすでに頭のなかでその手をパリサに置き、かなり正確に思い浮かべた彼女の腰をなでまわしていた。ただし、彼女はそれからなにも得られないだろうが。たしかにオーガズムは得られるが、それがなんになるだろう？　バーテンダーと寝る女にならなくても、ひとりでオーガズムを得ることはできた。もし誰かがパリサの人生に関わってくるとすれば、金か権力、それとも魔法をもたらしてくれるだろう。それ以外にはないはずだ。

　パリサはバーカウンターの端にいるツイードの服を着た浅黒い肌の男のほうに体を向け、彼の頭から聞こえる沈黙についてじっくり考えた。彼女は男が入ってくるのを見ておらず、それはめったにないことだった。メディアン、あるいは少なくとも魔法使い。面白い。彼女は男が薄い名刺をいじくってカウンターに置くのを眺め、そこに書かれた言葉に顔をしかめた。**アトラス・ブレイクリー〈管理人〉**。なんの管理人？

　頭のいい女であることの難点は、生まれつき好奇心が強いことだ。パリサは商談に背を向け、かわりにアトラス・ブレイクリーに狙いを定めて、店内の自分たちの位置を調節しながらボリュームを上げていった。

　パリサは男の心に焦点を合わせ、そして見た……六人いる。いや、五人だ。顔のない五人。とてつもない魔法。ああ、そうだ、男はたしかにメディアンで、その五人もそうらしかった。彼は五人のうちのひとりに親近感をおぼえていた。彼らのうちのひとりは賞品で、そのアトラスという男が最近勝ち取ったものだ。彼はそのことで、少し悦に入っていた。

そのうちふたりはひと組で、一緒にやってきた。彼らは軌道上の星のようにおたがいの尻尾を追いかけるのをいやがっていたが、あいにくそれが彼らなのだ。ひとりは空白、問い、狭い崖の縁だった。別のひとりは……こだまのような答えだったが、なぜそうなのかはよくわからなかった。彼らの顔をはっきり見ようとしたが、だめだった。彼らはパリサの視界を出たり入ったりしながら、もっと近くにこいと誘っていた。

パリサは男の思考の内側を少し行ったり来たりしながら、あたりを見まわした。その思考は美術館の展示を思わせ、まるで特定の順番で彼女に見せることを意図したもののようだった。長い時間をかけて選ばれたもの、そして鏡。五つの額縁に入った、靄がかかったような肖像画、そして鏡。パリサは自分の顔を目にしてはっとした。

バーカウンターの反対端で、男が立ち上がった。彼はパリサがひとりで座っているところに歩いてくると、彼女の前に名刺を置くあいだだけ足を止め、立ち去った。彼が詳しいことをいっさい声に出していわなくても、すでにパリサには相手が自分にそれを与えた理由がわかっていた。彼女はそれを理解するのに充分なだけ男の頭のなかで過ごしていたし、彼が自らそうさせていたことに、いま気づいた。一時間後に、その名刺は彼女をどこかに連れていってくれるだろう、と男の思考はいっていた。どこか重要なところに。この男が何者であるにせよ、そこは明らかに、彼にとって世界で最も重要な場所だった。パリサがその部分は自分の解釈ではないかと疑ったのは、ほかとくらべてわずかにぼんやりしていたからだ。彼女の本能は、それがなんであれ、商談中の男より価値のあることだといっていた。あの男は最近、スーツのほころびを縫いなおしていた。それは仕立てなおされていて、あつらえでも下ろしたてでもなく、自分のものでさえなかった。最終判定：このような商談には、余裕があればもっと上等なスーツを着るもので、あの男にはそれができなかった。

パリサはあきらめのため息をつき、バーカウンターから名刺を取り上げた。

一時間後、彼女はアトラス・ブレイクリーと、彼の心にぼんやり浮かんでいた例の五人と一緒に、とある部屋に座っていた。さっきはアトラスもパリサも、友好的かどうかにかかわらず、ひと言も言葉を交わしていなかった。そこは革張りの長いソファーがひとつと背もたれの高い椅子が並んだ、現代的で最小限のものしかない部屋だった。パリサをのぞけば、座っているのはふたりだけだった。ハンサムなラテン系の少年――たしかにまだ少年で、パリサの隣に座っている少女に心を奪われていた――がパリサのことを美しいと判断するのを見て、彼女は内心ほくそ笑んだ。その少年を食いものにできるし、彼がそうさせることが、完璧にわかっていたからだ。それでも一日かそこらは楽しめるかもしれないが、この集まりはなんであれ、もっと大きなことのようだった。この部屋と、そこにあるのが約束されたあらゆることが、突然はるかに重要に思われた。ブロンドの南アフリカ人は興味深かった。ハンサムすぎるかもしれない。髪はきれいすぎるほどの金髪で、服はあまりに美しく仕立てられ、顔は異常なまでに印象的だった。彼は黒人の英国人、トリスタンを興味津々な様子で、ことによると飢えのようなものさえ抱いてじっと見ていた。よかった、ありがたい、とパリサは思った。彼のような男は嫌いだった。彼はパリサに自分の名前を叫ばせ、自分の持ち物について金切り声を上げさせ、「ああ、ベイビー、いいわ、どうやってわたしをこんなに感じさせるの？」みたいなことをいわせたがるだろうし、それは面倒な作業で、なにか価値のある結果に終わることはめったになかった。彼のような金持ちは概して財布の紐がかたく、経験上、自分にはなんのメリットもないのがわかっていた。

　それに彼ら六人は、ここでは対等だった。彼がパリサに差し出せるものといえばおそらく忠誠心だけだろうが、それを簡単に与えるタイプとは思えなかった。彼は自分の思いどおりにすることに慣れており、その思考からは、少なくともある程度の意図を持ってそうしていることが読み取れた。パリサ・カマリはけっして誰かのいいなりになりたいと思ったことはなかったし、いまさらそうすることは間違いなくないだろう。

　ラテン系の少年もおそらく使いものにはならず、それは残念なことだった。彼は明らかに裕福で、たしかに魅力的でないこともなかったが（ニコラス、彼女は満足げに考え、場合によっては彼と一緒にやっていたように頭のなかでその名前を転がし、耳たぶのすぐ下の日に焼けた肌にささやきかけた）、簡単に勝ち取れるものにはすぐ飽きてしまうのははっきりしていた。パリサの流儀ではない。彼が執着している少女は大きな愛らしい目をした、子どもっぽい切り下げ前髪のブルネットで、少年と同様に切り捨てるのは簡単だった。とはいえ、前にも女の子を相手にしたことはあったし、めったに除外することはなかったのだが。実際、この一ヵ月の大半は、この服、このブーツ、この財布を買ってくれた裕福な常人の女相続人たちと過ごしていた。実のところ、人は突き詰めればみな同じで、パリサは常にそうしていた。見てはいけないことになっていることを見る、それがパリサの商売だった。だがこの場合、この少女は明らかに見込みがなかった。彼女には恋人がいて、彼のことがほんとうに好きなようだ。なによりも不運だったのは、彼女が善意の持ち主でもあることで、それはいつも、簡単には利用できない人間のしるしだった。そのリビーという少女は、あまりに善人すぎてまったくの脈なしだった。パリサは素早く彼女から先へと進んだ。

　鼻にピアスをし、濡れたような黒髪を味気ないショートカットにしたナチュラリストのレイナは、明らかにこの部屋で最も脅威を感じる存在だった。彼女は生々しい力を放っており、パリサの経験上、それは関わり合いになるべきではない人間のしるしだった。パリサは「手出し無用」というしるしをつけた心のなかの箱に彼女を入れて、もっとよくわかるまではちょっかいを出さないことに決めた。

それからイギリス人のトリスタンがいた。遠慮がちにその思考に滑りこんですぐに、パリサは彼のことが気に入った。どうやら肉体的にも感情的にもつらい思春期を過ごした人間のようだ。彼女は細かいことに気づいた。右手首の外側の火傷、左のこめかみを二等分する薄い傷痕、折れた骨がおかしな具合にくっついた指、中指の関節を横切る白い斑点。彼をいじめたのが誰であったにせよ、いまは彼のほうが大きくなっていた。トリスタンの頭のなかには煮えたぎる怒りがあり、部族の太鼓のように鈍く打っていた。自分がなぜここにいるのか知らないのは明らかだったが、いま彼は、自分自身を含めこの部屋にいる全員を罰してやりたいと思っていた。パリサはそれが気に入った。興味深い、あるいは少なくとも共感できると思った。トリスタンが扉にいちばん近い場所から、彼女と同じように順番に詳しく観察している様子を、パリサは見守った。彼は部屋のなかの見た目とずれているものすべてに——リビーの切り下げた前髪の陰になっているストレス性のニキビを隠すコンシーラーの小さな点から、カルムの毛先に散った偽りの金色の斑点まで、ほかのものたちがみな、自分自身の様々な部分を隠すために使い慣れている幻のすべてに——気づき、少々驚いたことに、すぐさまそれを退けた。

彼の心はまったく動いていなかった。

もし自分が考えを変えさせたいと思えば変えるだろう、とパリサは思った。必ずしもそうさせるというわけではなかったが。これもまた、影響力がないことが証明された人間を追いかけてもなんの益もない、という例だ。ひょっとすると最も有益なつながりになりそうなのは、実のところ〈管理人〉のアトラスかもしれない。彼は四十歳を大きく超えてはいないはずで、狙いは充分に達成可能だった。すでに彼女がアトラス・ブレイクリーの忠誠心を勝ち取るためにどれだけの労力が必要かを計算していたとき、彼らの後ろで扉が開き、パリサもほかのものたちも振り向いた。

「ああ、ダルトン」アトラスがいった。腰が細く、骨張っているが優雅な男――たぶんパリサよりいくつか年上で、カラスのようなつやのある黒髪をきちんと分け、清潔でぱりっと糊のきいたオックスフォードシャツを着ていた――が会釈を返した。

「アトラス」彼は低い声でいうと、パリサに視線を注いだ。

そうよ、パリサは考えた。**そう、あなた。**

男は彼女を美しいと思った。楽なもので、みんなそうだった。男は彼女の胸を見ないようにしていたが、あまりうまくいっていなかった。パリサが微笑みかけると、男の頭には次々に考えがよぎり、それから空白になった。彼は一瞬黙りこみ、それからアトラスが咳払いをした。

「諸君、ダルトン・エラリーだ」アトラスが紹介すると、ダルトンは素っ気なくうなずき、やや不自然な笑みを浮かべてパリサの頭越しに部屋にいるほかのものたちに目をやった。

「ようこそ」ダルトンはいった。「〈アレクサンドリアン協会〉の会員候補に選ばれたきみたちにお祝いをいおう」彼の声は滑らかでバターのようだったが、それとは裏腹にその姿勢は少し強ばり、広い肩は――パリサが見たところ彼のシャツは間違いなく特別あつらえで、かなりの職人技の賜物だった――窮屈そうに固定されているようだった。髭は念入りに剃られていた。異常なまでのきれい好きらしく、パリサはちょうどいい具合に先細りになっている彼の首筋に舌を押しあてたくなった。「きっといまごろはもう、この場にいるのがどれほど名誉なことか、みな理解していることと思う」

「ダルトンはここの研究者で、直近の研修生クラスの一員だったのだ」アトラスがいった。「彼はきみたちがその過程を歩む案内役を務め、新しい地位に移行するのを助けてくれるだろう」

パリサはどんなものであれ、なんの支援も必要ない地位をいくつか思いつくことができた。彼女はダルトンの潜在意識に滑りこみ、あたりを探った。彼は追いかけることを望むだろうか？　それとも彼女に攻められたがるだろうか？　彼はパリサからも誰からも、なにかを遮断しており、パリサは驚いて顔をしかめた。テレパシーに対してなんらかの防御がなされることはまったくないわけではなかったが、それはかなり有能なメディアンにとってさえ大変なことだった。この部屋にはほかにも彼の心を読めるものがいる、とダルトンは思っているのだろうか？

パリサはアトラスがちらりと笑みを浮かべ、片方の眉を上げてみせたのに気づいた。彼女は瞬きした。

ああ、彼女がそう考えると、アトラスの笑みが広がった。

いまきみには、それがほかの人間にとってどんな感じがするものか、わかっているのではないかな。アトラスは頭のなかでそういうと、注意深くつけ加えた。**わたしならダルトンには近づくなと助言するだろう。彼にも同じ助言をするつもりだよ。**

彼はふだん、あなたの指示に従うの？パリサは尋ねた。

彼の笑みは狙い澄まされていた。**ああ。きみもそうすべきようにね。**

それでほかの人たちは？

なんであれ、この一年のあいだにきみがやろうとすることを、わたしが妨げることはできない。だが、たとえそうであっても境界線は存在するのだよ、ミス・カマリ。

彼女は譲歩して微笑み、頭のなかを白紙にした。防御も攻撃も彼女は等しく腕が立ち、それに応えてアトラスは一度うなずいた。

「さて」アトラスはいった。「それではきみたちが受ける研修の詳細について話しあうとしようか？」

II

真実

ニコ

ニコは貧乏揺すりをしていた。彼はほんとうにしょっちゅう貧乏揺すりをしていた。動かずにはいられない種類の人間なので、じっと座っていられないことがよくあったのだ。まわりがたいていそれを気にしなかったのは、間違いなく彼が笑みを浮かべ、声をあげて笑い、持ち前の快活さを部屋じゅうに振りまいてくれそうだったからだが、貧乏揺すりはかなりエネルギーを使うので、結果として少々無意味なカロリーの消費になっていた。また、うっかり気を抜くと魔法もわずかにこぼれてしまうことが知られていて、彼はそこにいるだけで自分でも気づかないうちに周囲の景色をつくりかえてしまい、ときには邪魔なものを押しのけてしまうこともあった。

リビーがさっととがめるような視線を彼に向けると、足の下で地面がゴロゴロ鳴った。例のひどく鬱陶しい切り下げた前髪の下で、彼女は色味が変わりやすい濃い青灰色の目に、非難がましい、ひどく用心深い表情を浮かべていた。

「どうかしたの?」彼らが解放されたあと、リビーは彼に向かって見事に遠慮のない調子でぶつぶつ文句をいった。おそらく無責任に混乱を引き起こしているといいたいのだろう。新規採用者向けのミーティングは一時休止され、彼らはアトラス・ブレイクリーの輸送魔法によって降ろされた建物の、大理石の廊下を進むよう指示されていた。到着したときのように直接呪文によって運ばれるのではなく、各々が利用する公共交通機関のポータルを通って外に出たのだ。エレベーターから踏み出して実用的なニューヨーク魔法旅行システムの一階に降り立って以来、リビーはひたすらニコを観察していた。このシステムは地下鉄の路線のように分岐して、どれも同じように平凡な出口となるターミナルへと続いている。廊下は裁判所のようだった。あるいは銀行か。それともなにか別の、金が動く場所か。

自分の興奮がもたらす振動をリビーがけっして見逃さないのは、まったく驚きだ、とニコは不機嫌に思った。ほかのものなら誰も、そのような実体のない環境の変化に気づくことはなかっただろうが、もちろん、ニコの注意を引かずにはおかない愛しいエリザベスは別だ。それは、隠せない醜い傷痕があるようなものだった。たとえそれを見ているのは彼女だけだったとしても。リビーが彼のいたらなさを思い出させることに喜びを感じるのは、彼女の鼻持ちならない人格のせいなのか、あるいは驚くほど彼とよく似た力のせいなのか、それともふたりが長年にわたって強いられてきた共存の歴史の結果なのかは、ニコには相変わらずわからなかった。彼はその三つすべてのなんらかの魔法的な組み合わせのはずだと決めてかかり、ふたりの対立の原因は、少なくとも三十三パーセントは彼女にあると思っていた。

「大きな決断、それだけさ」口ではそういったものの、ニコの心はすでに決まっていた。彼らはそれぞれ、〈アレクサンドリアン協会〉への入会資格を争う申し出を受け入れるかどうか決めるため、二十四時間の猶予を与えられていた。アトラスは明らかに、彼らが個々にそれぞれの快適な暮らしとの決別を決意することを期待していた。あいにくニコはマンハッタンのリビー・ローズの部屋からほんの数ブロックの場所に住んでいるため、ふたりの乗り継ぎ地点は同じで、いまはグランドセントラル駅の魔法通関地（オイスターバーの近くにある）まであとわずかのところにいた。

ニコはちらりと彼女に目をやり、おおむね悪気のない口調でしかたなく尋ねた。「なにを考えてるんだ？」

ローズはお返しに横目で彼を見てから、小刻みに太腿を叩く彼の親指に青灰色の目を向けた。「ほんとうにＮＹＵＭＡの特別研究員の地位を手に入れておくべきだったのに、って思ってる」彼女がつぶやくと、ニコの快活な性格が自然に顔を出し、陽気な笑みを浮かべた彼は、それが容赦なく唇全体に広がるままにした。「きみがほしがってるのはわかってたんだ。きみはいつもでたらめばっかりだな、ローズ」

「まったく」彼女は目を丸くしてみせ、また前髪をいじった。「どうして自分が気にしてるんだかわからない」

「いいから質問に答えろよ」

「いやよ」リビーは顔をしかめて彼のほうを向いた。「卒業したら二度とおたがい口をきかないことにしたんじゃなかった？」

「まあ、明らかにそうはなってないな」

彼がさらに何度か親指で太腿を叩いたその瞬間、リビーが誰にともなくいった。「この曲いいな」これもふたりのあいだのよくある違いだった。ニコはまずリズムの存在を感じ、彼女のほうはそれより先に旋律をとらえ、より早く認識していた。

彼らがいつもこんなふうだったのか、それともしぶしぶずっと一緒に過ごしてきてこうなったのかは、これもなんともいえなかった。もしリビーがいなければ、ニコは自分が気づいたことのほとんどに気づいていなかったかもしれないし、おそらくその逆もいえる。実際、彼女がいない場所でどうやって生きていけばいいのかほとんどわからないというのは、ほかに類のない腹立たしい呪いであり、彼の唯一の喜びの源は、いつだろうと彼女がそれを認める気になったときには、おそらく同じように感じるのがわかっているということだった。

「ギデオンはたぶん、よろしくっていってる」ニコがそういったのは、ある種のリップサービスだった。

「わかってる。今朝会ったとき、挨拶してくれた」

間があり、それから。「ほら、彼とマックスはわたしのことが大好きだから。たとえあなたがそうじゃなくてもね」

「ああ、知ってるよ。そして当然ながら、ぼくはそれが気に入らない」

吹き抜けになった階段に靴音を響かせてグランドセントラル駅をあとにし、ふたりは歩道に出た。その気になれば、もう自由に魔法で移動できる——会話は終わりだ。

いや、そうでもないのか。「ほかの候補者はみんな、わたしたちより年上よね」リビーが考えを声に出した。「みんなもう社会人でしょう？　あの人たちはとても……洗練された感じだった」

「見た目がすべてじゃないさ。あのパリサって子はひどく色っぽいけどな」

「ちょっと、がっつかないで」リビーが浮かべた半笑いは、彼女にとってはほとんどにやにや笑いだった。「あなたなんか絶対に相手にされっこないんだから」

「勝手にいってろよ、ローズ」

ニコは髪をかき上げてブロックの先を示した。「こっちか？」

「そう」

ふたりは優位を競う果てしない争いのなかで、必要に応じてある程度の緊張緩和を受け入れた。彼らはいつものように一瞬足を止め、交差点をタクシーが飛んでいないかたしかめてから通りを渡った。

「やるつもりなんでしょう？」リビーが尋ねた。いつもの突然湧き起こった不安をいっさい隠そうともせず、彼女は唇をぼんやりと噛みながら、茶色い髪を片手でひねくりまわした。

「ああ、たぶんな」間違いなく。「きみはやらないのか？」

「そうね――」リビーはためらった。「もちろんやるつもりよ、わたしはばかじゃない。見逃す手はないわ。NYUMAの特別研究員の地位よりもっといい。でも……」彼女は口ごもった。「ちょっとびくついてる」

嘘をつけ。彼女はすでに自分が優秀だと知っていた。ニコが演じそうにないのがわかっている、謙虚さという社会的役割を果たしているところなのだ。「きみはほんとうに自尊心を鍛えなくちゃな、ローズ。自分を卑下するような性格は、少なくとも五年前には流行らなくなってるぞ」

「ヴァローナ、いやなやつ」いまリビーは親指の爪を嚙んでいた。ばかな癖だったが、ニコは髪をひねくりまわす癖のほうがずっといやだった。「大嫌い」彼女はつけ加えた。それはふたりのあいだで確立された、「えーと」とか、考えこむような間に似た、根拠のない合いの手のようなものだった。

「そうか、そうか、わかったよ。するときみはやるつもりなんだな？」

ついにリビーはよけいな尻込みをするふりを捨て、目を丸くしてみせた。「もちろん。エズラがかまわなければね」

「おい。冗談だろう」

　ときどきリビーは、彼のタマを見事に萎《しな》びさせるような表情をすることがあり、今回もそうだった。初めて会ったとき、平然と彼に火をつけたことを思い出させるような種類の表情だ。

　もっと頻繁に見せてくれれば、彼はもっとリビーが好きになるだろう。

「わたしは彼と一緒に住んでるのよ、ヴァローナ。それに契約を更新したばかりだし」リビーはわざわざそういった。まるで彼らの元寮監で、座をしらけさせるのが得意技のエズラ・ファウラーに対する彼女のばかげた愛着を、彼が忘れられるとでもいわんばかりだ。

「もしわたしがアレクサンドリアに飛んで一年間過ごすつもりなら、たぶん彼に伝えるべきだと思う。場合によってはもっと長くなるかもしれないし。わたしが会員になればね」そしてわたしはそうなる、と言外ににおわせて、リビーはいった。

ふたりは訳すまでもない同意の視線を交わした。

「っていうか、マックスとギデオンには話すつもりなんでしょうね？」リビーがそういって片方の眉を上げると、それはまたしても切り下げた前髪の下に消えた。

「家賃のことか？　引っ越しの費用は補償してもらえる」ニコはしぶしぶ答えた。

リビーが横目で彼を見た。「あなたたち三人は、新入生のときから一時間以上離れてたことがないでしょう」

「ぼくらが手術でくっつけられてるみたいな言い方だな。ぼくらにはそれぞれの生活があるんだよ」六番街を斜めに横切りながら、ニコは強調した。その通りは曲がりくねりながら着実に南へ向かっていた。

リビーの眉は前髪の下に消えたままで、頭にくるほどだった。

「そうなんだって」ニコがぴしゃりというと、リビーは疑わしげに唇をゆがめた。「それにどっちみち、あいつらはなにをやらせてもだめなんだ。マックスは働かなくても暮らせるくらい裕福だし、ギデオンは――」彼は言葉を切った。「まあ、ギデオンのことは知ってるだろう」

それを聞いて、リビーは態度をやわらげた。「うん。まあ、そうね」

ふたりで黙って残りの四百メートルほどを歩くあいだ、彼女は髪をいじっていた。それを見たニコは、今回が初めてではなかったが、ほんとうに「リビー・ローズの不安癖ビンゴゲーム」をはじめるべきだな、と思った。

「それじゃあ、明日」彼女が住むブロックに着くと同時に、ニコはためらいながらそういった。「そうだよな？」

「えっ？　うん」彼女はなにか考えているところだった。「そうね――」

「ローズ」ニコがため息をつくと、彼女は顔をしかめて目を上げた。「なあ、とにかく……ほら。気をもんで《ローズ》ばっかりいるんじゃないぞ」

「そういうことじゃないの、ヴァローナ」彼女はぶつぶついった。

「絶対にそういうことだろう」彼はきっぱりといった。「とにかくこのことで気をもんだり《ローズ》するなよ」

「なにを――」

「いいか」ニコはさえぎった。「ずっとくよくよ悩んだりして過ごすんじゃないぞ。へとへとになるだろう」

リビーはあごを引いた。「だったら、いまわたしはへとへとになってるっていうわけ？」

彼女はほんとうにへとへとになっていて、どうしてまだ気づいていないのかは永遠の謎のままだった。「きみは優秀だ、ローズ」彼女がむだに身構える前にいきなりさえぎり、ニコはそう指摘した。「きみは優秀だ、いいな？　もしそうじゃなかったらぼくがわざわざ嫌ったりしないってことを、受け入れるんだ」

「ヴァローナ、それだとわたしがあなたにどう思われるかを少しでも気にしてることになるじゃない」

「きみはみんなにどう思われるかを気にしてるよ、ローズ。特にぼくにな」

「へえ、特にあなたに、ほんとに？」

「ああ」明らかに。「否定してもむだだ」

いまリビーは興奮していたが、少なくとも弱々しく不安定なところはましになっていた。

「まあ、なんだか知らないけど」彼女はつぶやいた。「とにかく……またね。たぶん、明日」彼女はくるりと背を向け、そのブロックを先へ歩いていった。

「エズラによろしくな」ニコがその背中に声をかけると、彼女は肩ごしに中指を立ててみせた。

　さて、これですべて問題ない。少なくともいつもどおりだ。

　ニコはなんとか徒歩で数ブロック移動すると、食料雑貨店《ボデガ》や、いろんなものが雑多に入り混じった料理のにおいが漂う四つのフロアを通るのを避け、手を振って自分が住んでいる建物の上の階に移動し、ベッドルームがひとつの（不格好に）改造された自分たちの部屋がある狭苦しい踊り場に到着した。そこで彼らはこの三年間、多くの世代が同居しているドミニカ人の一家と彼らが飼っている躾《しつけ》の悪いチワワの隣で暮らしていた。ニコは結界をいじって鍵を使わず乱暴に押し入り、いつもの住人を見つけた。完全にブロンドでも、完全に浅黒くもなく、アーモンド形の目をした、不眠症もどきで無精髭を五日間のばしっぱなしのひどい格好をしたやつが、窮屈なソファー（下の階に住んでいるベンガル人の兄弟とのじゃんけんに勝って手に入れたもの）に座っていて、その隣には体を思いきりのばしてうたた寝をしている黒いラブラドールがいた。

「ニコラス」ニコが入っていくと、ギデオンが笑みを浮かべて目を上げた。「調子はどう《コモエス》だい《タス》？」

「まあ、ぼちぼちだな《アー・ビエン・マスオメノス》。元気《サヴァ》かい？」

「ああ《ウィ》、元気《サヴァ》だよ」ギデオンが犬を肘でつつきながら答えた。「マックス、起きろよ」

しばらく間があってから、犬は朦朧としてソファーからずり落ち、重そうな目蓋をして不機嫌にのびをした。それから、あっというまにいつもの姿に戻り、流行の髪型にした頭をぼんやりかきながら、肩ごしにギデオンをにらんだ。

「おれはくつろいでたんだぞ、このクソ野郎」ときどきマクシミリアン・ヴィリジアン・ウルフ（最高の環境下でかろうじて飼い慣らされている）だったり、そうでなかったりする男は、大声でいった。

「まあ、おれはそうじゃなかったけどな」ギデオンはいつもの抑えた口調でいうと、読んでいた新聞を脇に放り出して立ち上がった。「出かけるか？ 晩飯に？」

「いや、ぼくがつくる」ニコはいった。実のところ料理ができるのは彼だけで、マックスは実用的な技を身につけることにはほとんど興味がなかったし、ギデオンは……別の問題を抱えていた。いま、ギデオンは上半身裸で、両手を頭の上にあげてのびをし、その砂色の髪はいつもの気まぐれなきらめきを放っていた。目の下のくまさえなければ、ほぼ完璧にふつうに見えたところだ。

もちろん彼はふつうではなかったが、人目を欺くふつうさはすべて、ギデオンの魔力の一部だった。

いつも変わらぬ気怠《けだる》そうなところを別にすれば、ニコはこれよりもっとひどい状態のギデオンを見たことがあった。たとえば、彼の母親で詐欺師のエイリフを慌てて避けるときに。彼女は公衆トイレの周辺、ときには雨樋《あまどい》のまわりにも、姿を現す傾向があった。家族とはいいがたい、吸血ノヴァスコシアのヒルの群れのような里親一家を避けて通るときもそうだ。ここ数週間、ギデオンの状態はふだんより悪かったが、ニコはそれを、まず間違いなくNYUMAを卒業することの避けられない結果だと思っていた。この四年間、ギデオンはほとんどふつうの暮らしを送ってきたはずだったが、いまはもとの……なんであれ行き場がないときに人生がそうなるような、詳しい事情を知らないものなら慢性のナルコレプシーと呼ぶかもしれない症状の、深刻な状態に戻ってしまったのだろう、とニコは思っていた。

「ロパヴィエハ（キューバ料理。牛肉のトマト煮）はどうだ？」ニコは自分が考えていたことはなにもいわずに提案した。

「いいね」マックスがギデオンの腕の横に拳をぶつけ、浴室に向かった。マックスは、変身したときはいつもそうで、真っ裸だった。ニコが目を丸くしてみせると、マックスはウインクし、前を隠そうともせずに大股に通り過ぎた。

「リビーからメールがきた」マックスがいないときに、ギデオンがいった。「おまえはいつもどおりのいけ好かないやつだったってさ」

「それで全部か？」ニコはそうであることを期待しながら、先を促した。

ああ、だがもちろんそうではなかった。「おまえたちがなにか謎めいた仕事に誘われたって」

「謎めいただと？」クソっ。

「それがなんなのかは教えてくれようとしなかったが、そう書いてあった」

全員、黙っているよう注意されていたっていうのに。

「彼女がもう話したなんて、信じられないな」ニコはまたしてもうんざりして、不平がましくいった。「真面目な話、どんなふうに？」

「おまえがここに着く直前にメッセージがきたんだ。それから、はっきりいって、彼女がいつも情報を提供してくれるのが、おれは気に入ってる」ギデオンは手をのばして首の後ろをかいた。「もし彼女が教えてくれなかったら、おまえがおれたちに話すのにどれくらいかかってたかな？」

あの卑劣でちんけな怪物女め。するとこれが、ぼくへの仕返しというわけか。彼が大事な人たちと無理にやり取りさせられているのは——ニコがそれをひどく嫌うことを、リビーはよく知っていた——すべて、彼女の恋人はまさにこういうやつだとほのめかしたためだった。

「ロパヴィエハには時間がかかる」ニコは躊躇し、急いで通路のような調理場に引っこんだ。そこは冷蔵庫の登場以来なにも変わっておらず（マックスのいわゆるめった切り、すなわち「軽度の物的損害」は別にして）、とにかくキッチンとみなされるのに必要な、最低限のカウンタースペースがあるだけだった。「蒸し煮にしないとな」

「いい答えじゃないな、ニコ」そうギデオンに後ろから声をかけられて、ニコは不本意ながら立ち止まり、ため息をついた。

「ぼくは」彼はいいかけ、くるりとギデオンのほうに向き直った。「ぼくは……それがなんなのか教えるわけにはいかないんだ。いまはまだ」

　ニコが訴えるような目で、彼らがともに過ごした四年の歴史の上に築かれた完璧な信頼を呼び起こすと、しばらくしてギデオンは肩をすくめた。

「わかったよ」彼は譲歩し、コンロに向かうニコを追った。「だけどまだ、おれたちに話さなくちゃならないことがあるだろう。最近おまえはおれを壊れ物みたいに扱ってるし、どうも変だ」ギデオンはいったん言葉を切った。「なあ、もしかして今回は、おまえはこないほうがいいかもしれない」

「なんでだよ?」身を屈めてグリルを空にしていた（マックスがそこに授業の課題をしまっておくことは認められていなかったのだが――）ニコはそう食ってかかりながら勢いよ

く起き上がり、上からぶら下がっている調理器具に危うく頭をぶつけそうになった。

「なんでって、おまえがそいつを赤ん坊扱いしてるからだろう」まのびした声が聞こえたかと思うと、マックスが自分の部屋から冷蔵庫のビールを取りに出てきて、ニコの肩に自分の肩をぶつけた。マックスはスウェットパンツにカシミアのセーターというちぐはぐな格好だったが、それでも服を着てくれている分、アパートの衛生面では進歩だった。「おまえは心配しすぎなんだよ、ニッキー。つまらないことで大騒ぎするやつは誰からも好かれないぞ」

「ぼくはそんなんじゃ」ニコはいいかけたが、ギデオンに疑わしげな目で見られて、ため息をついた。「いいさ、そうだよ。でも、いわせてもらえば、ぼくはそれをとても魅力的に見せてるんだ」

「母性本能を育てる時間なんか、いつあったんだ？」キッチンで食材をより分けはじめたニコに、マックスがくんくんあたりのにおいを嗅ぎながら尋ねた。

「たぶんおまえがさぼったなにかのクラスでだろうな」ギデオンがマックスにいってから、ニコのほうに向き直った。「おい」ギデオンはニコを肘でつつきながら低い声で警告した。「おれは本気だぞ。もしおまえがどこかにいくつもりなら、おれはそれについて知りたい」

なるほど。ギデオンはそう思うわけだ。ギデオンはすでに、ニコが黙ってやった多くのことについて、かなりの情報を持っていた（ニコがギデオンのまわりに張り巡らせた結界は、それを構築するよりもギデオンから隠すほうがさらに難しかった——拍手はもらえなくても、ニコの不屈の帽子にはすでに、見事な羽根飾りが挿してあった）。しかしギデオンの母親のエイリフがもたらす脅威をおおっぴらに認めることは、誰のためにもならなかった。同様に、ニコにいわせれば、〈協会〉の申し出を受け入れた場合にそれがもたらすかもしれない災難について話しあったところで、なんの意味もないだろう。

ニコとしては基本的に、ときどき自分とギデオンのあいだに口に出されていないことがいくつかあるのは、おたがいに対する愛情の代償だと思いたかった。いうなれば愛情表現だ。

「どうせきみは、ぼくがいないことに気づきもしないだろう」ニコは横目で見ていった。

「どうしてさ、おれが訪ねていくと思ってるからか？」

ニコは腕をのばして手の甲でギデオンをはたき、冷蔵庫への道を空けさせた。「ああ」自分の答えがギデオンを少し安心させたことに気づかないふりをして、彼はいった。「実際、きみはこられるんだ。ほら、どこかの洒落た引き出しに入れられるんじゃないかな？ぼくのクローゼットのなかにまっすぐ立たせておいたっていい」

「いいや、ごめんだ」ギデオンは床にくずおれ、いちばん下の戸棚にもたれかかってあくびをした。「あれはまだあるのか――」

「ああ」ニコはキッチンの引き出しのひとつをかきまわしてガラスの小瓶を投げてやり、ギデオンはそれを片手で受け止めた。「でも、使ってほしくないね」ニコはフライ返しで警告した。「今夜ぼくを連れていってくれないんなら」

「それがおれに対する思いやりのあらわれなのか、自分のいないところでなにか刺激的なことが起こるんじゃないかと心配でたまらないだけなのか、おれには判断がつかない」ギデオンはそうつぶやき、小瓶の中身を飲み干した。「でもそうだな、ああ、いいだろう」

「なあ、きみにはぼくが必要だ。そいつは簡単には手に入らないぞ」ニコはそう指摘したが、ニコとギデオンのあいだの愛情ゆえに語られていない秘密のなかには、それがいかに簡単に手に入らなくなるかも含まれていた。ギデオンのためにその製法を盗み取るあいだ、錬金術課三年の女子学生の頭を間違いなく空っぽにさせておくだけのために、ニコは口に出したくないことをたくさんやらなくてはならなかった。彼はその盗みのために必要なテレパシーの技まで身につけていて、それだけでもう、ほかの誰のためにもやらないようなことだった。その技を身につけるのに、ニコはNYUMAでの四年間のほぼすべてを費やし、そのせいであまりに消耗しきったために、リビー・ローズは四日間にわたって、彼が死にかけているのではないか、それとも彼女を引っかけて死にかけていると期待させようとしているのではないか、と思ったほどだった。

　ギデオンを友だちに持つことで厄介なのは、彼を失う可能性が常にあることだった。ギデオンのような人たち（公平を期するためにいえば、厳密には人ではなかったが）は、ほとんどの自然法則では存在しないことになっていた。ギデオンの両親は、無責任な有鰭族《フィンフォーク》とさらに無責任なウマ科の生き物（口語ではそれぞれ、マーメイドとサテュロス）で、彼らのあいだにできた子どもが完璧な人間の姿で生まれる確率は常に二十五パーセントであり、ギデオンはその二十五パーセントに入っていた。もちろん彼らは、人間の姿をした自分たちの子どもが厳密には身分登録の対象にならないこと、あるいはメディアンの能力がありながら、すべてのメディアンが法律で属するよう定められている種族の階級を与えてもらえないことを、気にも留めなかった。ギデオンには社会サービスを受ける権利はいっさいなく、合法的に雇ってもらうこともできず、残念ながらかなりの努力なしには麦わらを金《きん》に変えることもできなかった。そもそもギデオンが教育を受けていたのは、ある大規模な組織的詐欺の事例に伴った、ほとんど偶然の出来事だったのだ。

　すべては基本的にひとつのことに行き着いた。ギデオンのような亜種について研究する機会はＮＹＵＭＡにとって見逃すには惜しいものだったが、もはや学生として登録されていないま、彼はもとの何者でもない存在に戻っていたのだ。

夢のなかを歩くことができるただの男、そしてニコの親友に。

「悪かったよ」ニコがいうと、ギデオンはちらりと目を上げた。「新しい特別研究員の地位のことを話すつもりだったんだ。ただ……」

罪悪感。

「いつもいってるだろう」ギデオンはいった。「そんな必要はないって」

リビー・ローズがニコとギデオンはいつもくっついているとからかうなら、それはニコがギデオンの生存を個人的に保証するためにすぎなかった。もちろんリビーがそれを理解することはないだろう。彼女はギデオンが見かけとは違うことを知っている数少ないうちのひとりだったが、それがなにを意味するかは知らなかった。彼女はギデオンがどれほど頻繁に危険な目に遭っているかを知らなかった。彼が常にひとつの領域に自らを固定しておくことができず、しばしば自分の頭のなかに飲みこまれて思考と潜在意識の無形の空間で迷ってしまい、帰り道が見つけられなくなることを。リビーはギデオンに敵がいることも、彼の正体を知っていて利用するつもりでいるものたち——彼の母親のエイリフを含め——がなによりも危険な連中だということも、知らなかった。

またリビーは、ニコが彼女を過小評価していないのに、彼女のほうは容赦なく彼を過小評価していることも知らなかった。ニコは自身の専門分野のほかに複数の分野で技術を完成させており、それはどれも彼に大変な犠牲を払わせていた。ニコはほかのふたりを追いかけて夢のなかに入りこむために姿を変えることができたが（動物は人間よりも境界の制約が少なかった）、それは彼自身の分子構造の各要素を操作する術を学んで、ようやく可能になったことだったし、そのあとは回復するのに丸一日かかるため、やるのは月に一度だけにしていた。ニコはギデオンの物理的な形態をより恒久的に、いま立っている現実につなぎ止めるためのものを醸造することができたが、それはずきずきしたりひりひりしたりする痛みが一週間は尾を引くような骨の折れる作業を経て、初めて可能になることだった。

　ギデオンは、ニコの貢献をわざと完全には知らされていないのがわかっていて、自分が知っている骨折りですらやりすぎだと考えていたが、その実際の範囲を知っているニコは、己の行動をばかばかしい取るに足りないことだと考えていた。それをどう説明すればいい？　彼らの友情がはじまったときから、ニコはギデオンのことを謎、神秘、自分の落ち着きのない心をなだめてくれる存在とみなしていた。のちにギデオンが、実際にニコがそうではないかと思っていたのと同じくらい不可思議な存在だということが明らかになったのだが、それはまったく別々の理由からだった。どうしてひとりの人物（あるいはなんであれ、ギデオンがそうであるもの）が、あれほど圧倒的に思慮深く、あれほどいやになるくらい冷静でいられるのだろうか？　それに最も重要なのは、どうしてギデオンのような不可解で、許しがたいほどの善良さの持ち主が、どんなにいいときでも反省のない詐欺師のようなニコのなかに、そのような価値を見出せたのか、ということだった。ほんとうに頭がくらくらした。

　問題は、ニコには〈協会〉の申し出を断るという道はないということだった。権力？　彼にはそれが必要だった。書庫の神秘的な蔵書のなかに見つかるかもしれない、よく知られていない治療法？　彼にはそれも必要だった。金、名声、コネ？　彼にはそのすべてが必要だったし、それらがあればギデオンの状態は改善し、より安全に近づけるようになるだろう。二年間離れていたいというのは、どう考えても無理な頼みではないはずだ。

「悪かった」ニコはふたたびいった。「ぼくが出ていくことを、きみにどう伝えればいいかわからなかったんだ。いや」彼はいいなおした。「ぼくがいかなくちゃならないこと、そしてその理由を話せないことを、きみになんていえばいいのかわからなかった。ぼくはただ、離れているその時間は価値あるものになると、信じてほしいんだ」

　ギデオンは一瞬、眉間にしわを寄せて静かに葛藤した。それから頭を振った。「おれのためにおまえの人生をお預けにしてほしいと思ったことなんか一度もないぞ、ニコ」

そう、たしかにそうだった。そして、そもそもニコがそうしてきた――あるいは、とにかく今日まではそれ以外の選択肢はないと考えてきた――唯一の理由は、それだったのだ。

「いいか、きみがぼくの友だちになった瞬間、きみはぼくの問題になったんだ」ニコはそういってから、自分がなにをいったかに気づいて、いいなおした。「というか、ほら、ぼくのものとか。なんだっていいけど」

ギデオンがため息をついて立ち上がった。「ニコ――」

「おまえたち、ひそひそ話はやめてくれないか?」マックスがソファーから大声でいった。「ここからだと聞こえにくいんだよ」

ニコとギデオンは顔を見合わせた。

「聞こえただろう」議論を続ける価値はないと思いながら、ニコはいった。

ギデオンも明らかに同じ考えだったようで、腰でニコを突いて押しのけながら、つけあわせにするニンジンを何本か野菜室から取り出した。

「すりおろそうか?」

「もうやってるだろう」ニコはぶつぶついったが、ギデオンの顔に笑みが浮かんだしるしをとらえ、話の続きはあとまわしにすることにした。

トリスタン

すぐに物事を見通せることの厄介なところは、自然な冷笑主義がある程度発達することだ。なかにはほのめかされた警告の中身をはっきりさせたいという衝動に駆られることなく、知識と権力の約束を受け入れるものもいるが、トリスタンはその手の人間ではなかった。

「話があるんだ」彼はほかの五人の候補者たちを先にいかせ、実に曖昧な言い方で自分を採用したいといった〈管理人〉に近づいた。

〈協会〉について長々と話すために入ってきた男と小声で話をしていたアトラスが、顔を上げた。何者であるにせよ、そのダルトンとかいう男は、さっき話をしているあいだかなりの量の魔法を発散していた。トリスタンがまともに耳を傾けようとしなかったのは、そのせいもあった。もし説得に応じて、あれだけ細心の注意を払って自力で作り上げた人生を捨てることになるなら、錯覚させられたり操られたりしてそうするつもりはなかった。それは曲げようがない事実にもとづいた彼の選択になるだろうし、アトラスがその事実を彼に与えるか、あるいはトリスタンが去るかだ。単純なことだった。

　アトラスはひと目見てそれだけのことを察したらしく、うなずいてダルトンを下がらせた。味気ない革張りの家具ばかりで個性や芸術性が完全に欠如したその部屋は、ほかのものたちがいないと違った感じがした。仮面の下に空っぽの空間を見つけたような、かび臭くて気味が悪い不誠実な感じだ。

「なにかな」アトラスが気長でも性急でもない様子で手招きし、トリスタンの口元が引き締まった。

「ぼくの能力が珍しいが役に立たないものだということは、あんたもぼくと同じくらい知ってる。自分が世界じゅうで最もかけがえのない六つの魔法的専門技能のうちのひとつを持っていると信じろといわれても、とうてい無理な話だ」

　アトラスは部屋の中央のテーブルに寄りかかり、一瞬、瞑想に耽るように沈黙して、扉の横というトリスタンの位置を検討した。

「それなら、どうしてわたしはきみを選んだのだろう」アトラスは問いを投げかけた。

「もしきみがそれに値すると信じていなかったのなら?」

「まさにそれを知りたいんだ」トリスタンはきっぱりといった。「もしこの件が、親父となにか関係があるんなら――」

「それはない」アトラスはそういうと片手を振ってトリスタンの懸念を退け、ついてくるよう身振りで示して、突然大股に扉をくぐった。「きみの父上は魔法使いだ、ミスター・ケイン。充分腕が立つ」アトラスは肩ごしにそう認め、トリスタンはしぶしぶついていくことに同意した。「しかしいささかありきたりだな」

当然アトラスは、彼にそう思わせたがるだろう。誰かが父親の一味に潜入するためにトリスタンの能力を誇張しようとしたのは、これが初めてではなかった。「ぼくの父親は魔法犯罪組織の長だ」トリスタンは廊下で立ち止まった。「それにたとえそうでなくても、ぼくは――」

「きみは」アトラスがさえぎった。「自分が何者であるかを理解すらしていない。賭けてもいい」彼は廊下が枝分かれしているところで足を止めて待ち、トリスタンは顔をしかめてふたたびあとに続いた。「きみの専門はなんだった？」一緒に歩きながら、アトラスが尋ねた。「きみの能力のことではないぞ」彼は質問の意図をはっきりさせた。「わたしが尋ねているのは、きみがメディアンとしてロンドン魔法学校で取得した資格のことだ」

トリスタンは彼を用心深く探るように見つめ、相手ののんびりした歩調に合わせた。

「あの部屋にいた全員に関することは、もうなにもかも知っているのかと思ってたんだがな」

「知ってるさ」アトラスは肩をすくめた。「しかしわたしはかなり忙しいし、考えることがたくさんある重要人物だから、とにかくきみに教えてもらいたい」

いいだろう。この件を長引かせても無意味だ。「ぼくは幻影のカレッジで学んだ」

「しかしきみは幻術師ではない」アトラスは指摘した。

「ああ」トリスタンはぶっきらぼうにいった。「だが幻を透かして見ることができるから――」

「違うな」アトラスが訂正し、トリスタンははっとした。「きみには幻を透かして見る以上のことができる」

エレベーターのところに着くと、アトラスは思いがけずそれに背を向け、かわりになんのしるしもついていない両開きのガラス扉の奥へとトリスタンを導いた。「こっちだ」アトラスにいわれ、トリスタンはこの謎めいたちょっとした遠足を延長したくはなかったが、導かれるままにより広い廊下に続いているらしい狭い通路を進んでいった。

建物のこの翼棟は明らかに、少なくとも二世紀以上前のものだった。ガラスのはまった扉が古い石材とともに光沢のある大理石を引き立たせている様子から見て、彼らがさっきまでいた場所は最近増築されたのだろう。

「ここだ」窓のない長い廊下を半分ほど進んだところでそういうと、アトラスは壁にかかった一枚の絵の前でぴたりと足を止めた。「これはなんの絵かな？」

それはなんの変哲もない肖像画で、よくあるタペストリーの前にひとりでたたずむ大金持ちの男を描いたものだった。がっかりだ。トリスタンの知るかぎりでは、アトラスの戦術はありきたりのレトリックにすぎず、カルトの勧誘の常套手段だった。質問には答えず、尋ねるだけ。はぐらかして褒めそやし、煙に巻いて隠す。

「ぼくは忙しいんだ」トリスタンはいらいらといった。「ゲームをしている暇はない。ぼくがロンドン学校ですべてのメディアンによって診断されたことは保証するし、自分の能力がどの程度のものかはわかって――」

「わたしが尋ねた瞬間」アトラスがさえぎった。「きみはこの絵が、画家の恋人の肖像画だと特定した」彼はふたたび後ろの絵を身振りで示した。「もちろん、きみはたくさんのことを――わたしがきみの観察結果をちょっとのぞいて見極めたよりもはるかに多くのことを――見て取ったわけだが、十九世紀の〈協会〉の庇護者を描いたこの平凡な肖像画を見て、きみはそれがどういうものであるかを結論づけてくれる詳細を解釈した。きみ以外のものは誰も見なかったであろうことをね」

アトラスは額に記された題名を指さした。それには単純に「ウェルズ子爵、一八一六」とあった。

「きみは窓から射しこむ光が一般的なアトリエのものではなく、画家とモデルの両方にとって居心地のよい場所のものだと悟った。彼の描かれ方が形式張っておらず、その地位を示すしるしはあとから急遽つけ加えられたものだと気づいた。きみは提示されたものではなく自分で推測したことにもとづいて、合理的な結論に達した。これはきみが構成要素を見ているからだ」アトラスの指摘に対し、常に隠された意図を警戒しているトリスタンは、用心深い疑わしげな態度を保った。「常人にいわせれば、きみは大学者ということになるだろう。きみは魔法の要素も見ているし、メディアンに分類されたのはそのためだ。しかしそのとおりだよ」アトラスは認めた。「われわれは、きみがこれまで意図的に見せてきた魔法以上のものに関心がある」

アトラスの言葉に、トリスタンは大きな期待と不安の表情を浮かべた。

「きみはたんなる珍しい存在ではない」アトラスはきっぱりといい放った。「トリスタン、きみは自分の能力をとうてい想像することもできないのだ。なぜなら、いままできみをどう扱えばいいかわかるものはおらず、したがってきみもそれを知る理由がなかったからだ。きみは空間について学んだことはあるか？　時間は？　思考は？」

トリスタンの額に一瞬刻まれた当惑の深いしわを見て、アトラスはいった。「そのとおり。きみは幻術師のグループと並んで教育を受けた。市場性のある手品で利益を上げることだけを考えて」

トリスタンは苛立った。「それが、あんたが思うぼくなのか？」

「明らかに違うな、トリスタン。そうでなければわたしは、ここできみを説得しようとはしていないだろう」

トリスタンは少し考えこんだ。

「その言い方だと、ゲームがぼくに有利なように変えられているように聞こえるな」彼が相変わらず用心深くいうと、アトラスは首を横に振った。

「いいやまったく。きみがどれだけ役に立つかはわかっている。今度はきみが、ほかのものたちを納得させる番だ。きみが最終的にどういう存在だと判明するにせよ、きみの才能にはそれとはくらべものにならない可能性があるのだ」

そこまでいうと、アトラスはトリスタンに素っ気ない無愛想な笑みを浮かべてみせ、言葉には出さずに会話を終わりにしたいと告げた。

「わたしはきみになにも約束はできない」アトラスはいった。「実のところ、なにも約束するつもりはないし、いまの話からきみがなにを受け取るにせよ、誤解はしないでもらいたい。わたしが話してきたことは、なにかを保証するものではまったくないのだ。研修生クラスのほかのメンバーの場合と違って、きみの力はまだ大部分が試されていない。その潜在能力はまったくといっていいほど未開発だ。そして、いくらわたしがたぐいまれなものだと信じていても、それを実らせるのはきみ自身でなくてはならないだろう。ミスター・ケイン、残念ながら、報酬を得るには、とにかくやってみるしかないだろうな」

トリスタンは必ずしもリスクを冒すのが嫌いなわけではなかったし、以前は大胆な賭けに出ることで知られていた。実際、現在の生活の大部分は賭けであり、それは意図したとおりにうまく運んでいたが、その見返りがどれほど物足りないものかに、最初は気づいていなかった。

力とはけっして与えられるものではなく、つかむしかないものだということは、トリスタンにとって明らかだった。自分にその価値があろうとなかろうと、それはつかむべきものであって、アトラス・ブレイクリーやほかの誰かの手によって差し出されるものではないだろう。

己の実力によって、トリスタンは数カ月後には魔法経済界の大立て者の跡取り娘と結婚して後継者となり、父親の犯罪企業とは完全に縁が切れるだろう——そして、ルペシュお気に入りのデトックス効果のあるコンブチャにうっかり毒を入れてしまう可能性と同じくらい、橋から飛び降りる可能性もあるのではないか。

だったら、ちょっと賭けてみるか。

「エレベーターまで送っていこうか?」アトラスが促した。

「いや、いい」そろそろこの建物のことを知っておくべきだと考え、トリスタンはいった。

「自分で見つけられる」

パリサ

ダルトン・エラリーの通った道をたどっていくのは、特に大変な作業ではなかった。建物の初めて見る部分はさっきまでいた場所よりも古く、基本的な原初の思考感覚を発展させた複雑な魔法の層によって、漠然とした意識が生まれていた。パリサの見るかぎり、この建物にはほかの建物と同様に心があり、建物の廊下という背骨に沿って進むダルトン・エラリーの足取りを識別するのは簡単なことだった。ほとんど苦労することなく、パリサはダルトンが通ったあとを優雅にたどっていった。

幸い、あらためて見ても彼は相変わらずハンサムで、頬骨が高く突き出ていて、典型的な王子様のようだった。するとこれは、会議の場で彼らに見せるためにつくった顔ではなかったことになる。仮面の魔法というのはどんな種類のものでも、いまのような必要のない瞬間にまで保っておくにはあまりに骨が折れるのだ。

だがパリサは、彼が自分を見つけたときに、目に見えない仕掛けが軽く引っかかるのを感じた。誰もいない廊下で、彼の防御力が急に高まったのだ。

「あなたは権力を追い求めるようなタイプには見えない」パリサはあえて声に出して、ダルトン・エラリーがどういう種類の人間かを推測することにした。その推理は、つまらないくらいあまりに的確だった。見るからに学問が好きそうで、そのまじめくさった態度は、いつも自慢ばかりしている超男性的な政治家や実業家には似合わなかった。

彼女のさらに踏みこんだ評価――より大胆な推測――によれば、率直な態度は彼をうろたえさせるか、あるいはつけあがらせる可能性があった。どちらにせよ彼の思考のなかに居場所を確保するには充分で、そうなれば扉をほんの少し開けたままにしておくようなものだ。最初から彼の頭のなかに入ったことがあれば、その思考に引き返す道を見つけるのはより簡単になるだろう。

「ミス・カマリ」最初の驚きとは裏腹に、ダルトンは一様に抑制された口調でいった。「さっきのつまらないミーティングのことを考えれば、わたしがそんなふうに見えるとはまず思えないね」

ふむ。これはごく控えめにいっても、参考になるというには不充分だった。うろたえてもつけ上がってもおらず、たんに事実を述べている。

パリサはもう一度試みた。「それはつまり、簡潔ということかしら？　わたしならたったいま起こったことを表すのに、つまらないという言葉は使わないわ」

「だめかな？」ダルトンは肩をすくめ、異議を唱えるように首を傾げた。「まあ、ひょっとしたらきみのいうとおりかもしれない。申し訳ないがわたしは――」

そうはさせない。「ダルトン」パリサがいうと、ダルトンはかなり抑制のきいた礼儀正しい目つきでちらりと彼女を見た。「あなたのプレゼンテーションは大いに参考になったけど、それでもまだ疑問があるのはきっと当然のことでしょう」

「なにについての疑問かな……？」

「なにもかもよ。なかでもこの〈協会〉について」

「いいかい、ミス・カマリ、残念ながらすでに提供した以上の答えをきみに与えることはできないんだ」

もしパリサがすでに、男というものはいかに女の欲求不満のあらわれに無頓着かに気づいていなければ、顔をしかめていたかもしれない。彼の無関心は徹底して役に立たなかった。

「あなたは」彼女はあえてより効果的な話題に踏みこもうとした。「あなた自身、かつてこうすることを選んだんでしょう？」

「ああ」ダルトンは心のなかで、当然ながら、ともいった。

「あなたは一度のミーティングのあとでこれを選んだの？」彼女はそれとなく尋ねた。「アトラス・ブレイクリーに選ばれて、ちょうどさっきのわたしたちみたいに見ず知らずの人たちと一緒に部屋に座って……そしてなんの質問もせずに、あっさり同意したの？」

ついに躊躇という手応えがあった。「そうだ。きっときみも理解しているように、抗しがたい申し出だからね」

「それにしても」パリサは指摘した。「あなたは研修期間が終わったあともとどまることを選んだ」

ダルトンの額がぴくぴく動いた。これもまた有望なしるしだ。「それに驚いていると？」

「当然よ」彼がようやく積極的に会話に参加してきたのを見て、パリサはほっとした。「あの部屋であなたがわたしたちに訴えたのは、力のことだったでしょう？　研修を終えて外の世界に戻り、〈協会〉の会員に割り当てられた資源を活用すること」彼女は意図をはっきりさせた。「でもあなたはそうする機会を与えられながら、ここに残ることを選んだ」事実上の聖職者として。アレクサンドリアの神学者と選ばれし信徒のあいだの仲介役として。

「前に誰かが、わたしは権力を追い求めるタイプには見えないといっていたな」ダルトンがいった。

パリサは微笑んだ。ダルトンはまだ知らないが、彼女は自分の足がかりを見つけていた。

「まあ、わたしには参加しない理由はほとんどないでしょうね」パリサは肩をすくめて応じた。なんといっても彼女には、なんのしがらみもなかった。「チームワークにとりたてて強い関心はないというだけで」

「きっときみは仲間がいてよかったと思うだろう」ダルトンは請けあった。「専門分野は、ある程度おたがいに補いあうために選ばれている。きみたちのうち三人は物性の専門家だが、あとの三人は――」

「すると、あなたはわたしの専門分野を知ってるわけね」

ダルトンは冷ややかな笑みを浮かべた。「ああ、ミス・カマリ」

「そして、わたしを信用していないんでしょう？」

「習慣的に、きみのような人たちを信用するのは控えているんだ」

いまのはかなり手応えがあった、とパリサは考えた。

「そして、すでにわたしがあなたを利用しているんじゃないかと疑ってる」

それに対する彼の反応はゆがんだ半笑いで、こう翻訳できるほどわかりやすかった。そ

れに答えるほどわたしはばかじゃない。

「なるほどね。だったらあなたが間違っていることを証明する必要がありそうだわ」

ダルトンはまた素っ気なくうなずいてみせた。「幸運を祈るよ、ミス・カマリ。きみにはほんとうに期待しているんだ」

彼が向きを変えて次の廊下に出ていこうとしたとき、パリサはその不意をつき、彼の腕に手をのばしてつかまえたかと思うとつま先立ちになって、相手の胸に両方の掌をあてた。

ここにはほんのわずかな思索の脈動があるだろう――最も大変な作業は、物事が完成する直前に行われるのだ。ダルトンの唇にかかる彼女の息という約束。ダルトンが彼女を見る角度、彼女の大きすぎる黒い目、そして彼は次第にパリサの温もりを意識するようになる。いまダルトンは彼女の香水を嗅ぎ、あとでふたたびその残り香をとらえて、彼女が近くの角を曲がったのだろうか、あるいはさっきまで部屋にいたのだろうか、と思うだろう。ダルトンは彼女の存在の圧力を記録するのと同じ相容れない瞬間に、自分が感じた彼女の小ささを心に留めるだろう。パリサに直接触れられていること、その近さに、一時的に動揺した彼は、平常心を欠いてたじろいだ瞬間、思わず次になにが起こるかを想像することになる。

キスそのものはとてもはかなく束の間で、ほとんど重要ではなかった。パリサが知るのは彼のコロンのにおい、彼の唇の感触だけだろう。キスで最も重要な細かい点は、たいていたったひとつの事実の確認だった。キスは返されるのか？　だが、もちろんこのキスは、参考にするにはあまりにもはかないものだった。実際、彼がキスを返してくれないほうがよかったのは、最初からあまり簡単にキスする男は、心のより価値のある片隅に女が近づくのを許さないからだ。

「ごめんなさい」パリサはそういって、彼の胸から手を離した。バランスは繊細な問題だ。自分の欲望を前面に出す一方で、物理的には自らを引き離す。これがダンスになると信じないものは、それだけ長く、あるいは熱心な振付を受けたことがないのだろう。「あいにくそれは、わたしが望むより多くのエネルギーを消費してしまうの」彼女はつぶやいた。「キスしないように自分を抑えることはね」

　魔法はエネルギーであり、それをむだ遣いしないほうがいいことは、みんな知っている。ダルトンが理解してくれることは、彼女にはある程度わかっていた。

「ミス・カマリ」彼女とのキスのあとで初めて口にされたこの言葉は、永遠に彼女のような味がするだろう。そしてその名前をふたたび口にする機会を彼が避けるとは思えなかった。「ひょっとするときみは誤解しているのかもしれない」

「ああ、きっとそうね。でも、誤解する機会をかなり楽しんでると思うわ」

パリサは彼に微笑みかけ、ダルトンはゆっくりと彼女から離れた。

「きみの努力は、研修生クラスの仲間に自分の価値を納得させることに費やしたほうがいいだろう。きみが新入会員に選ばれるかどうかの決定に、わたしは直接影響を及ぼすことはない」

「わたしは自分の行動に自信があるの。彼らの意見は気にしてないわ」

「もしかしたら気にするべきかもしれない」

「わたしはやるべきことをする習慣がないの」

「そのようだな」

ダルトンがまたちらりと彼女を見た。そして今回は、それを見た彼女は大いに満足した。扉が開くのを。

「もしきみに誠実になる能力があると信じていれば、わたしはまわれ右をして逃げるように勧めているだろう」ダルトンはいった。「あいにくきみは、このゲームに勝つために必要な武器をすべて持っているようだ」

「それじゃあ、これはゲームなのね」ついに利用できることが出てきた。

「ゲームだよ」ダルトンは認めた。「しかし、残念ながらきみは計算違いをした。わたしは役に立つ駒ではない」

パリサは概して計算違いはしなかった。だが彼には、そうではないかと思わせておいたほうがいい。

「だったら、ひょっとするとわたしは、単純に楽しみのためにあなたを手に入れるかもしれない」そう彼女はいった。それから、置いていかれる側になる習慣はなかったので、退却の最初の一歩を踏み出した。「交通機関のポータルは向こう？」パリサは彼に尋ね、わざと間違った方向を指さした。彼の心が不正確な情報を正しいものに置き換えはじめる瞬間は、なにかの影をとらえるのに充分なものになるだろう。そして思ったとおり、パリサはなにかひどく抑圧されたものが閃くのを見た。

「あっちだ」ダルトンがいった。「角を曲がってすぐだよ」

なんであれ彼の心に潜んでいたのは、完全な思考ではなかった。様々なことが次々に頭に浮かび、それを識別可能にしているのは肉欲の度合いだけだった。たとえば欲望。パリサは彼にキスしていて、彼はそれを求めていた。しかしなにか別のものもあって、そういうことはときどきあるのだが、それはほかのものと織り合わさっていなかった。ふだん彼女は、たとえ相手がテレパシーの防御に高度に熟練した人々でも、解釈に苦労することはなかったが、彼の思考はなにか理解の及ばないもののせいでぼやけていた。

性欲は色だが、恐れは感覚だった。汗ばんだ手、あるいは冷や汗は明らかなしるしだが、それはしばしばある種の複数の感覚器官の不調和としてあらわれることのほうが多かった。太陽を見ると煙のにおいがする、あるいは絹に触れると胆汁の味がする、というような。なにも見えない暗闇から聞こえる音。これはその手のもので、より奇妙なだけだ。

ダルトン・エラリーは間違いなくなにかを恐れていた。痛ましいことに、そのなにかは彼女ではなかった。

「ありがとう」パリサはかなり本気でいうと、その廊下から退却し、エレベーター脇の大理石のホールで待っている、また新たな人物を見つけた――さっきパリサがその傷痕をとても注意深く賞賛の目で見ていた英国人は、相変わらず不機嫌そうだった。

彼は興味深い、とパリサは思った。彼にはきつくとぐろを巻いているような、攻撃のために鎌首をもたげている蛇を思わせるところがあったが、蛇のいちばんいいところは、誰かに日射しをさえぎられないかぎり、わざわざなにかをする気にはまずならないということだった。

そのうえ容赦ない西洋化とでもいえばいいのか、パリサはイギリスの訛りが好きだった。

「トリスタン、だったわね？」彼女は尋ね、相手が暗い思考の沼から顔を上げるのを眺めた。「ロンドンにいくの？」

「ああ」半分は耳を傾け、半分は考えていたが、彼の思考の大部分は判別不能だった。一方で、その思考はマンハッタンの地図のようにとても直線的な経路をたどっていたが、それを目的地までたどっていくには、その瞬間にパリサが割くことができるより多くのエネルギーが必要になりそうだった。「きみは？」

「わたしもロンドン」パリサがいうと、トリスタンは驚いて瞬きし、あらためて彼女に注意を向けた。

いま彼は、出身大学はエコール・マジキ・ド・パリ、出身地はテヘランという、アトラスから紹介があった彼女に関する基本的な個人情報を思い出していた。

よかった、それならちゃんと聞いていたわけね。

「でも、たしかきみは――」

「あなたはすべての幻を見通せるの？」パリサは尋ねた。「それとも悪いものだけ？」

トリスタンは一瞬ためらい、それから口をゆがめた。彼は怒りっぽそうな、あるいは少なくとも怒ったように見せることに慣れた口元をしていた。

「きみはそっちのほうだな」

「もし忙しくないなら、飲みにいきましょうよ」パリサはそう応じた。

彼は即座に疑った。「なぜ？」

「そうね、パリに帰ってもわたしには意味がない。それに今夜の残りの時間を楽しまないといけないし」

「ぼくがきみを楽しませると思ってるのか？」

パリサはわざとさっと視線を向けて、彼の体の線をなぞった。

「たしかにあなたが試すところを見てみたいと思ってる。それにとにかく、わたしたちがこれをやるつもりなら、友だちづくりをはじめないとね」

「友だちだって？」トリスタンは唇を舐めるようにその言葉を発した。

「わたしは友だちのことを肌身で知るのが好きなの」パリサは請けあった。

「ぼくは婚約してる」それは事実だが、取るに足りないことだ。

「それは素晴らしいわね。きっと素敵な人なんでしょう」

「実をいうと、そうじゃない」

「なおいいわ」パリサはいった。「わたしもそうだし」

トリスタンは横目で鋭く彼女を見た。「ミーティングのあとでこんなに長く、なにをやってたんだ？」

パリサは彼になんと答えるべきか、選択肢を検討した。当然これは、ダルトン・エラリーのときと同じ計算ではなかった。あくまでも気晴らしだ。ダルトンの場合は本物の強い欲求の気配が少しにじんではいたが、もっと専門的な関心事だった。

ダルトンはチェス、トリスタンはスポーツ。だが重要なのは、どちらもゲームだということだ。

「朝食のあとで教えてあげる」パリサは持ちかけた。

トリスタンは虚空に向かって大きくあきらめのため息をつくと、彼女のほうに向き直った。

「ぼくには、まずやるべきことがいくつかあるんだ」彼はいった。「イーデンとの婚約を破棄する。仕事を辞める。親友のあごをぶん殴る」

「それは全部、朝まで待ってもかまわない責任重大なことに聞こえるわ」パリサはそういってポータルの開いた扉をくぐり、彼を手招きした。「わたしたちがまだ聞かされていないことについて、わたしの持論をあなたに話す時間を予定に入れるのを忘れないで。たぶん、婚約破棄と当然の理由がありそうな襲撃のあいだのどこかにね」

ありがたいことにトリスタンは、彼女のあとからポータルに入ってきた。「持論があるって？」

彼女はロンドン行きのボタンを押した。「あなたにはないの？」

ふたりとも笑みを浮かべて視線を交わしたとき、ポータルが確認した。**イギリス、イングランド、ロンドン、キングス・クロス駅。**

「どうしてぼくなんだ？」

「いけない？」

どうやら彼とはうまが合いそうだった。パリサは共同作業には不慣れだったが、チームワークのためにはそれは重要な能力だと感じていた。

「たしかにビールを一杯やりたい気分だったんだ」トリスタンがいった。そして扉が閉まり、ふたりはその晩の残りを過ごすために運ばれていった。

リビー

気の毒なことに、その日はエズラにとってあまりいい一日ではなかった。もちろん、そうなるのは、唯一当然の結果だった。リビーの卒業式ではその大半を彼女の両親と過ごすことを余儀なくされていたし、そのあともたしかに、彼女が予告もなく姿を消してしまい、戻ってきてからも彼を断固としてベッドに引きずりこむことで、いなくなった理由を説明するのを先のばしにしたのだから。少なくともエズラはその日、斬新な展開が約束されたセックスにありついていたが、行為のパートナー（つまりリビー）が、秘密めかした意味ありげで巧みな計画的行為にこだわっていたせいで気が散って絶頂に達することができず、そうなると……それは彼にとって楽しいものとはいいがたかった。

そのあとの良かった点：彼女は快く夕食をつくってくれた。

そのあとの悪かった点：その夕食の席で彼女は、〈管理人〉アトラス・ブレイクリーからの申し出を受けるつもりだと告げた。理由をきちんと説明することはできないにもかかわらず。

「それじゃあきみは、ただ……出ていくっていうのか？」エズラは尋ねた。彼の黒髪の片側はもつれ、反対側は乱れて、色っぽく噛みしめた口元には困惑の表情が浮かびかけていた。リビーが話しはじめたときにワインを飲んでいるところだった彼は、それ以来、まだ手にワイングラスを握っていることを忘れていた。「だけどリブ――」

「たった二年よ」リビーはあらためていった。「まあ、確実なのは一年だけど」彼女はいいなおした。「それから首尾よく選ばれれば、二年目も」

エズラはグラスを置いて、顔をしかめた。彼は生来、じっと考えこむたちだった。くしゃくしゃの髪。ほんとうに、胸が苦しくなるほど柔らかい。

「それで……それはなんなんだい、正確には？　その機会っていうのは？」

「それは話せない」

「でも――」

「あなたには、黙ってわたしを信じてもらうしかない」リビーがそういったのは、これが初めてではなかった。「基本的には特別研究員ね」彼女は説明しようとしてつけ加えたが、これはあいにく、まさに間違った聴覚的合図を与えてしまった。

「特別研究員といえば、話そうと思ってたんだ」エズラが突然、顔を輝かせた。「会計係のオフィスにいるポーターから聞いたばかりなんだが、ヴァローナがNYUMAの特別研究員の地位を辞退したらしい。きみがベンチャー《V》キャピタル《C》の仕事にあまり乗り気じゃないのはわかってるから、もしまだそのポジションに興味があるんなら、きっとぼくが口をきいてあげられるよ」

間違いなく彼は、これがひどい失言だとわかっていたにちがいない。だってそうでしょう？　彼女がニコのお下がりをほしがることはないだろうし、特にいまは断じてなかった。

しかし、おかげで説明すべきことがまたひとつできた。

「あのね、ヴァローナのことなんだけど——」リビーは咳払いをした。「その、ヴァローナも……招かれてるの」

エズラは口ごもった。「そうなのか？」

「ああ、もう。驚くことじゃないはずよ」彼女は皿の上のパスタをフォークでそわそわとつつきまわした。「今朝のわたしたちを見てたでしょう？」

「ああ、でもぼくはてっきり——」

「ほら、いつもと同じことよ」リビーは投げやりな調子でいった。「どういうわけか、ニコとわたしは同じことができるし——」

「だったら、どうしてふたりとも必要なんだ？」エズラは迫った。また、失言だ。「きみは彼と一緒に働くのをいやがってる。いうまでもなく、きみのほうが優秀だってことはみんなわかって――」

「実をいうとね、エズラ、彼らはわかってないの。明らかにわかってない」リビーは冷笑を浮かべてつけ足した。「彼はわたしが狙ってた特別研究員の地位を手に入れたのに、わたしはだめだったんだから。どういうことかわかるでしょう？」

「だけど――」

「今度は彼に勝たせるわけにいかないの。冗談抜きで、それは無理」リビーはナプキンで口を拭き、いらいらとテーブルに戻した。「彼とは違うってところを見せなくちゃ。それがわからない？」

「それはなにか……その、わからないけど」エズラは言葉を切って、無言で不満を表した。「別のことでやれないのかな？」

エズラはそれを、とても単純な、傷ひとつないとても理論的なことのように口にした。ニコとは別のことをしようと考えるといつも、本質的に劣ったことをしているような感じがするのだということを、どうしてエズラはまだ理解できないんだろう？　ばかげたことだが、エズラに「現実的な」（そしてそう、そうね、精神的に健全な）提案をされると、なぜかいつもリビーはニコ・デ・ヴァローナの才能を弁護するはめになり、うんざりするのだった。

「あのね。合格するのはわたしたちのうちひとりだけかもしれないの。その……団体が」リビーはぎりぎりのところで思い出し、それ以上詳しく話さないよう思いとどまった。「その最終的なメンバーを――」間。「その構成員を決めるときにね」また間、それから「わたしたちは専門分野が同じだから、いちばん簡単に比較されることになる。彼が選ばれてわたしが選ばれなければ一年以内に帰ってくるし、わたしが選ばれて彼が選ばれなければ、その場合は――」

「その場合はきみの勝ちだ」エズラは口元に手をやり、息を吐いた。「そしてついにぼくらは、ヴァローナがなにをやっているにせよ、それを気にしなくてすむようになるってことか？」

「そうよ」少なくともそれだけは、かなりはっきりしていた。「いまあなたがヴァローナのことを気にしなくちゃならないわけじゃないけど」

エズラは身をかたくした。「リブ、ぼくは別に――」

「実際、あなたは気にしてた」リビーは自分のグラスを取り上げながらいった。「ずっといってるけど、なにもないんだから。あいつはただのクソったれよ」

「信じてくれ、ぼくはわかって――」

「毎晩電話するから」リビーは請けあった。「それに週末ごとに帰ってくる」たぶんそうできるだろう。おそらく。「あなたはわたしがいないことに、ほとんど気づかないと思う」

エズラはため息をついた。「リビー――」

「あなたはわたしに実力を発揮させるだけでいいの。あなたはずっと、ヴァローナはわたしほど優秀じゃないっていいつづけて――」

「――だってそうなんだから――」

「――でもエズラ、あなたがどう思うかは問題じゃないの、それほどはね」彼の口がぎゅっと結ばれた。たぶんリビーを元気づけるための思いやりある試みを否定されて少し腹を立てているのだろうが、この件に関しては彼の心情を察するわけにはいかなかった。「ねえ、あなたは彼のことが大嫌いなせいで、彼がほんとうにどれだけ優秀かが見えてないの。わたしはもっと学んで、実力を発揮する機会がほしいだけ。そして世界一の相手と競って実力を発揮するっていうのは、あなたが信じようと信じまいと、ニコ・デ・ヴァローナと競うことなの」

「だったら、ぼくにはなにもいう権利はないな」エズラの表情はやや険しかったが、ほとんど読み取れなかった。クロスワードパズルに目を通しているか、リビーがいつものように皿を流しに置きっ放しにしているのを指摘するまいとしているときのように。

「もちろん発言する権利はあるわ」リビーは彼の言葉を訂正した。「『リビー、ぼくはきみを愛してるし、きみを支えるよ』といえるし、なにかほかのことをいってもいい」彼女はごくりと喉を鳴らしてからつけ加えた。「でも信じて、エズラ、ここに答えはふたつしかない。あなたがそのうちのひとつをいわないなら、もうひとつをいってることになる」リビーは身構えて待った。はっきりいって、エズラがなにか道理に合わない主張をすることはないだろうが――ほとんど欠点といってもいいほど、けっしてそんなことはしなかった――大喜びするとは思わなかった。距離の近さはエズラにとって重要なことで、同棲したのは彼の考えだったし、セラピストなら「充実した時間」と呼びそうなことを、ある程度期待していた。自分がいない場所にニコがいることになるという事実を、彼が嚙みしめるつもりはないのはたしかだった。

だが大いにほっとしたことに、エズラはただため息をついて、テーブル越しにリビーの手を取った。

「夢を大きく持てよ、凄腕さん」

「それは」リビーはつぶやいた。「ちゃんとした答えになってない」

「わかったよ。リビー、ぼくはきみを愛してるし、きみを支えるよ」彼女は束の間、黙って安堵の思いに浸ることができたが、それからすぐにエズラがつけ加えた。「でも気をつけてくれよ、いいね？」

「なにに気をつけろっていうの」リビーは一蹴した。「ヴァローナに？」

ニコは滑稽なほど無害だった。たしかに優秀で、本気になれば偉大ですらあるが、悪巧みをすることはまずできないだろう。もしかしたらリビーをいらいらさせることはできるかもしれないが――そんなときでさえ、彼女をひどく怒らせるのは別として、なんの危険もなかった。

「とにかく気をつけるんだ」エズラはテーブル越しに身を乗り出して、彼女の額に軽く唇を触れた。「もしきみの身になにかあれば、ぼくはけっして自分を許さないだろう」彼がそうつぶやくと、リビーはうめいた。すると、たんなるいつもの白馬の騎士気取りってわけね。

「自分の面倒は自分で見られるってば、エズラ」

「わかってる」彼はかすかに笑みを浮かべてリビーの頬に触れた。「だけどさ、ぼくはほかになんのためにここにいるんだい？」

「あなたの体」リビーはそういいきった。「それにとびきりのボロネーゼをつくってくれる」

あっというまに椅子から引き寄せられて、リビーは説得力のない抗議の笑い声をあげた。

「寂しくなるよ、リビー・ローズ。それが真実だ」

それならこれで決まりだ。彼女はほんとうにやろうとしていた。

リビーはエズラの首に腕をまわし、一瞬しがみついた。彼女は囚われの姫君ではないかもしれないが、それでも未知の世界に身を投じる前になにかにしっかりとつなぎ止められるのはいい気分だった。

III

闘　い

カルム

アトラス・ブレイクリーの誘いを受けて〈協会〉に加わることに決めたのは、特に複雑な問題ではなかった。もしそこでの経験が気に入らなければ、立ち去るまでのことだ。カルムはたいていそうやって、好きなように行ったり来たりして生きていた。そうした決断のあおりを受ける人たちは、彼の移り気な性格に腹を立てはしても、その腹立ちがいつまでも続くことはまずなかった。超自然的な力なのかなんなのか、結局はその問題についての自分の立場を確実に人々に理解させる術を、カルムは持っていた。ひとたび彼が主張を通せば、人々はいつもそこを起点にして、合理的に行動せざるを得なくなるのだ。

カルムは以前からずっと、ヘレニズム魔術大学が彼の専門技能を表すのに使っていたのは正しい用語ではないと気づいていた。幻術師のサブカテゴリの操縦師というのは、物理的な専門家、物をゆがめてなにか別の物に変えることができる人々を指して使われることのほうが多い言葉だった。それにふさわしいものの手にかかれば、水をワインに変えることと、少なくともそれらしい見た目と味に変えることは可能だ。魔法の研究と現実に関する特殊性のひとつは、結局のところ物事がどのように見えるか、あるいはどのような味がするかが唯一重要であるということだ。それがなにになるはずだったか、あるいはもともとなんであったかは、必要な結果を手に入れるために容易に捨て去ることができる。

しかし〈協会〉は――ほかのものはふつうそんなことはないのだが、アトラス・ブレイクリーは――カルムがやっていることをより正確に定義すれば、強力なタイプのエンパスだとわかっているようだった。実のところ、彼の持つ魔力が間違って診断されたのは驚くことではなかった。共感力《エンパシー》は、女性に見られることのほうがはるかに多い魔法のしるしであり、したがってそれが現れたときには、繊細な、ある種の母性的なやり方で育てられるのがふつうだった。他人の感情に入りこむことができる女性のメディアンは大勢いて、たいていの場合、彼女たちはすばらしい博愛主義者となり、治療や癒やしに貢献することで賞賛された。魔力があり、同時に聖人のようでもあるというのは、とても女性的なことだった（もし時間があれば、カルムは性別による誤った二項対立を非難するだろう）。

同じ能力が男性に見つかったとしても、それはたいてい魔法と分類されるにはあまりに希薄で、多くは例外的な性格特性とみなされた。説得力についていえば、メディアンレベルの能力が得られる可能性を持つ特性（魔法を持たないものなら「カリスマ」と呼ぶかもしれない）は、物事をこなす通常の方法を優先して、しばしば脇に置かれることになる。たとえばオックスフォードやハーバードといった常人向けの有名大学に入り、そこから順調な常人のキャリアを歩みはじめるのだ。ときにそうしたものたちは、企業のＣＥＯや弁護士、あるいは政治家になることもあった。またときには専制君主や誇大妄想狂、あるいは独裁者になった——そういう場合にはおそらく、彼らの才能は発揮されないのがいちばんだろう。魔法は、ほかの多くの肉体労働と同様、適切に、あるいは連続して長時間使うためには、適切な訓練を必要とする。もしそうしたものたちのなかの誰かが、自分の持って生まれた資質は磨きをかけられるものだということに気づいていたら、世界はすでにそうなっているよりもはるかにひどいことになっていただろう。

　当然すべての法則には例外があり、この場合は、カルムがそうだった。彼には野心がないため、どのような種類の地球規模の不正行為も行わずにすんでいた（いやむしろ、世界のほうが救われていた）。彼の野心の欠如は、より美しいものへの愛と対になっており、世界征服やそれに近いものをも目指すことはけっしてなかった。常に危険なのは、飢えと操縦技術の組み合わせであり、そうするための道具を与えられたとき、底辺に生まれたものたちが常に頂点に這い上がろうとするのは人間の行動の本質的な法則だ。頂点に生まれたもの、つまりカルムのようなものたちはふつう、現状をひっくり返したいとはあまり思わない傾向があった。すでに金色に輝く華やかな環境が整っているのに、周囲の状況を変えることになんの意味があるだろう？

　このように、カルムを突き動かしてアトラス・ブレイクリーの申し出を受け入れさせるものは存在しなかったが、はねつけさせるものも存在しなかった。彼は最後まで研修を受けるかもしれないし、そうしないかもしれない。〈協会〉は彼がとどまるのに充分なだけの感銘を与えてくれるかもしれないし、そうではないかもしれない。少なくとも、〈アレクサンドリアン協会〉それ自体が特に印象的なものでないことは、いうまでもなかった。カルムは裕福な家の生まれであり、それはすでに数多くの自然な形態の富を目にしているということだった。王室の、貴族の、資本家の、堕落したもの……数え上げればきりがない。このアレクサンドリアン型の富は、厳密にいえば学問的なものだったが、学問の分野のエリートに属する富も、それらすべての組み合わせとまではいかなくとも、ほかの形態のどれかに属していることがほとんどだった。

　実のところ、ちょうど権力が権力を生むように知識が知識を生む自己永続的循環が、世代を超えて制度的に起こっているのだ。カルムはそのシステムを批判せざるを得ない、というわけではなかった。彼はほんとうに同輩たちよりも優秀で、賢く、より高い技術を持っていたのか、それとも適切なリソースを持って生まれただけなのか？　彼が利益を得てきたほとんどのことと同様、それは彼が問うまでもないことだった。

　ほかの五人もアトラス・ブレイクリーの招きを受け入れるために戻ってきていて（当然のことながら）、無料送迎用の新しい移動魔法によって、ひとり、またひとりと姿を現していた。今回彼らが降ろされたのは、最初に勧誘のために集められた会議室ではなく、エリート意識と先祖伝来の富を象徴した紛れもない職人技が光る、豪華な大邸宅の玄関ホールだった。

　実際、滑稽なほどの豪華さだ。あたかもいわゆる〈アレクサンドリアン協会〉が、もう全員が冗談に加わったのでようやく安心して手の内を明かせる、と判断したかのようだった。カルムは上の階に見えるバルコニー状の通路の手すりから大階段の下までざっと視線を走らせると、ほかの五人それぞれに目を向けて、個別にじっと観察した。アメリカ人のリビー・ローズがいちばん記憶に残ったのは、ぺらぺらと耳障りなことをまくし立てていたからで、最初にばかな質問をしたのが彼女だったのは自然なことだった。

「わたしたち、アレクサンドリアにいるのよね？」彼女はあまり魅力的とはいえない前髪の下の額にしわを寄せて尋ねた。カルムならまったく別の髪型をさせていたところだ。なるべく毛先だけ遊ばせて、結ぶかひっつめるかするような。「特にアレクサンドリアらしいものが見えるとはいえないけど」

それはたしかにそうだった。彼らがどこにいるにせよ、建物の内部はイギリスの地方によくある荘園領主の館にそっくりだった。内装から敷地の規模を判断するのは困難だったが、屋敷自体はまさに堂々たるもので、窓からときおりのぞく外観——翼棟が内を向いたH型の構造——からは、古典的なチューダー様式のレンガを風変わりなイタリア風の装飾が覆っているのがうかがえた。玄関ホールは上階のバルコニー状の通路へと続き、その先には豪華なタペストリーで飾られた大広間があって、その奥の部屋はどれをとっても徹底してますます金色に輝いていた。室内の装飾は暗い色調で、常緑色とワイン色に統一されている。この屋敷は近代化されてからしばらくたっているか、それともその美観を担当した人物が深い実存主義的陰鬱さを抱えていたかの、どちらかだった。

いずれにせよ、いま自分たちはどこにいるのかといった、なんらかの明確な結論に達するには、見られる客間の数は限られていた。ノヴァ家はケープタウンに居を構えていたにもかかわらず、カルムの一家は一度ならずイギリス王室に招待されたことがあり（ノヴァ家はかつてギリシャ王室と親しかったため、カルムはアテネのヘレニズム大学でとても快適に学ぶことができた）、彼は〈協会〉の内装がそれにとてもよく似ていると思った。壁には貴族の肖像画がヴィクトリア様式の様々な胸像とともに並び、建築様式自体はたしかに古代ギリシャ・ローマの影響を受けているが、一方で明らかなロマン派のしるしも見て取れ、まったくの古典派というよりは十八世紀の新古典派に傾いていた。

　全体的にいって、彼らがイギリス以外の場所にいる可能性はきわめて低かった。

「まあ、実際のところ、われわれはロンドン郊外にいるといっても差し支えないだろう」ダルトン・エラリーが彼の考えを裏づけた。その気難しそうな補佐役のエネルギーは、すぐに推測できるものだった――恐れ、ことによると威嚇。カルムは、ダルトンが知的な劣等感を少し抱いているのではないかと考えた。そのくらいしか、この男が学問に打ちこみつづけていることの説明にはならなかった。もし〈協会〉の会員になることの特権が富と名声なら、ここにとどまってその利点を活用しない理由がどこにあるだろう？

　しかしカルムは興味がなかったので、それについて長く考えこむことはなかった。かわりに彼は、トリスタンとパリサを観察した。興味深いのはそのふたりだけで、一行が屋敷のなかを見学しているあいだ、かなり秘密めかした視線を交わしていた。

　例の切り下げ前髪の少女、不安にひどく神経を高ぶらせ、彼を絶え間なく不快な気分にさせるリビーが、当惑して顔をしかめた。「でも、もしここがほんとうにアレクサンドリア図書館なら、どうやって――」

「〈協会〉は歴史のなかで、何度か物理的位置を変えてきた」ダルトンが説明した。「もちろんもともとはアレクサンドリアにあったが、その後すぐにローマに、それからナポレオン戦争まではプラハに移され、最終的には大航海時代の頃に、ほかの帝国主義の恩恵とともにここにたどり着いたわけだ」

「そいつは」キューバ人の若者、ニコがつぶやいた。ありがたいことに彼は、カルムの強めの虚栄心を脅かすほどの長身ではなかった。「これまで聞いたなかでいちばんイギリス的な話だな」

「たしかに、大英博物館にとてもよく似ているな」ダルトンは素っ気なくいって、彼らを上の階へと案内した。「あらゆる文化の遺物が、ひとつの君主制の屋根の下にやや強引に収蔵されているという点では。とにかく」彼はあたかもその発言自体、それほど驚くべきものではなかったかのように続けた。「ご推察のとおり、それをどこかよそに収蔵しようという試みは数え切れないほどあった。アメリカ人は一九四一年まで、それをニューヨークに移すようきわめて強く主張していた。そしてもちろん、それからどうなったかはわれわれみんなが知っているとおりだ。とにかく前にも話していたように、きみたちは全員ここに住むことになる」ダルトンはバルコニー状の通路の角を曲がって、また別の客間に入り、そこから扉の並ぶ廊下に出た。「扉の横の名札に名前が書いてあって、荷物はそこに置いてある。この見学がすんだらみなでアトラスと合流し、それから夕食だ。毎晩、七時半に銅鑼が鳴る」彼はつけ加えた。「今夜はぜひ顔を出してもらいたい」
トリスタンとパリサがまた共犯者めいた視線を交わしたことに、カルムは気づいた。彼らはアメリカで教育を受けたふたりの学生のように、以前から知り合いだったのだろうか？　彼はそれをはっきりさせるために一瞬、間をおき、それはないだろうと判断した。彼らはほかのものたちより先に会ってはいなかったが、そのあとで親密になったのはたしかだった。

　カルムは不意に苛立たしさが募るのを感じた。いち早く友だちをつくったのが自分ではなかったことが、ひどく気に入らなかったのだ。

「正確には、ふつうの日はどんな感じなんですか？」リビーが例の長たらしい質問を続けた。「講義があるのか、それとも……？」

「ある意味では」ダルトンがいった。「だが、それ以上のことはアトラスが助言してくれるだろう」

「あなたは知らないわけ？」レイナが尋ねた。鼻にピアスをしたひどく退屈そうな日本人の少女の声は、カルムが予想していたよりもずっと低かった。彼女はそれまでずっと黙っていて、あまりよく話を聞いている様子もなかったが、通り過ぎるすべての部屋の中身を熱心に見つめていた。

「そうだな、候補者のクラスは毎回微妙に異なっているんだ」ダルトンはいった。「十年ごとに異なる専門分野が選ばれるから、そのたびごとに研修生の能力の構成は変わる。したがってきみたちが割り当てられる研究テーマは、十年ごとに変わるわけだ」

「わたしたちみんなの専門技能がなんなのか、教えてくれるつもりはないんでしょうね？」パリサがいった。彼女自身もある種の説得力を放っていたが、どうやらそれは直接ダルトンに向けられているようだ、とカルムは気づいた。ありがちなことだ。フランスであまり長く過ごしすぎた女の子にとって、見せかけの主知主義は常に魅力的だろう。それはボブヘアや、余計なものを削ぎ落とした服装、チーズと同じくらいパリっ子らしいものだった。

「それは」ダルトンはいった。「きみたち次第だな。まあ、それを発見するのに長くかかることはなさそうだが」

「同じ家で暮らして、全部の食事を一緒に取るって？　あっというまに自分たち自身について、うんざりするほど詳しくなるとしか思えないな」トリスタンが物憂げにいい、それを聞いたパリサが押し殺した笑い声を立てたが、カルムはそれをまったくのつくり笑いだと思った。

「きっとそうだろう」ダルトンは平然と応じた。「さあ、どうぞこちらへ」

　ダルトンは彼らを階下に案内し、迷路のように入り組んだ立派な新古典主義の控えの間を通り過ぎて、特に日当たりのいい豪華な部屋に到着した。この部屋は屋敷のほかの部分とは形が異なり、外に弧を描いて張り出した後陣のドーム型の天井には絵が描かれ、暖炉の反対側の壁には本が並んでいた。屋敷のなかを列になって巡っているあいだ浮かない顔をして無関心な様子だったレイナが、部屋の豊かな蔵書を見てようやく少し目を覚ましたようで、列のいちばん後ろで目を見開いていた。

「ここは天井画の間だ」ダルトンがいった。「きみたちは毎朝、午前の間で朝食を取ったあと、ここでアトラスに、そしてわたしに会うことになる。庭を渡って閲覧室や書庫にいくには、そこの扉を通るのがいちばん簡単だ」彼はそうつけ加え、自分の左手に視線を向けた。

「ここは図書室じゃないの？」レイナが顔をしかめてそう尋ねると同時に、いちばん高い棚を見つめた。近くでシダが期待に震えているようだった。

「そうだ。この部屋は書斎のようなものだな。それにお望みなら紅茶とスコーンも楽しめる」

　リビーの隣に立っていたニコが、無言でいやそうな顔をした。

「同感だな」ダルトンは袖口のほつれた糸を引っ張りながらいった。「まったく」

「ここにはほかの人たちは住んでないんですか？」目を細めて廊下の先に目を凝らしながら、リビーが尋ねた。「ここは〈協会〉だと思ってたんだけど」

「ここには書庫があるだけだ。通常、アレクサンドリアンたちは予約制で出入りしている」ダルトンは説明した。「ときおり小規模なグループが閲覧室で会議をしていることもあるだろう。その場合は邪魔をしないようにお願いしたいし、逆もまたしかりだ。アトラスは正式な食堂で、あるいは南ホールの彼のオフィスで来客と会うこともある」

「管理の一環で？」トリスタンが、興味がなさそうに尋ねた。

「そうだ」

「正確には、それはどういう意味なんです？」（ニコ）

「〈管理人〉はなによりも、書庫の世話係だ。彼はそれらの維持に気を配り、ほかのものが利用したいときには彼らの立ち入りを取り仕切る」

「出入りするのはほんとうにそんなに簡単なことなんですか？」（ふたたびリビー）

「とんでもない。だがそれは、きみたちの裁量の問題でもあるな」

「ぼくたちの？」トリスタンが尋ねた。

「きみたちのだ」ダルトンが認めると、リビーが口を開いた。

「でもどうやって――？」

「ダルトンがいっているのはこういうことだ」アトラス・ブレイクリーのバターのようなバリトンが聞こえてきた。「〈協会〉の会員の管理はわたしの仕事だが、その一方で部外者に対してはいくつかの安全対策も必要だ」

彼の登場に、カルムとトリスタンがそろって部屋の入口のほうを向き、彼ら六人は反射的に、後陣の絵が描かれたドームに背中を向けて一列に並んだ。

「新しい研修生クラスとしてのきみたちの仕事には」アトラスは続けた。「集団としてのきみたちに合ったセキュリティプロトコルの開発が含まれる。それがどういう意味か訊かれる前に」彼は微笑みでリビーを安心させた。「喜んで説明しよう。特別重要な秘密はみなそうであるように、〈協会〉の存在はかなりの数のものたちに知られている。いくつかの組織は長年にわたってここを狙い、強奪や潜入、場合によっては破壊を試みてきた。そのため、われわれは所定の場所に魔法をかけるだけでなく、独自の細かいセキュリティを維持するために〈協会〉に常駐する研修生クラスにも頼っているのだ」

「待って」リビーは地球規模の秘密が広く知られているという可能性に、まだ引っかかっていた。「それはつまり――」

「つまりきみたちのあいだで最初に話し合われるべきは、きみたちの魔法的防御の能力だということだ」アトラスがそう認めると同時に、暖炉脇のテーブルのところにあった椅子が彼らの後ろに現れた。「座ってくれたまえ」彼が手で合図すると、六人全員が用心深く指定された席に座った。なかでもいちばん用心深かったのはレイナかもしれない。「わたしは長居をするつもりはない」アトラスは安心させるようにつけ足した。「今日の午後にきみたちがやるべきことは、グループとしての自分たちの計画の策定になるだろう。わたしがここにいるのは主として、きみたちにそれをまかせる前に指針を与えるためなのだ」

「かつて誰かがなにかを盗みおおせたことはあるのかい？」トリスタンが尋ねた。彼はグループのなかでいちばんの皮肉屋か、少なくとも誰よりも早く定期的に皮肉を口にしているようだった。

「それとも、実際にある程度侵入に成功したことは？」ニコがつけ加えた。

「ある」アトラスはいった。「その場合は、きみたちの魔法的攻撃力が防御力と同じくらい洗練されていることを願うよ。きみたちはなんであれ許可なく持ち去られたものを回収するよう依頼されるだろうからね」

「依頼される」レイナがオウム返しにつぶやくと、アトラスは微笑みを浮かべて彼女のほうを向いた。

「そう、依頼されるんだ。丁重に。そしてそこから適切に処理される」

それはカルムなら予想していたかもしれない、礼儀正しい脅しだった。このいわゆる天井画の間のドームから、銅鑼で夕食に呼び出されるというアイデアまで、すべてがきわめてイギリス的だ。

当然、リビーがためらいがちに手を挙げた。「正確には、わたしたちはどの程度の頻度で守ることを期待されるんですか。〈協会〉の……」間。「収蔵品を」

「そうだな、それはきみたちのシステムの強度次第だ」一瞬、赤い光が部屋の隅に現れ、そして消えた。「たとえばいまのは、何者かが〈協会〉の境界線内に侵入を試みて阻止されたしるしだ。誰かが鍵を忘れただけ、という可能性もあるが」

彼の顔には笑みが浮かんでいたから、これはどうやら冗談だったらしい。カルムは、アトラス・ブレイクリーがなんとかして彼らに好かれたがっていると感じた。あるいは少なくとも、常に好かれることを期待している種類の人間だと。

「きみがいうところの……『収蔵品』の件だがね、ミス・ローズ」アトラスがリビーのほうにひとつうなずいていった。「それが書庫の中身を指すなら、問題はいっそう複雑だ。きみたちは全員、段階的に〈協会〉の記録にアクセスできるようになる。〈協会〉の信頼を得るにつれ、さらに前進することを許されるのだ。それぞれの扉の鍵が開くと、その先には別の扉があり、ひとたびその鍵が開くと、また別の扉が現れる。もちろん、比喩的な意味でだが」

今度はニコだった。「それで、その扉というのは……？」

「われわれは物性からはじめることになる。空間」アトラスがいった。「物理学の基本法則と、それをどう回避するか」

それを聞いて、リビーとニコがたがいに目を見交わした。リビーが初めて、いつもの驚異的に不器用な振る舞いを見せなかったことに、カルムは注目した。

「われわれの研究成果のうち最も初歩的なものを預けても問題ないと証明されれば、きみたちは次の課題に移ることになる。もちろん五人の研修生は、二年目にはさらに先へ進み、独自の研究に専念することになるだろう。そこから先は、はるかに専門的になる。たとえばダルトンは」アトラスは肩ごしに、ほとんど壁紙と同化しているダルトンのほうを指していった。「現時点ではその資料にアクセスすることを許可されているのは彼だけという、限られた専門分野に取り組んでいる」

パリサがそれを、ささやかだが実に興味深い情報だと思っていることが、カルムにはわかった。

「あなたでもだめなの？」レイナが尋ね、ふたたびその声で一同を驚かせた。

「わたしでもだ」アトラスは認めた。「〈協会〉として、われわれはひとりの人間がすべてを知る必要はないと考えている。それが特に可能だとも、間違いなくそれほど安全だとも思っていない」

「なぜだめなの？」（またリビー）

「知識の厄介なところは、その尽きることのない渇望にあるからだよ、ミス・ローズ。知識が増えれば増えるほど、知り足りないように感じるようになる。そうやって知識を求めるうちに、人《メン》はしばしば気が変になってしまうのだ」

「それで、女《ウイメン》はそれをどう受け止めてるの？」パリサがそれとなく挑発するようにいった。

アトラスは彼女に素っ気ないかすかな笑みを見せた。

「たいていはそれを追い求めないほうがいいと心得ているね」そういった彼の口調は、カルムには警告のように聞こえた。

「システムというのは」リビーがいいはじめた。カルムはたじろいでふたたび苛立ちをおぼえ、アトラスは彼女に注意を戻した。リビーは蚊のようで、彼女の不安がもたらす影響は必ずしも苦痛ではなかったが、絶え間なく続くようだった。カルムはひとところに居心地よく座っていることができなかった。

「きみたちは六人いる」アトラスがグループを身振りで示しながらいった。「きみたちはそれぞれ六分の一ずつ、〈協会〉のセキュリティに責任を持つ。どう分担するかはきみたち次第だ。さて、きみたちにまかせる前にいっておくが」彼がそうつけ加えると、どうやら自分たちだけでやっていかねばならないらしいと悟ったリビーは、びっくりしたようだった。「現在きみたちは〈協会〉の全領域にアクセスすることはできないが、その一方で、〈協会〉の防御全体に対してきわめて大きな責任を負っている。どうかきみたちの計画を考えるときに、そのことを心に留めておいてもらいたい」

「それは少々常識に反しているんじゃないか？」トリスタンが意見を述べた。カルムの予想どおり、彼は生来のへそ曲がりだった。「ぼくらは見ることさえできないものに対して責任を負っているわけだ」

「そのとおり」アトラスは同意し、力強くうなずいた。「なにか質問は？」

リビーが口を開いたが、ニコがさっと手を突き出して彼女を止めてくれたので、カルムはとてつもなくほっとした。

「よろしい」アトラスはそういうと、ダルトンのほうを向いた。「それでは、夕食のときにまた会おう。〈アレクサンドリアン協会〉にようこそ」彼はそうつけ加え、ダルトンのあとから天井画の間を出ると、最後に一度頭を傾けて扉を閉めた。

レイナ

　残された六人は警戒しつつも好奇心を抱き、束の間、無言でおたがいを品定めした。

「きみはずいぶん静かだな」トリスタンが自分の左に座っているブロンドの南アフリカ人、カルムのほうを向いていった。「この件に関してなにか思うことはないのか？」

「急を要することはないね」カルムは答えた。彼の容姿には、レイナが賞賛するよりもむしろ嫌悪するようになった、西洋化という永遠に続く疫病に毒された大昔のハリウッド風なところがあったが、その声の響きは心地よく、物腰は心が慰められるといってもいいほどだった。「そしてきみはかなり懐疑的らしい」

「残念ながら、そういうたちなんでね」トリスタンは悪びれもせずにいった。

　パリサが熱心に自分を見ていることに、レイナは気づいた。それに刺激された彼女が、かすかな侵入の気配に苛立ってわずかに身震いすると、それが今度は近くのシダを動揺させた。

「妙だな」その植物が見えるところにいたリビーがいった。そして顔をしかめると、レイナのほうに向き直った。「すると、あなたは……ナチュラリスト、そうでしょう？」

レイナはその手の質問をされるのが大嫌いだった。「そうよ」

「メディアンレベルのナチュラリストのほとんどは、自分の技能をもっとうまく制御してるものだけど」パリサがいって、たちまち不愉快そうな表情を浮かべた。だからといって、レイナが驚いたわけではまったくない。パリサは他人の存在のような益のないつまらないことに関心を持つタイプには見えなかった。

しかし、驚きでないのが腹立たしかった。もちろんパリサに不適格とみなされたことに対してではない——正しかろうと間違っていようと、レイナの価値はパリサが決めることではなかった。これまでの個人的経験から、利用できないものは悪用もできないとわかっていたから、パリサが好きなようにどんな不正確な結論を導き出そうと、それはかまわなかった。

真の難題は、この種の乱暴に一箇所に押しこまれる経験を避けるのは、不可能らしいということだ。彼らは一緒にぶらぶらして過ごすしかないだろうし、それが問題なのだ。

レイナは家にいればよかったと思いはじめていた。

「ああ、わたしはそんなつもりでいったんじゃ――」リビーの頬が赤くなった。「ただ、なんていうか、その――」

「わたしはナチュラリズムは学んでない」レイナはぶっきらぼうにいった。「専門は古代の魔法。古典文学」

「へえ」リビーがかすかに戸惑った様子でいい、パリサが目を細めた。

「それは、歴史家みたいなもの？」

「みたいなもの」レイナはオウム返しにいった。まさしくそうだ。

パリサに彼女の口調を気にかける様子はなかった。「すると、あなたは自分の技能をまったく磨かなかったの？」

「みんなの専門はなんなんだ？」レイナの不快感が高まったとき、ニコがいきなり割って入ってきた。おそらくそれがいちばんだったのだろう。そうでなければ、愚かにもパリサがレイナには制御できていないのではないかと疑った、まさにそのシダが、レイナの無言の要望に応えて彼女の首を絞め、窒息させていたところだったからだ。

ニコが話題を変えたのは、レイナをかばうためというより、パリサとの会話を盛り上げることに興味があったからのようだった。「たとえば、きみのは」彼がパリサに話を振ると、彼女の表情が強ばった。

「あなたはどうなの？」

「ローズとぼくはふたりとも物理術師だ。ほら、力の物理的性質、分子構造、その手のことさ。もちろんぼくのほうが優秀だ――」

「黙って」リビーがぼそっといった。

「――そしてぼくらにはそれぞれ好みの素材があるが、ふたりとも物性を操ることができる。動き、波動、元素」ニコはかいつまんでいうと、期待を込めてパリサを見返した。

「それできみは？」

「わたしはどうか？」パリサは冗談めかしていい返した。

ニコがたじろいだ。「ええと、ぼくはただ――」

「どうして自分たちの専門技能の詳細を共有する必要があるのか、ぼくにはわからないな」トリスタンが不機嫌そうにさえぎった。「ぼくらはおたがい競いあってるところなんだろう？」

「それはそうだけど、わたしたちは一緒に働かなくちゃいけないのよ」リビーがあっけにとられた様子で異議を唱えた。「あなたは本気でこれから一年間、自分の魔法を秘密にしておくつもりなの？」

「いいじゃない」パリサが肩をすくめていった。「その見当がつくくらい賢い人間にはたぶんわかるだろうし、ことの複雑さに関するかぎり――」

「だけど、おたがいのことをなにも知らずにグループとして活動するのは、無理があるんじゃないかな」まるでほかのものたちを落ち着かせようとするかのように、ニコが試みた。レイナが受けた感じでは、彼はそれができるくらい自分の好感度は高いと考えていたし、彼が間違っていない可能性はあった。

「ぼくらのうちのひとりが最終的に排除されることになってるからって、そのせいで全員がひとつのグループとして活動するのを難しくすることはないと思うな」

「きみがそんなことをいうのは、もう自分の専門技能をぼくらに話したからだろう」カルムが薄ら笑いを浮かべてつぶやき、そのせいでレイナの彼に対する好感度は下がった。

「まあ、ぼくにはやましいところはないからな」苛立ったニコが少し熱くなっていい、そのせいでレイナの彼に対する好感度は上がった。「だから、残りのきみたちが、なんだか知らないが自分の能力にある種の不安を抱えていないかぎり――」

「不安だと?」トリスタンがばかにしたようにいった。「するときみは、自分がこの部屋でいちばん優秀だと決めてかかってるわけか」

「そうはいってない」ニコは主張した。「ぼくはただ――」

「彼は自分がこの部屋でいちばん優秀だと思ってる」パリサがいった。「だけどよく考えてみたら、そうじゃない人がいるかしら？　もしかしたらあなたは違うかもしれないけど」彼女は決めつけるようにいって、レイナに冷ややかな目を向けた。

「ぼくはただ、少なくともみんなが歩み寄れる方法がなにかあると思ってるだけだ」ニコがいった。「誰になにができるのか、少しはわかっているべきじゃないか？」

「賛成」レイナがそういったのはほぼ、パリサとトリスタンが抵抗するのがわかっていたからだった。彼女の専門はもうみんなが知っているのだから、レイナにとってはどちらでもいいことだったし、それなら、ニコや、ありがたいことにいまは静かにしているリビーのように、ほかのものたちに告白を迫らない理由はなかった。「さもないと、物理的分野の専門家が作業の大半を引き受けることになるし、もしわたしが全エネルギーをセキュリティに注がなくちゃならないんなら――」

「すべてが力業である必要はない」トリスタンが不機嫌そうにいった。「きみが物理的分野の専門技能を持っているからといって、それだけですべての魔法を引き受けることにはならないだろう」

「まあ、たしかにあなたは、そうする理由をわたしに――」

「やめろ」ニコがいい、それにぎょっとして会話がやんだ。「誰がやってる？」

　レイナは話の腰を折られるのが大嫌いだったが、トリスタンよりはニコのほうがましだ。

「やってるってなにを？」

「いまごろはローズがしゃべってないとおかしい」ニコはそういって、ちらりとリビーを見た。彼女が驚いて瞬きすると、ニコはほかのものたちに注意を戻し、疑わしげにトリスタン、パリサ、そしてカルムを見つめた。「誰かが彼女にそうさせないようにしたんだ。誰がやった？」

　トリスタンがパリサを見た。

「あら、ありがと」彼女は素っ気なくいった。「そうはいいきれないでしょう」

「まあ、とうていきみにぼくを責めることは――」

「わたしじゃないわ」パリサが今度は苛立ってぴしゃりといい、レイナは笑みをこらえた。トリスタンとパリサの同盟関係に早くもひびが入りかけているばかりか、いまやパリサの専門技能が明らかになっていた。彼女は心か、あるいは感情を読むことができるのだ。

「きみたちのうちひとりは人の行動に影響を及ぼすことができる」ニコが非難し、激しい口調でつけ加えた。「やめるんだ」

　残った選択肢はひとりとひとりだけだった。ひとりまたひとりと、彼らが徐々に注意を向けると、カルムはため息をついた。

「落ち着けよ」彼はそういって、気怠げに脚を組んだ。「彼女は不安を感じてた。ぼくはそれを鎮めてやったんだ」

リビーが目をぱちぱちさせ、突然かっとなった。「よくもそんな――」

「ローズ」ニコがいった。「その手の気分の変動を起こすには、空気が乾燥しすぎてるぞ」

「黙って、ヴァローナ――」

「つまり、あなたはエンパスってことね」レイナはカルムをちらりと見ていった。「そして……」パリサに目をやる。「あなたは心が読める」その種のことで最も進んでいると主張している〈協会〉が、まったく同じ分野の専門家をふた組招くことは考えにくいと判断し、レイナはそう推測した。

「もう無理だけど」パリサはトリスタンをにらんでいった。「いまはみんなシールドを上げてる」

「誰もそれを長くは保てない」トリスタンはそういって、疑わしげにカルムを見た。「ぼくらが感情も守る必要があるとなれば、なおのことだ」

「こんなのはばかげてる」それまでにはなんとかカルムの影響から脱していたリビーが、口を開いた。「聞いて、わたしはほかの誰よりも、ヴァローナがなにか分別のあることをしてるなんていわない人間だけど——」

「誰だって？」カルムが、おそらくわざと手を焼かせるためにいった。

「わたしは……ニコが、まあなんだっていいけど——重要なのは」リビーはもどかしそうに息を吐いた。「もしわたしたちがおたがいから自分を守ろうとしてたら、けっしてなにも得られないだろうってことよ。わたしはここに、学ぶためにきたんだから、いい加減にして！」彼女がぴしゃりというのを聞いて、レイナは大いにほっとした。リビーは人をいらつかせるかもしれないが、少なくともほんとうに重要なことを主張するのを恐れなかった。ほかのみなと違って、彼女の優先事項は正しい位置に置かれていた。

「わたしは絶対にごめんよ」リビーは息巻いた。「あなたたちみんなを頭から締め出しておくだけのために自分の魔法を使い果たすなんて！」

「素晴らしい」カルムが気怠げにいった。「それならきみたちの誰も安心させないと約束するよ」

「おい」ニコが鋭い口調でいった。「彼女は間違ってない。ぼくも自分の感覚にいくらか自主性を持っていたいんだ、よろしく頼むよ」

　トリスタンとパリサも同意見のようだが、まだそれを口に出す用意はできていなかった。

「わたしたちの誰も感情をもてあそばれたくないと思ってる理由をエンパスに説明しなく

ちゃならないなんて、どう考えてもおかしいでしょう」リビーが主張した。

カルムが気怠そうに手を振った。「たまたまきみの感情がわかるからといって、それだけでぼくがそれを理解しようとして時間をむだにすることにはならないが、いいだろう。もし彼女が行儀よくするなら、ぼくもそうしよう」彼は意味ありげな視線をパリサに向けてつけ加え、にらみ返された。

「わたしは誰にも影響は与えない」彼女はいらいらといった。「とにかく、魔法的にはね。なぜってわたしはゲス野郎じゃないから」

たしかにそうね、レイナが頭のなかでそういうと、パリサはさらにまた顔をしかめた。

議論はそれで終わりになり、あとの三人のメンバーはトリスタンのほうを向いていて、遅まきながらレイナは、彼が自分の専門技能を明かしていない最後のひとりだということに気づいた。

「ぼくは――」追い詰められたトリスタンは、不機嫌そうに身を強ばらせた。「ぼくはある種の幻術師だ」

「それをいうなら、ぼくだってそうだ」カルムが疑わしげな間のびした口調で応じた。

「その言い方は、少々漠然としてるんじゃないか?」

「ちょっと待って」パリサが突然なにかを思い出していった。「あなたの名前はカルム・

ハヴァよね？　幻術師のノヴァ家の？」

　その場にいたほかのものたちがわずかに姿勢を正し、レイナでさえも興味を示さずにはいられなかった。ノヴァ・コーポレーションは地球規模のメディア系複合企業体で、密かに、あるいはそれほど密かでもないが、幻影を専門にしていた。ノヴァは常人とメディアンの産業界両方において支配的地位を占め、化粧品と美容の業界で最も成功していた。ノヴァの魅力はその製品だけでなく、情け容赦ないビジネス手法にもあった。彼らは魔法をどれだけ常人の製品に利用できるかを定めたメディアン法を繰り返し弱体化させることで、いくつかの中小企業を倒産に追いこんでいた。

　といっても、レイナがその特定の瞬間に興味を引かれたのは、それが理由ではなかった。むしろ、おそらく事実のピースをつなぎ合わせていたパリサが、この場にいるいちばんの金持ちを見落としていたことに気づいたからで、彼女がそのことで大いに満足した結果、隅っこでめそめそ泣いていたイチジクが嬉しそうに実をつけた。

「いかにも、ぼくはノヴァ家の人間だ」カルムが、まだなにも白状していないトリスタンから目を離さずにいった。「だが、きみたちが明らかに推測しているように、厳密にいうと、幻影はぼくの一生の仕事ではない」

「いいだろう」トリスタンがうなった。「ぼくは幻を見通せるんだ」

すぐにリビーが頬のどこかに手をやり、トリスタンはため息をついた。

「ああ、ぼくには見える。ただのにきびだ。落ち着けよ」

それからトリスタンの注意は、不安に身を強ばらせたカルムのほうにゆっくりと戻っていった。これは愉快だ、とレイナは思った。これ以上に愉快なことがあるとすれば、トリスタンがパリサの鼻は本物ではないとみんなに教えてくれることだろう。

「きみが黙っているなら、ぼくもそうするよ」トリスタンがカルムにいった。

一瞬、部屋の空気があまりに張りつめたので、植物たちでさえ用心深くなった。

それからいきなりカルムが笑いだした。

「そういうことなら、ぼくたちだけの秘密にしよう」彼は同意し、トリスタンの肩に手をまわしてぽんと叩いた。「彼らには好きに想像させておくほうがいい」

すると、いまここにはわたしたちと彼らがいるわけだ。これはあまり愉快なことではなかった。

カアサンカアサンカアサン、隅のツタがうろたえた身震いとともにささやき、近くのイチジクの木からしゅうしゅうという音が加わった。

カアサンガオコッテル、とフィロデンドロンがすすり泣いた。カアサンガオコッテル、ダメダダメダダメダ——

「――このことで争ってもしかたない」リビーがそういっているあいだ、レイナは静かに深く息を吸いこみ、近くの緑を刺激して反乱を起こさせないよう願っていた。「おたがいをどう思っていようと、わたしたちはまだなんらかのセキュリティ計画を練らなくちゃならないわけだし――」

しかしリビー・ローズがなにか偉そうな結論に達する前に、低い大きな銅鑼の音が響き、屋敷自体が彼らを廊下の先へと手招きするように、天井画の間の扉がぱっと開いた。

「どうやら計画を練るのは後回しにしなくてはならないようだな」カルムがそういって立ち上がり、リビーが話しおえるのを待たずに大股に前へ歩いていった。

トリスタンとパリサが目を見合わせてあとに続き、ニコがしかめ面でリビーに合図しながら立ち上がった。しかし彼女は苛立ちのあまり躊躇し、それから立ち上がるかわりにレイナに注意を向けた。

「ねえ、聞いて」リビーは居心地悪そうに体を左右に揺すりながら、しゃべりだした。「さっきはあなたがナチュラリストだってことで失礼なことをいってしまったけど、わたしはただ――」

「わたしたちが友だちになる必要はない」レイナは彼女の言葉をさえぎり、無遠慮にいった。明らかにリビーはある種のオリーブの枝を差し出そうとしていたが、レイナは比喩的な枝を引っ張り出すまでもなく、対処しなくてはならない現実の枝を充分抱えていた。彼女はほんとうに友だちをつくることにはなんの興味もなかった。ここでの体験から望むのは、可能なかぎり〈協会〉の書庫にアクセスできるようになることだけだった。

だがレイナはどんな扉も閉ざしたくはなかった。

「わたしたちが彼らより優れていれば、それでいい」レイナはぶっきらぼうにあごでほかの三人を指し、それで少なくともリビーには伝わったようだった。

「わかった」リビーはそういうと、ありがたいことにレイナを待たずにニコを追って部屋を出ていき、残されたレイナがひとりでそのあとを追うと、天井画の間の植物たちは彼女がいなくなったことを嘆いた。

ニコ

ニコは自分がこれから口にしようとしている一言一句に憤慨していたが、なにかほかに言い方があるとは思えなかった。

「いいか」屋敷の迷路のような廊下の角を曲がりながら、彼は声を落としてリビーにいった。階下の縦に細長い窓からは夕暮れの敷地がよく見渡せ、そこを歩いていく彼らの姿は金色の光と影に交互に包まれた。「ぼくはこれをなんとかする必要があるんだ」

当然ながら、リビーはなによりもまず身構えた。「ヴァローナ」彼女は口を開いた。「ここで証明すべきことを抱えてるのはあなただけじゃないってことを、思い出させてあげ——」

「ローズ、説教はやめてくれ。ぼくにはアクセス権が必要だ。まだ具体的なことはわからないが、限定されたアクセス権がな。とにかく、できるだけたくさんの〈協会〉の書庫に入れるようになる必要がある」

「どうしてよ?」リビーは即座に尋ねた。

ニコを疑うことにかけては、彼女は疲れ知らずだった。たしかにクリーチャーの子どもに関する既存の研究の大部分は古代のもので、行方不明になっている(あるいは非合法で、大ざっぱなものである)ことを彼女に話すのは可能だったが、彼はそこまで踏みこみたくなかった。それはギデオンの秘密であって、彼のものではなかったし、ギデオンの犯罪者の母親が、ニコが自分たちのアパートにいるギデオンのまわりに張り巡らしておいた結界を破ろうとするのは時間の問題にすぎなかったから、危機感が働いていた。

「どうしてもだ」彼はそういうと、リビーにふたたび口を開く暇を与えず、急いでさえぎった。「ぼくがいおうとしてたのは、前に進むために必要なことは、なんでもやるつもりだってことだ」

「ニコ、もしわたしを脅そうとしてるんなら――」

「そうじゃない――」彼は苛立って言葉を切った。「ローズ。頼むよ、ぼくはきみと一緒にやろうとしてるんだ」

「いつから?」

こんなに賢いのに、リビーはほんとうに愚かになることがあった。

「年上の三人が、すでにチームのメンバーを選びにかかってるのに気づいたときからだよ」ニコは嚙みつくようにいって、前を歩いているトリスタンとパリサ、そしてふたりが追いついたカルムのほうを身振りで示した。

次第にリビーの顔に理解の色が浮かびはじめた。

「つまり、わたしとある種の同盟を結びたいってことね？」

「アトラスがいったことを聞いただろう。ぼくらはまず、物理的な魔法に取り組むことになってる」ニコは彼女に思い出させた。「きみとぼくはその点では、ほかのみんなよりうまくやれるだろう」

「レイナは別かもしれない」リビーは心配そうに肩ごしにちらりと目をやった。「彼女のことはいまひとつ読めないけど」

「彼女がどうだろうと、それは問題じゃない。ローズ、ぼくらはすでに不利な立場にあるんだ」ニコは指摘した。「ぼくらはふたりだが、彼らはひとりずつだ。誰かが排除されることになるなら、ぼくらのうちのひとりというのが自然な選択だろう」

リビーは唇を嚙んだ。「それで、なにがいいたいわけ？」

「ふたりで手を組むんだよ」おたがいに対する敵意を考えればとんでもないことだったが、彼はリビーがそんな無意味なことにこだわりすぎないよう願っていた。「とにかく、そのほうが多くのことができる」ＮＹＵＭＡの教授たちから何年間もずっといわれつづけてきたことを彼らが信じるのに、卒業するまでかかったとは驚きだった。「ぼくらのどちらかが消耗品だと思わせる理由をほかの連中に与えるわけにはいかない、それだけだ」

「もし誰かがわたしを消耗品に見せようとするなら、それはあなたでしょう」彼女が指摘すると、ニコはため息をついた。

「つんけんするなよ。ぼくは大人になろうとしてるんだ」あるいはなにかに。「少なくとも、ぼくは現実的になってる」

リビーは考えこんだ。「だけど、もしあなたとの同盟がわたしにとっていちばんの利益じゃなかったら？　つまり、もしあなたが役立たずだと証明されたら――」

「ぼくは役立たずじゃないし、これまで一度もそうだったことはないぞ」ニコは言い返した。「だがいいだろう。双方にとっていちばんの利益であるかぎり手を組む、これでどうだ？」

「それで、そうじゃなくなったらどうするの？」

「そうなったときは、ぼくらの関係はおしまいだ」

リビーはなかばため息まじりにうなって、また考えこんだ。

「あの人たちは俗物の集まりみたいね」Ｈ形の屋敷の中心にある玄関ホールに着くと、彼女はそうつぶやき、つけ加えた。「それに、どっちかといえば、もうカルムのことは嫌いだし」

「なるべく抑えろよ」ニコは忠告した。「エンパスは強い感情を利用してたくさんのことができるんだ」

「偉そうにエンパスのことを説明しないで」予想どおりの反応だったが、ニコには彼女が態度を軟化させはじめているのが見て取れた。「みんなで協力しあえないなんて、ほんとにばかみたい」リビーがなかば独り言のようにつぶやいた。「だって、誰もこの先どうなるかを見ようとしないんなら、これだけの才能を部屋に集めても意味がないじゃない」

ニコは肩をすくめた。「たぶん彼らは乗り越えるだろう」

「ええそうでしょうね、実によくあることなんだから」リビーは興奮して前髪をいじりながら、うなった。

間違いなく、あと一歩で同意しようとしている。ニコがリビーに頭のなかで計算させておいて返事を待っていると、彼女は目を丸くしてみせた。

「わかった」彼女は不機嫌そうに譲歩した——不愉快なことじゃないんだ、とニコは自分に言い聞かせた。なぜならそれは彼が望んでいたことだったし、おまけに彼の正しさを証明していたのだから。「それならわたしたちは、そうじゃなくなるまでは味方どうしってわけね。いつそうじゃなくなってもおかしくなさそうだけど」
「その意気だ、ローズ」そういったニコに対して彼女がうなるように軽蔑的な言葉を返し、ついにふたりは食堂に到着した。そこはほかのすべてがそうであったようにうんざりするほど形式張っており、壁にはさらに田舎の庭園の風景が描かれ、晩餐会か反乱の舞台になりそうな（ニコはどちらが自分の好みか考えないようにしたが、このグループで晩餐会というのはなさそうだった）長テーブルがひとつあった。

　同盟の件はさておき、ニコはかなり自信に満ちた気分だったが、リビーが正反対の反応を示しているのが見て取れた。たしかに、リビーは公然とカルム（もしニコが前に見たことがあるようなやつなら、予想どおりのクソ野郎）の標的にされていたし、レイナの尊大な無関心と闘うにはあまりにもろすぎたが、それは自分ではどうしようもないことでむだにくよくよするのがリビーの個人的な道徳規範だから、というだけのことだった。

　いったん実力を発揮する機会を手にすれば、彼女はとうてい内気とはいえなくなるだろう。それだけは、ニコには経験上わかっていた。エリザベス・ローズにはいろんな面があり、そのほとんどは役に立たないが、彼女の能力に関していえば、控えめなところはみじんもなかった。たまにはリビーのけんか腰も、彼の役に立つことがあるだろう。

　彼女が試される機会がくるのが早ければ早いほどいいのだが、と苦々しく思いながら、ニコは夕食のあいだカルムとトリスタン、それにパリサを観察していた。彼らは明らかに、秘密主義であることや、より多く経験を積んでいることが、自分たちをある種の会員制高級クラブに入会させてくれるものと思い違いをしていた。パリサをとても魅力的だと思ったことを、ニコはほとんど後悔しかけていたが、なにかに感心する能力に欠けているのがいちばんの特徴という女の子を好きになってしまうのは、いまにはじまったことではなかった。

ありがたいことに夕食はすぐに終わった。食事の最後にダルトンが、明日からは丸一日、研修に取り組んでもらうことになる、と告げた。今夜は部屋に案内されて、少し休息するだけだ。

ダルトンは食堂をあとにすると、一行をふたたび玄関ホールの大階段に案内し、Ｈ形をした屋敷の西側のひげ飾りにあたる部分へ向かった。彼らは転用された翼棟に部屋を与えられており、その上階の東側にはより形式張った客間が複数と、個人の礼拝室がひとつ（少なくとも世俗的なもので、知恵、正義、そして啓蒙か放火が表現された縦長の三枚続きのステンドグラスがある）、そしてまたしても、ひだ襟のついた服を着た様々な見た目の白人の男の肖像画が並んでいた。彼らのいわゆる社交上の控えの間（じきに不揃いの靴下が無頓着に散らかることになりそうだったが、それにしては洒落た呼び名だ）は、寝室の手前の客間で、寝室は簡略化された一本の廊下に集められていた。扉の脇の小さな名札にそれぞれの名前が刻まれている。

「全寮制の学校でまた一からやりなおすみたいだな」カルムがパリサにつぶやいたが、もちろんほかの誰も共感できなかった。ニコはメディアンの地位がかたまった瞬間にハヴァナからニューイングランドに送られていたから理解できたが、少なくともそれを指摘しない程度には自分の富を意識していた。ＮＹＵＭＡにはリビーやギデオンのように、人生のほとんどのあいだ常人の学校教育を受けてきたような学生が大勢いた。ニコとマックスはどちらも魔法で儲けた裕福な家の出だったが、すぐに不信感を抱かれたり嫌われたりしたければ別だが、それは自慢げに話すことではなかった。どうやら他人の感情を感じ取れるらしいメディアンにしては、カルムは恐ろしくずれた感覚の持ち主のようだった。

「勝手に決めつけないで」パリサがカルムにぶつぶつと言い返し、ニコの考えが正しかったことが証明されたが、カルムはにやにや笑ってみせただけだった。

「きみたちはみんな大人だ」ダルトンがひそひそ話の気配を察していった。「だから規則はない。ただ、ばかなことはしないように」

「規則はない？」トリスタンがオウム返しにいって、それを聞いたリビーが失神するのを期待するかのように、ちらりと彼女に目をやった。彼女の性格に対するその評価は当たっていた。リビーにはいつも、どんな不正行為もすぐに報告しそうな雰囲気があったし、監督生のための春用カタログから抜け出てきたようないまの服装（スクエアネックのカーディガン、プリーツスカート、バレエシューズ）を見れば、たしかにそう思われてもしかたなかった。

「ほかの誰も屋敷に入れることはできない」ダルトンが、明らかな訂正としていった。「だが、どのみち不可能に近いことだから、わざわざ注意事項に含めることはしない」

「あなたもここに住んでいるの？」パリサが尋ねた。

「敷地内にね」ダルトンは曖昧に認めた。

「もしなにか問題が起きたら――」リビーが甲高い声でいった。

「ここは学校ではない」ダルトンはふたたび明確にした。「それにその手のものでもないから、きみたちの誰かが不満に思ったことを通報する校長もいない。わたしは」彼はつけ加えた。「きみたちの教師でも弁護人でもない。もしほんとうに問題があれば、それはきみたち六人全体としての問題だ。ほかになにか？」

なにもなかった。

「たいへんけっこう、おやすみ」ダルトンがそういうと同時に、六人は自分の部屋を探しにぶらぶらと歩きだした。

屋敷自体と同様、寝室は信じられないほど英国風で、各部屋にはそっくり同じ四柱式ベッド、手頃な大きさの机と衣裳ダンス、白い大理石の暖炉、そして空の本棚がひとつあった。ニコの部屋は左側の最初の扉で、隣はカルム、向かいはレイナの部屋だった。リビーはトリスタンと一緒に廊下の突き当たりまで進んでいくあいだ不安そうだったが、それはニコにしてみれば驚くことではなかった。彼女は嫌われることをひどく恐れていたし、トリスタンがほんとうに誰かを好きになったことがあるかどうかも疑問だった。いままでのところ、リビーと手を組むというニコの決断は、この屋敷での彼の人気にとって明るい兆しではなかった。それでも、ほかの三人の腰巾着になるよりは、三人の物理的分野の専門家のなかでいちばん悪くない選択肢になるほうがいい。

ニコはほぼまっすぐベッドに入った。ひとつにはギデオンが訪ねてくると約束していたから、もうひとつには彼の力がほぼ完全に自身の身体的状態に依存しているからだった。一般に魔法というのは身体活動で、ある程度汗をかくし、使うたびに回復する必要がある。ニコはそれを常人のオリンピックになぞらえていた。生まれつき才能を持つものは実に簡単に、ひょっとすると汗さえかかずに自身の専門分野の基本的なことはこなせるが、金メダルを勝ち取るためには徹底したトレーニングが必要だ。専門外の分野でも同じようなことがいえる。たしかにすべてのオリンピック種目で成功を目指すことはできるが、それに挑戦することで同じくらい簡単に命を落とす可能性もあった。ニコ・デ・ヴァローナが試みてきたようなことに挑むのは、よほどの愚か者か、とてつもない才能の持ち主だけだろう。

　幸運なことに、彼は厄介なほどの才能に恵まれていると同時に、たいそう無分別でもあった。

「こいつはひどく骨が折れたぞ」ギデオンがそういいながら、ニコの潜在意識のどこか、それがどこであるにせよ以前夢に見たことがあるがいまは思い出せない場所の真ん中に、姿を現した。いまニコは、ある種のどこまでも続く独房のなかにいるらしく、細長い簡易ベッドに寄りかかっていて、鉄格子の向こうにはギデオンがいた。

「おまえがどこにいったにせよ、そこは要塞だ」

　ニコは顔をしかめてちらりと周囲を見まわした。「そうなのか？」

「おれは実際に通り抜けることはできない」ギデオンは鉄格子を身振りで示していった。「それにマックスを外に置いてこなくちゃならなかった」

「外ってどこに？」

「ああ、領域のひとつさ」彼らは大学でその地図をつくろうと試みていたが、それは困難な作業だった。思考の領域は把握するのさえ大変だし、潜在意識の領域は広範囲にわたり、入り組んでいて、絶え間なく変化している。「あいつは大丈夫だ。きっと眠ってるよ」

ニコは立ち上がって鉄格子に近づいた。「そんなに難しいとは気づかなかったな」だがよく考えてみれば、おそらく気づいているべきだったのだ。

「防御用の結界がたくさん張られてる。予想していた以上だ」

「精神的なものもか？」

「特に精神的なものがな」ギデオンはギターの弦のようなものを宙で弾いた。「これが見えるか？　そっちには誰かテレパスがいるな」

トリスタンがほのめかしていたことが正しければ、たぶんパリサということになるだろうが、ニコはその特殊な結界が彼女の張ったものだとは思わなかった。きっとそれはテレパシーを防ぐためのより大きなシールドの内部の糸にちがいなかったし、そう考えれば筋が通った。すべての種類の盗みに、物質的な侵入口が必要なわけではない。

ニコはちらりと上を見やってカメラ（あるいはその列）を探し、隅に見つけた。

「まあ」ニコはそれを指さしながらいった。「あまり自分に不利になるようなことはいわないようにな」

ギデオンは肩ごしに振り返って肩をすくめた。「実をいうと、たいして話すことはないんだ」間があり、それからいった。**「なにか問題があるか《アヴェ・ヴー・デ・プロブレーム》？　すべて順調かい《トゥー・ヴァ・ビヤン》？」**

「ああ《シー》、大丈夫《エストイ・ビエン》、心配しないでくれ《ノ・テ・プレオクペス》」たぶん見張っているものは誰でも訳せるだろうが、それはたいして重要ではなかった。「それから、こういうことはあまり頻繁にやらないほうがよさそうだ」

ギデオンは明らかに同意して首を傾けた。「おれがここにいるときは、おまえはちゃんと眠ってない」彼は指摘した。「それにこの場所のセキュリティから判断して、おまえは全エネルギーを必要とすることになるだろう」

「そうだな」ニコはため息をついた。「おそらく」これから二年間、正気を保ってくれるギデオンの潜在意識の気配すらなしにやっていくほうがどれだけ大変かは、考えまいとした。

「そこにリビーはいるのか？」ギデオンが尋ねた。

「ああ、どこかに」ニコは顔をしかめた。「きみは知らないことになってるはずだがな」

「まあ、どちらかというとまぐれ当たりだったんだ、実のところ」ギデオンは首を傾げた。

「彼女には親切にしてるんだよな？」

「ぼくはいつだって親切さ。それに、ぼくのやることに指図しないでくれ」

ギデオンの笑みが広がった。

「おまえが恋しいよ《テュ・ム・マンケ》。もちろん、マックスはおまえがいなくなったことに気づいてない」

「当然そうだろうな」そして間。「ぼくもだよ《イ・ヨ・タンビエン》」

「おまえがそばにいないと変な感じだ」

「わかってるさ」そうでもない。まだ実感は湧かなかったが、すぐにそうなるだろう。

「少なくとも静かか？」

「ああ、そしておれは静かなのが嫌いだ」ギデオンはいった。「おふくろが生ゴミ処理機から浮かび上がってきそうな気がするんだ」

「それはない、話し合ったんだ」

「そうなのか？」

「ああ、浴室で彼女に不意打ちを食らってね。だが、ぼくの考えではかなりうまく説得できたと思う」あるいはそれに充分近いところまでは、とニコは苦々しく思った。もし防御の結界になんらかの価値があるなら。

「ニコラス」ギデオンはため息をついた。「勝手にしろよ《デハテ》」

もちろんギデオンは、ニコがいかに愛情深く真実を隠しているかはわかっていたが——誰よりもよくわかっているだろう——そうはいってもエイリフのことは、含みのある話題だった。彼女がどうやってあれほど易々とアストラル界を越えられるのか、ニコには完全に理解できたためしがなかったが（どこか近くにある一冊の書物がたぶん教えてくれるだろうと気づき、ニコの頭はその可能性でいっぱいになった）、細かいことはさておき、彼女は海賊のようで、尋常ではなかった。魔法的にいって、エイリフがなにをしたにせよ、ギデオンが絶えず弱気になるほどうまくやってのけたし、ニコは二度と彼女に偶然ギデオンを見つけさせるつもりはなかった。最後に彼女に脅されてやった仕事のせいでギデオンはすっかり消耗し、何日も発作を起こしつづけたあげく、とうとうトンプキンス・スクエア・パークのそばで倒れ、ニコに連絡がつく前に病院に担ぎこまれてしまった。それにギデオンが盗みを働いた相手（エイリフが事の詳細に触れなかったのは、犯罪的に忘れっぽいか、もっとありそうなのは、ただの犯罪者だったからだ）が領域で彼を捜し出して仕返しをしたのは、いうまでもない。ギデオンが一カ月近く、せいぜいうたた寝しかせずに無理に起きていた理由は、説明してもらうまでもなかった。

　そういったことは、ニコの結界が明らかに必要であることと同じで、声に出して語られる必要はなかった。

「ギデオン、ぼくはただ、なんとか――」

　鉄格子がゆがんでギデオンの顔が消え、ニコは口をつぐんだ。目を開けるとあたりは神経に障る暗闇で、誰かが彼を揺り起こしていた。

「誰かがここにいる」一瞬、誰の声かわからず、ニコは朦朧として起き上がろうともがいた。

「えっ？　それはただのぼくの友だちで、彼は――」

「あなたの頭のなかじゃない」それがレイナの声だと気づいたニコは、彼女の顔の輪郭を見分けようと暗闇に目を慣らした。「誰かが屋敷のなかにいる」

「どうしてそんなことが――」

「どの部屋にも植物がある。彼らに起こされたの」レイナの口調は、**おしゃべりはやめて、**といっていた。「誰かがなかに入ってこようとしてる。もうすでに入りこんでなければ」

「ぼくになにをしろっていうんだ？」

「わからない」レイナは眉間にしわを寄せていった。「なにかを」

ニコは腕をのばして床に手を押しあて、掌の下に木の波動を感じた。

「振動だ。間違いなくここに誰かいる」

「わかってる。そういったでしょ」

そうだな、もし彼ひとりで、あるいはそれに近い状態でなんとかできれば、そのほうが好都合だ。おそらくレイナは厚意から、いちばんに彼を起こしてくれたのだろう。

ああ、だが、抜け駆けはしないといったんだった。

「ローズを起こしてくれ」ニコは考えなおし、立ち上がった。「彼女の部屋は――」

「右のいちばん奥、知ってる」レイナはなにも尋ねず、すぐに出ていった。ニコは忍び足で客間の廊下（なにかよくわからない建築上の気取った名前がついていたが、もう忘れてしまった）を越えて出ていくと、バルコニーの西の入口に向かい、一瞬耳を澄ました。耳を澄ますのはリビーのほうが得意で、たいていは音や速度だが、そういったものの波動に敏感だったので、彼は聞くのをあきらめてかわりに感じはじめた。階下のどこかで混乱が起きているのが感知された。

背後で客間の扉が大きく開いて戸口にパリサが現れ、ニコは飛び上がった。

「あなたはとても大声で考えてる」彼女が明らかに不快そうに告げたとき、ようやくリビーが自分の部屋から現れた。

「みんなを起こすべきじゃ――」

「何事だ？」カルムが強い口調で尋ねながら、大股で廊下に出てきた。

「屋敷に誰かいる」ニコはいった。

「誰が？」リビーとカルムが声をそろえて尋ねた。

「誰かが」ニコとレイナが答えた。

「大勢の誰かがね」パリサが訂正した。彼女は壁に手をあて、点字のように屋敷の中身を読んでいた。「少なくとも三人がアクセスポイントに不正に侵入してる」

「彼女のいうとおり」レイナがいった。

「わたしのいうとおりなのはわかってる」パリサがうなった。

「誰かトリスタンを起こした？」予想どおり落ち着かない様子で、リビーが尋ねた。

「あなたが起こしなさいよ」パリサがどうでもいいというようにいった。

「いや」ニコはそういって、見晴らしのいいバルコニーの手すり越しにじっと一階を見下ろし、いまのところまだ検知できていない動きをチェックした。「ローズはぼくと一緒にくるんだ」

「えっ？」リビーとパリサ、それにカルムがいった。

「ぼくのいったことが聞こえただろう」ニコはリビーについてくるよう合図した。「レイナ、トリスタンを起こしてあとからくるようにいってくれ。ローズ、離れるなよ」

リビーが**わたしに指図しないで**、という目でにらみつけたが、ニコはすでにその場を離れかけていた。カルムが常に脅かされることのない悠々とした足取りで、ニコに続いた。

彼らが大広間の階段上の開けた踊り場に着く前にはすでに、屋敷の状況がただの騒ぎから侵入にエスカレートしていることは明らかだった。

彼らがバルコニーに出てすぐ、下の階の正面扉から待ち伏せ攻撃を受けたのだ。下の集団は明らかに同調して動いていたが、何人いるかはまだわからなかった。

「伏せろ」ニコが噛みつくようにいってリビーを硬材の床にぐいと伏せさせ、カルムに用心するよう身振りで合図したのと同時に、なにかが頭上を飛んでいった。それは、玄関ホールから彼らが伏せている二階の丸天井の踊り場を狙ったものだった。弾丸よりもずっと大きかったから、おそらく致命的なものではないだろう。十中八九、ほとんどの魔法兵器にありがちな、一時的に動きを封じるためのものだ。だがこの種のミサイルは高価で、未知の標的に発射しても特別役に立つわけではない。そのことがニコを躊躇させた。

「たぶん試験だろう」カルムが低い物憂げな調子でいった。「ぼくらを怖がらせて力を合わせるように仕向ける、ちょっとした戦術だ」

　ありそうなことだ、とニコは思ったが、特に声に出してカルムに同意したくはなかった。

「援護してくれ」彼はリビーにいった。

「わかった」彼女は顔をしかめて答えた。「頭を低くしておいて」

　毎年ＮＹＵＭＡでは、物理的専門技能を持つ学生による勝ち抜き試合が行われていた。旗取りゲームに似ているが、ルールは少なめで、より多くのことが許される。彼とリビーは一度も同じチームになったことがなく、ほぼいつも決勝戦で対決していたが、すべてのゲームは基本的に同じだ。すなわち、誰かが攻撃しているあいだ、別の誰かが援護する。

　ニコが立ち上がる一方、リビーは手近な空気の分子構造を操って彼の防御の泡をつくり出した。世界の大部分は無秩序と混沌だが、魔法が秩序なのは、それが制御されているからだ。ニコとリビーは周囲の物質を変化させることができた――真空を満たそうとする宇宙の衝動を利用して、それを折り曲げ、ゆがめ、変化させることができたのだ。彼らが自然エネルギーの源であり、巨大な電荷を蓄える一対の装置であるという事実は、爆発に必要なエネルギーを利用できるだけでなく、そのために最も抵抗の少ない道を切り開けることも意味していた。

とはいえ、バッテリーにも限界はある。一騎打ちは多くの時間とエネルギーを浪費するのにうってつけの方法だったから、ニコは大きめの網を投げることを選んだ。彼は階下の手近な客間の摩擦の向きを変え、大広間の不法侵入者をいちばん奥の壁へと追いやった。助け船を出すように、植物の細い巻きひげが這っていって彼らに絡みつき、しっかり固定した。

「助かった、レイナ」ニコは息を吐きながら、部屋の力のバランスを元に戻した。彼の後ろでレイナが、お返しに肩をすくめた。

リビーの防御の泡が消えた。

「あれで全員？」リビーが尋ねた。ニコは黙ってレイナの罠にかかっている肉体を数えた――怪しいまでにたいしたことのない三人。ギデオンが感じたような防御策が講じられた屋敷に侵入するのに、それで充分だったのだろうか？

「いいえ」パリサがいった。一瞬彼女の技能がなんだったかを忘れていたニコは瞬きし、それからいまはあえて自分の考えを隠す価値はないと判断した。「東棟、食堂の近くに誰かいる――」

「それから図書室」レイナはそういってから、いらいらと訂正した。「天井画の間」

「どの？」カルムが問い詰めるようにいった。

「いったいあなたは役に立つつもりがあるわけ？」レイナがにらみつけて言い返した。

「もしぼくが心配する必要があると感じたら、たぶんそうするだろう」カルムは応じた。

「いまの状況で、どうしてむだな努力をする？」

「なにが起こってるんだ？」どうにか彼らに加わるだけの良識を働かせたらしく、トリスタンが尋ねた。

「ブレイクリーがぼくらを試してるのさ」カルムがいった。

「それはわからないでしょう」リビーがいった。バルコニー状の廊下の下で、いまにもさらに押し入ってきそうな音がした。リビーは眉をぎゅっと寄せて集中した。「もしかしたら本物かもしれない」

「あの連中はどうしたらいい？」レイナが蔓にとらわれてもがいている男たちを指さした。

「そうね」パリサがじれったそうにいった。「屋敷のなかに置いておきたくはないし――」

「ヴァローナ、あれが聞こえる？」

聞こえるとも、ローズ、きみに聞こえるんなら当然ぼくにだって同じように聞こえるさ、と言い返す前に、ニコの耳のなかで方向感覚を失わせるような奇妙な音が鳴り響いた。その音は彼の頭を空虚な白いものでいっぱいにし、閉じた目蓋の奥で視力を奪った。

ニコはぼんやりと、針で刺されたような鋭い痛みを感じた。肩になにかが刺さり、それをぴしゃりと叩いて払いのけたかったが、なぜか耳と目を満たした白い金切り声のせいで、彼は衰弱し、麻痺していた。頭のなかに、急速にふくらんでいく腫れ物のような、空間を埋め尽くされそうな圧迫感をおぼえた。

それから目を開けられる程度まで音が弱まって、リビーがしゃべっている、あるいはしゃべろうとしているのが見えた。**ヴァローナ、**彼女の口がいっていた。**ヴァローナ、あみ！**

網？　いや、網じゃない。

瞬きをすると視界がはっきりした。

波だ。

なるほどそうか。ニコは右手を上げようとして痛みにたじろぎ、かわりに音の粒子をとらえるために左手を上げて狙いを定めると、それが砕けるまで鞭のように振るった。動きを麻痺させる音波の影響から彼を引きずり出すのに力を使わずにすむようになったリビーはいま、火花でそれを消していた。

「——試験のはずない」彼女がいいおえ、ニコは肩の痛みが針で刺されたどころではないことに気づいた。傷口は血でぬるぬるしていて、彼の知るかぎり、それは魔法の武器では通常起こりえないことだった。彼は手すりにもたれてその根元まで滑り落ちながら、柱の隙間から下に残っている敵に目を凝らし、ほかのものたちは急いでバルコニーの反対側の壁際に避難してしゃがみこんだ。

「あれは」リビーがぞっとしたようにしゃべっていた。「偽物のけがじゃないわ！」

「銃で撃たれた傷ね」パリサがいっていた。「何者であるにせよ、きっと魔力は持っていないはずよ」

たとえ最初の一撃はなんらかの魔法だったとしても、そう考えれば筋が通る。ある種の魔法は、充分な資金があれば常人でも簡単に手に入れることができたし、メディアンの珍しさを考えれば、彼らを集団で送りこむのはおそらくむだづかいというものだろう。銃のほうが安上がりだし、完璧に効果的だ——まさしく。ニコは手を振って血をかためながら、いらだちにうなり声をあげた。

「だけど〈協会〉の仕業のはずはない」リビーが抗議した。「きっとわたしたちでなんとかしなくちゃいけないのよ！」

「ここには少なくともひとり、メディアンがいる」ニコは歯を食いしばり、なんとか立ち上がった。あえて痛みをやわらげるつもりはなかった。そんなことをしても、よけいなエネルギーを割くことになるだけだ。まったく致命的な傷ではなかったし、あとで治せばいい。「ぼくらは分かれるべきじゃないかな。ローズがそのメディアンを探してくれるなら、残りはぼくが面倒を見られる」

「残りだって？」カルムが疑わしげに繰り返した。「きみの肩はひどいことになってるじゃないか。それは拳銃じゃなくて自動小銃だ。きみが相手にしてるのは軍の特殊部隊かもしれないぞ」

「それはそれはご親切に」ニコがぞんざいに答えを返したとき、下からまた一連の銃声が聞こえてきた。彼は自分がなにを相手にしているのか完璧にわかっていたし、まさにそこが肝心なところだ。「メディアンの集団をわざわざAKで武装させたりはしないだろう」彼は銃声にかき消されないように声を張り上げた。「同様に、魔力を持った監督抜きで常人を送りこんでくることもないはずだ」もし彼らがある種の軍の特殊部隊なら、おそらくひとりのメディアンが指揮を執っているはずだ。「そしてもしそのメディアンが波動の扱いに長けているなら、ローズには波動がやってくるのが聞こえる」

「それなら分かれたほうがよさそうね」パリサは少なくともひどく冷静で、冷えるから薄手の上着を羽織ったほうがいいと勧めるように、淡々とした口調でいった。

「ああ、それがいい。きみはぼくと残ってくれ」ニコは彼女に提案した。「ローズはトリスタンを連れていけばいいし、レイナも一緒に――」

「わたしは残る」レイナがいった。

「えっ？」カルムとリビーがいった。ひとりは冷やかすように、もうひとりは疑わしげに。レイナは平気なようだった。「ニコのほうが大勢相手にするんだから。わたしは戦闘経験がある」

　ニコはちらりと彼女を見た。「そうなのか？」

「まあ、接近戦の訓練をしてたってことね」彼女はいいなおした。それはどう考えても、たんにその分野の本をたくさん読んだといっているように聞こえた。「それにあなたたちみんな、わたしが専門技能では役に立たないと思ってるんじゃないの？」

「いい争ってる暇はそんなにないでしょう」ほかの誰かが口を開くまもなくリビーが割りこみ、指摘した。「パリサ、カルムを連れていって」なんとしてもカルムと一緒にいくのは避けようというわけだな、とニコは思った。「それにヴァローナのいうとおり、トリスタンはわたしと一緒にくればいい」

「いいわ」パリサがきっぱりといった。「わたしは屋敷のなかのメディアンを見つけられる」

「よし、それじゃあぼくらは、下の階のアクセスポイントを確認しよう——」

話が後方支援のことになると、ニコにはそれ以上議論する忍耐力はなかった。その頃には彼の腕は少し痺れる程度になっていて、それはおそらく、侵入者を撃退する期待に心がはやっていたからだろう。

彼は物理術師の勝ち抜き試合で、それはそれは優秀な成績を収めていた。実際、四年連続でＭＶＰに選ばれていて、リビーがいくら優秀であろうとなかろうと（いいだろう——彼女は優秀だったが、それでも）、一度も彼に勝ったことはなかった。ニコはアドレナリンが好きだったし、そのうえ銃創の礼をしなくてはならないものがいた。率直にいって、彼は相手にかなりの貸しをつくっていた。

「いこう」ニコはレイナに声をかけてバルコニーの手すりに飛び乗り、彼女についてくるよう合図すると、のばした片手で身を守りながら階下の降り注ぐ銃声のなかに飛びこんでいった。「下で待ってる」

「ヴァローナ」リビーがため息をついた。「あなたは階段ってものがあることに――」

　ニコは聞いていなかったか、そうでなければ一階への急降下で頭がいっぱいだった。なんと驚いたことに銃弾が放たれたが、今度の彼は備えができていた。着地すると、パンチをかわすくらい簡単に一発の弾をよけ、自分の予想どおりだったことを示唆する制服をとらえた。これはある種の軍の特殊部隊だったのだ。おもしろいじゃないか！　わくわくする。彼らは全員で向かってきた――倍の人数を連れてくることを考えなかったとは、なんとも不運なことだ。ニコは床をわずかに丸めて、全員を目に見えない排水溝に流しこんだ。こうしたほうが人数を確認しやすい。六人を数えると、ニコはほくそ笑んで床を元の状態に戻した。殺し屋たちはよろけ、体勢を立て直すと、彼に向かって発砲した。

　驚いたことにニコより先にレイナが狙いを定め、ひどく荒削りだが大変な速さで、向かってきたひとりの殺し屋の胸に稲妻のようなものを叩きつけた。息を詰まらせた殺し屋の手からライフルが飛び出し、仲間の顔に台尻が命中した。その罵り声から、ニコはアメリカ人だろうと見当をつけた。ＣＩＡかもしれない。彼はぶるっと武者震いをして、これはほんとうにわくわくすることになりそうだ、と思った。命を狙われるほどの重要人物だったことは、これまで一度もなかったのだ。

　さらに銃が火を吹いたが、間違いなく弾が当たることはないだろう。銃創はひとつでたくさんだった。一瞬、自分でつくった急ごしらえの盾が衝撃を吸収するのを待ってから、ニコはいちばん近くにいた殺し屋をつかまえると、くるりと向きを変えさせ、それを見たほかの連中は貴族趣味の家具の陰に飛びこんで身を隠した。敵の足の下から重力を少し引っ張ってやると、彼らはスローモーションで部屋のなかを浮遊し、手から離れたライフルが宙に漂った。ニコは彼らの武器を呼び寄せて爆発的な一撃でばらばらにし、部屋に通常の重力が戻ると、その中身が榴散弾《りゅうさんだん》のように飛び散った。

これでよし、とニコは思った。さあ、本気で闘うとするか。

レイナは接近戦で充分力を発揮しているようで、すでに大階段の下から食堂内へと前進していた。ニコは目の端で彼女の姿をちらりととらえると同時に、耳を狙ってきた一撃をかわし、また別の形式張った部屋に向かった。レイナは次々に攻撃を繰り出して雄牛のように動き、その打撃は荒削りだが間違いなく重かった。ニコ自身の闘い方はもう少し巧みで、より機敏だった。もう小さな万能ナイフ一本しか持っていない最初の殺し屋がやみくもに放った右のオーバーハンドフックを、彼が嬉々としてひょいとかわすと、よろけた相手は大声で罰当たりな悪態をついた。

いまのはたしかにイギリス英語だ、とニコは思った。ひょっとしてＣＩＡとＭＩ６か？なんてうれしがらせてくれるんだ。

レイナがふたりの殺し屋を引き受け、ひとりの太腿に強烈だがわかりやすい一撃を加えて動きを封じる一方で、ニコは殺し屋のナイフをねじ曲げて腎臓に一発食らわせ、残った四人を三人に絞った。それからトリッキーなパンチを何発か頭にお見舞いし、目くらましの無造作なジャブを何発か放ったあと、アッパーカットでひとりの首をがくんと後ろにのけぞらせ、三人をふたりに減らした。その衝撃は効果的で切れがあり、満足のいくものだった。利き手ではない無傷なほうの手を、ちょっとばかり正確に動かすだけでよかった。

　実際、誰であるにせよ〈協会〉に侵入を試みているものが、メディアンの集団を丸ごと送りこんでくることはないと考えるのは、理にかなっていた。たしかに彼らは自分たちが破ろうとしている防御策がどういう種類のものかわかっていたし、特殊工作員の一団を使えば、貴重な魔法の血を一滴も犠牲にすることなくちょうど同じ程度の被害を与えられる。たしかに、セキュリティの結界を破るためにメディアンをひとり同行させる必要はあっただろうが、ニコがいま向きあっている連中は誰も、彼が隙を見せないかぎり危険はなかった。おそらく当然のことだろうが、彼は殺される気分ではなかった。

　残ったふたりの殺し屋はばかではなかった。彼らはニコを二等辺三角形の頂点に据え、横に並んで襲ってきた。二対一の戦闘の基本的な考え方で、それゆえ簡単に予測がついた。ニコが彼らをオリオン座の三つ星の一部にしてやろうと判断し、ひとりに向かって突進しながらも片方に力の爆風を放ったのも、同じことだ。ニコにとって魔法は、たんに生まれつきの才能を拡張したものだった。彼は足元がたしかで、バランスがよく、小柄でがっしりしていて、自分が持つどんな魔力の助けを借りなくても機敏だった。力は可能なかぎり多くとっておく必要があるだろう。それをむだに使って闘いを早く終わらせ、回復により長い時間をかけることもできたが、ニコはそんな近視眼的なことをするほどばかではなかった。この男たちは魔力を持っていないかもしれないが、ここにいる誰かは持っていたし、そのことはじきに証明されるだろう。ニコはそのときに備えるつもりだった。それまでは、拳で殴りあわなくてはならない。

自分の打撃には感電したのと同じ衝撃を与えるだけの魔法しか使わず、殺し屋のひとり（召喚魔法の助けと、殺し屋自身のナイフが大腿四頭筋に埋まることで、いまは完全に武装解除されていた）を後ろによろけさせ、一時的に動きを封じた一方で、もうひとりが前方を狙った一撃が、ニコをかすめた。

殺し屋のナイフの制御権を奪い返したニコは、けがを負った肩を狙った一撃をすんでのところでかわした――いまは血でおおわれているところを見ると、その傷は少しばかりわかりやすい急所になっているのだろう。幸いにもニコの反射的なカウンターは、敵を直接、狙いどおりの困難な状況に導き、背後から突進してくる殺し屋を阻止するために計算された次の滑るような動きが、ふたりめの殺し屋を最初のひとりと接触させることになった。

　そのとき、足の下で小さくゴロゴロ音がするのを感じた。それはニコに、屋敷のなかに残っている侵入者はここにいる連中だけではないことを警告し、思い出させた。最後のふたりに挟まれたニコは、ふたたび重力を緩めて床と平行に浮遊し、手にしたナイフでひとりの頸動脈を切り裂く一方、足のアーチでもうひとりの胸骨を狙った。最後の殺し屋はニコに蹴られて心臓に一撃を食らったようになり、はっと息を呑む途中で動きを止め、レイナが襲ってきた相手の側頭部にナイフを突き立てた瞬間にくずおれた。

　ニコがもう少しで振り返って歓声を上げ、ちょっとばかり本を読む以上のことをしたレイナの肩を叩いて祝福しそうになったとき、ふたたび頭のなかに不穏な音が入りこむのを感じた。今回、その調整つまみはとても高い位置までまわされていて、ニコは床から浮き上がり、全身が麻痺した状態で漂った。

　このメディアンにできるのはこれだけなのか？　波動？　ニコは、彼ら六人だけが〈協会〉に選ばれたのには、それなりの理由があると思っていた。すべてのメディアンが力と技を兼ね備えているとは限らないのだ。このメディアンが持っている能力はひとつだけのようだった。だがメディアンの防御において、それはきわめて有益な能力で、肩の傷をかためることに意識を集中していないあいだに刻一刻と大量の血を失い、ニコはあっというまに弱っていた。すでにこれだけ奮闘したあとでなければ、抵抗するのはまったくなんでもなかっただろう。彼はたいていのメディアンを腕力だけでねじ伏せることができたが、重傷を負っていてはそうはいかなかった。

それでも、やらねばならないだろう。苦痛だろうが、やらねばならないのだ。

ふらふらになりながら、自身の能力の蓄えに残っているものを呼び出したニコは、その小さな火花に、感覚がなくなった掌の下のどこかで響いた衝撃に驚いた。それはなにか電流のようなものが一気に流れる感覚で、ニコはそれが爆発的に自分からほとばしり、あえぎと金切り声とともに吐き出されるのを感じた。

彼に充電された追加の力の出所はレイナにちがいなかったが――彼女の肩に置いていた手が、その重要性に脈打ち、ブンブンと帯電していた――なにがちょうどそのときそれを引き起こしたのかを考えることは、できなかった。彼はメディアンが別の音波をつくり出す直前に、レイナの肩をしっかりつかんだまま、魔法の塊を――パワー、エネルギー、フォース、なんとでも好きに呼べばいいが――自分が立っている口を開けた大広間の戸口から、待ちかまえているメディアンの体に直接押しこんだ。その結果生じた爆発で、彼はレイナから引き離された。彼らはふたりとも、降り注ぐ天井の破片をよけながらふらふらと後ずさり、控えの間のタペストリーが掛かった壁にぶつかった。

　ニコの攻撃が標的に当たったときに聞こえたのは、女の苦痛の叫びだった。ニコは空気中から霧と埃を払い、彼とレイナがどちらも女の姿をはっきり見えるようになるまで待った。

「さてと」ニコはレイナに声をかけながら、大広間のもはや用を為さなくなった肖像画の残骸のなかでなんとか立ち上がろうとしているメディアンにちらりと目をやった。「きみが先にいくかい、それともぼくがいこうか？」

　レイナが暗い笑みを浮かべて重々しく一歩前に出ても、彼は驚かなかった。

「きっとふたり分の場所はあると思うけど」レイナがそういって彼の肩に手を置くと同時に、ニコは喜んで自分の血管から火花を散らしたものを呼び出した。

トリスタン

トリスタンは耳を聾《ろう》する爆発音に続き、紛れもないニコ・デ・ヴァローナの歓声をとらえた。

あいつはこれを楽しんでるな、とトリスタンはうんざりした気分で思った。銃で撃たれたりいろいろあったニコをあとに残してきたとき、彼はひどく無造作な足取りで、踊っているように軽々と銃撃のあいだをすり抜けていた。まるで重力そのものが彼に対しては異なる働き方をしているかのようで、おそらくそのとおりだったのだろう。トリスタンはこれまで「物理術師」という広範囲の専門技能を持つものと知り合いになったことはなく、ほとんどのメディアンはごく限られた分野の技能しか持っていないと思っていた。一般的にいって、一定の物事だけに影響を与える巨大な力を持つ存在だ。空中浮揚。白熱光。力。速さ。そのすべての能力を併せ持つもの、そして見たところ、それ以上の能力を持っていそうなメディアンが存在するとは、トリスタンは知らなかった。物理的な魔法は消耗が激しく、いまごろニコは疲れきっているはずなのに、そうはなっていなかった。

彼は笑っていた。彼はこれを楽しんでいた。そしてトリスタンのほうはといえば、気分が悪くなりそうだった。

トリスタンの考えでは、彼が引き受けたのは比較的楽な仕事で、「周囲の安全確保」、あるいは呼び方はどうあれ、その手の活動をするつもりだった。もし誰かがなにかを撃つつもりなら、あのすべての銃が狙うのはニコになるだろうと密かに思っていたし、トリスタンは彼のことが最初からあまり好きではなかった。ニコのようなタイプのことはよく知っていた――彼の父親が率いる魔法使い軍団のほとんどがそうであるように、声が大きく、目立ちたがりで、意味のない虚勢を張る。みな暴力的なところがあり、それをラグビーの虜になることでかろうじて隠していて、トリスタンはニコを当然そうした連中のひとりだと思っていた。若くて、生意気で、勝ち目のないけんかをする傾向がある。

どうやらトリスタンは間違っていたようだ。ニコはただ勝てるだけでなく、利き腕の肩を銃で撃たれても勝つことができた。

さらに驚くべきことに、それができるのは彼ひとりではなかった。

最初にリビーと一緒に別行動をすることに同意したのは、トリスタンにとってきわめて不本意なことだった。彼女はせいぜい苛立ちの種にすぎず、不安定すぎて一日も持たないのではないか、とトリスタンは思っていた。彼がカルムとパリサについていかなかったのは——あのふたりはパリサが屋敷の心に読み取ったなにかにもとづいて、左に折れていった——騎士道精神（あるいはそのようななにか）の為せるわざにすぎなかった。まあしかし、誰かがこの哀れではた迷惑な少女を見守っていてやらないとな、とトリスタンは思っていた。山ほどの質問に答えてくれる相手がいなくなったら、彼女はどうやって生きていくんだろう、と。

だがその後、当然ながら彼はこの奇怪な屋敷で銃を持ったスパイらしき集団に不意打ちを食らい、いまは自分では認めたくないほど大いに、そのはた迷惑な少女に頼らざるを得なくなっていた。

「伏せて」リビーが鋭くいったのと同時に、今度はふたりの背後のどこかで別の銃声が響いた。少なくとも、ふだんの不安げでもごもごいっている彼女からすると、新鮮な変化だ。このすべてを考慮に入れるなら、もしほっとしたことがひとつあるとすれば、リビー・ローズは見た目よりもはるかに有能だということだった。

トリスタンは三人いる物性の専門家の誰とも仲良くなっていないことを、後悔しはじめていた。エネルギーを生み出しているらしいことを考えれば、ニコは理想的な相手だっただろう。彼から放たれる魔法は、トリスタンがこれまでに見たどんな魔法よりも洗練されていた。投資アナリストという仕事柄、彼はかなり多くのものを見てきた。原子力に匹敵するエネルギーで工場全体を動かしていると主張するメディアンたちに会ったことがあるが、彼らはニコのような素晴らしい才能は持っていなかったし、制御力の面でも間違いなく彼には及ばなかった。ふと、トリスタンは浮かない気持ちで、リビーとニコはいちばん若くて経験に乏しいことから最も脅威にならない存在という印象を与えていたのかもしれない、と思った。だが突然、彼らはほんとうに見た目どおりの子どもなのだろうか、という疑念が湧いてきた。いま彼は、グループのほかのものたちとのあいだに線を引いてしまったことを後悔していた。なぜならその線を消すのは容易ではなさそうだったからだ。

今度のことはすべて、中程度の物理的な魔法が使える魔法使いの父親から、いつも出来損ないとみなされていた不快な記憶を蘇らせた。トリスタンはもともと魔法の徴候を見せるのが遅く、かろうじてメディアンの資格を与えられたときには十代になっていた。それまで長年にわたって魔法使いですらないのを心配されていたことを思えば、驚くべき結果ではなかった。

彼がこの道を選んだ理由は、それだったのだろうか？　アトラス・ブレイクリーはトリスタンに、彼はめったにない特別な存在だといっていた。だから考えたのだ。そうか、いいだろう、疎遠になっている父親に、自分にもひどく危険なことができると証明するために、何年もかけて根気よく育ててきたものをすべて捨て去るときがきたのだ、と?

「なにか戦闘用の魔法を知ってる?」リビーが荒い息をつき、こんな役立たずにはいままで会ったことがない、といいたげな目でトリスタンを見た。その瞬間、彼はそのとおりかもしれないと思った。

「ぼくは……物理的なことは得意じゃないんだ」彼はなんとかそういって、別の銃撃をかわした。あの男たちはニコが階下の玄関ホールで相手にしていたのとは別のグループのようだったが、彼らも間違いなく自動小銃を装備していた。ジェイムズ・ウェセックスが武器の技術的なことに関してはすべて自分で取り仕切ることにしていたので、トリスタンは戦闘における魔法と科学技術の交わりについてそれほど詳しいわけではなかったが、相手は魔法で性能を高めたスコープを使っている常人ではないかと思った。

「そう、わかった」リビーは明らかにいらいらと応じた。「でもあなたは——」

彼女がなにかいいかけてやめたとき、トリスタンは「役に立つ」といおうとしたのではないかと思った。

エイドリアン・ケインがいつも努めて指摘していたように、トリスタンはけっして役に立ったためしがなかった。

「いきましょう」リビーはじれったそうにいって、彼を引っ張った。「わたしの後ろにいて」

これはいささか腹立たしい展開だ、とトリスタンは思った。ひとつには、彼は銃撃された経験はあまりなかった。まったく、これは学術的な特別研究職のはずじゃなかったのか。まさかアレクサンドリアの書庫で手近にあった派手な家具の陰に隠れて過ごすはめになるとは、思ってもいなかった。

その気になればウェセックス社にとどまって、一生銃撃されずに過ごすこともできたのだ。単純にアトラス・ブレイクリーにクソくらえといって、婚約者と一緒に休暇旅行に出かけることもできたのだ。いまごろは激しく超人的なセックスの最中で、目が覚めたら絶妙なブレンドのブラッディマリーを飲みながら、億万長者の義理の父親と会社の将来について話しあっていられたのだ。イーデンが退屈な浮気女だろうと、ジェイムズが大金持ちの暴君だろうと、洗練されていないプロレタリア階級の最新のニーズを無理に笑い飛ばしながら、酔っ払って家族でバドミントンをする以外にはけっして汗をかかずにすむなら、たいした問題ではなかったのではないか？

その瞬間には、それは定かでなかった。

少なくともリビーは、防御に関してなんらかの主導権を握りはじめ、生きのびるために有利になることについては、それ以上の躊躇は捨てていた。侵入してきたのが何者であるにせよ、彼らは全身黒ずくめで、ひどい状態になった客間を軽業師よろしく動きまわり、貴族の服装をした白人の男の実物よりよく描かれた肖像画のあいだを、すっかりむき出しになった影の亡霊のように移動していた。部屋のなかには魔法があふれ、見えるものといえばぼんやりした半透明のものが漏れていることくらいだ。

リビーが向きを変えてなにかを狙い、なにもないところに力を放った。

「外したな」トリスタンはいった。このすべてが命に関わることでなければ礼儀正しく避けていたであろう、それみたことかというつぶやきに、リビーが彼をにらみつけた。

「外してない！」

「絶対に外したぞ」トリスタンは歯を食いしばって指さした。「一メートル半くらいずれてた」

「でも、あいつは倒れてる、あいつは――」

まったく、彼女はまともに目が見えないのか？　ぼくはニコと一緒にいるべきだったんだ。「いったいなにをいってるんだ？　たしかにランプは壊したかもしれないが、それはただのエドワード朝の――」

「わたしは外してない――」リビーは途中で口をつぐみ、瞬きした。「あそこにはなにもないってこと？」

「もちろんなにもないさ」トリスタンはいらいらしてうなった。「それは――」

なんてことだ、ぼくはばかか？

「そいつは幻だ」トリスタンは明らかなことを見落としていた自分に顔をしかめて気づいたことを口にすると、それ以上は時間をむだにすることなく、リビーの肩をつかんで目標のほうへ向け、指さした。

「ちょうどそこだ、見えるか？　まっすぐ前方」

リビーはふたたび攻撃し、今回は一連の銃弾の進行を空中で止めることで爆発させ、大量燃焼を誘発した。殺し屋は後ろに吹き飛ばされ、榴散弾が宙に散らばり、爆発の勢いで一瞬、煙霧が発生した。リビーの焼夷性は凄まじく、トリスタンはそれをタイミングのいい救いの手であると同時に、節約するべきものではないかと思った。おそらくその技は、なんであれニコが階下でやっていることと同じ量のエネルギーを彼女に消費させるだろうから、まだ何人相手にすることになるかわからないうちは、不用意に放たないのがいちばんだ。

「きみには部屋がどんなふうに見えてるんだ？」煙が晴れるあいだ集中しようと努めながら、トリスタンは彼女の耳元で尋ねた。彼に見分けられるのは揺れる炎、魔法の流れだけだった。

「わからないけど……少なくとも数十人はいる」リビーは顔をしかめていった。トリスタンには彼女がいらいらと闘っているのがわかった。彼女のように制御の面で明らかな問題を抱えているものにとって、幻の存在はとりわけ悪夢のようなものにちがいなかった。

「部屋じゅうにうようよいるわ」

「残りは三人だけだ。だがエネルギーはむだにするなよ。幻を投影してるメディアンを見つけたら、ぼくが教えるから」

リビーが歯ぎしりした。「急いで！」

ごもっとも。トリスタンは頭を上げてあたりを見まわし、もし誰かいるなら、誰が投影しているのかを見極めようとした。魔法が生み出されている徴候はなにも見えなかったが、一発の弾丸——リビーには幻の弾丸と見分けがつかなかったにちがいないが、本物——を見つけて間一髪でかなり単純なシールドを上げ、それが衝撃に溶けると、驚いたリビーが飛び上がった。

「メディアンはここにはいない」それはおそらく、トリスタンがたどり着ける最も厄介な結論だった。「あの三人を始末して、移動しよう」

「わたしに狙いをつけさせて」リビーは躊躇なくいった。「三人なら倒せる」

トリスタンはそれを疑わなかった。

彼がリビーの左腕を取って導いたちょうどそのとき、殺し屋のひとりがまた、ひとしきり銃弾を発射した。前のときと同様、リビーが起こした爆発は後ろに跳ね返って襲撃者を直撃したが、トリスタンは意図したとおりの結果になったか確認するために待つことはしなかった。残りのふたりが素早く移動していたので、彼はリビーを自分の胸に引き寄せ、まず自分たちに向かってくるものを狙い、それからもう少し厄介だったが、部屋から抜け出そうとしているものを狙った。

「やつらはあっちへ向かってた」彼はリビーを引っ張りながら、逃げた殺し屋を急いで追いかけた。「きっとメディアンはそこだ。きみは――」

大気が変化してできた薄い泡がふたりを包み、掃除機がなにかを吸いこむような小さな音を立てて閉じた。

「ありがとう」トリスタンはいった。

「お安いご用よ」リビーがあえぎながらいうと同時に、トリスタンは魔法の痕跡をとらえてそのあとをたどり、屋敷の個人用の礼拝室に向かった。いちばん近くのステンドグラスは知識を表現したもので、琥珀色の炎が描かれていた。それがリビーの手から出る火花に照らされて、不気味に輝いた。

ふたりが控えの間から完全になかに入らないうちに、幻術師は簡単に見つかった。その遮蔽魔法は明らかに高価なもので、部屋のほとんどを覆い、近くのアクセスポイントに達していた。トリスタンはリビーを押しとどめ、まずそのメディアンがほかの誰かと連携していないか確認するために観察した。

幻術師は連携しているようだったが、その相手が遠く離れた場所にいるパートナーなのか、屋敷のなかにいるほかの誰かなのかははっきりしなかった――彼はノートパソコンのキーを素早く叩いているところで、まったく魔法を使っているようには見えなかった。おそらく防犯カメラの映像が見えるようにプログラムしているのだろう。あえて推測するなら、彼らには数秒の余裕があるということだ。もし幻を同時に操る必要に迫られていなければ、あの幻術師にはもう、ふたりがそこにいるのがわかっていたはずだ。

「やるんだ」トリスタンはリビーにいった。「やつが見ていないあいだに」

彼女は躊躇した。それはトリスタンが危惧していたことだった。

「殺すの、それとも――?」

まさにその瞬間、メディアンがパソコンの画面からはっと目を上げ、トリスタンと視線が合った。

「いまだ」そういったトリスタンの声は、彼が思っていたよりも必死そうに響き、まったくありがたいことに、リビーはぎりぎりのところで片手を上げて、なんにせよ自分たちに向かってくるものを食い止めた。メディアンが目を見開き、明らかに圧倒されることを予期してぎょっとする一方、リビーはメディアンが起こした爆発の威力を押し戻しながら、相手のほうへ進んでいった。

メディアンは闘わずして負けるつもりはなく、ふたたび攻撃を試みた。今回、リビーの反応は稲妻のようで、相手の両手首のまわりになにかを激しく叩きつけ、制御がきかないようにした。苦痛の叫びがあがり、そのあとの押し殺したつぶやきを聞いたトリスタンは、基本的な悪態の一種だろうと思いはしたが、彼の北京官話《マンダリン》は錆びついていた。

「誰にいわれてきたの？」リビーが問い詰めたが、メディアンは慌てて立ち上がっていた。相手がさらに防御の幻を生み出すかもしれないと心配してトリスタンは前に飛び出し、ふたたびリビーの腕をつかんで持ち上げた。

「どっち？」リビーがあえいだ。「あいつがふたりになった」

「あれだ、そこ、奥の窓のそば――」

「数が増えていってる！」

「そのままじっとしてろ、ぼくがやつを――」

今度はトリスタンがリビーの掌をメディアンの脱出軌道にロックしたとき、なにかがちらりと見えた。遠くからではっきりしなかったが、魔法の徴候だ。それは宝石のように繊細な、キラキラ光る小さな鎖で、それが突然切れた。

まさにその瞬間、メディアンが振り返り、苦痛に目を見開いた。それは連結の魔法だったが、いまは消えていた。

「やつには相棒がいたが、もういない」トリスタンはリビーの耳元で通訳した。

彼女が緊張した。「それってつまり――？」

「やつが逃げる前に殺せってことだ！」

トリスタンは彼女の手首を握っていた指を通して、その体から衝撃波が放たれるのを感じた。彼女の血管を駆け巡る力を丸ごと感じ、生きた弾薬のような感じがするもののこれほど近くにいることに、静かに驚嘆した。彼女は人間爆弾だった。その気になれば部屋を、空気そのものを引き裂き、（トリスタン以外には）見分けがつかないほど小さな原子に分解することができるだろう。もしエイドリアン・ケインがリビー・ローズに出会っていれば、躊躇せずなんとかして抱きこもうとしていたはずだ。最大の分け前を提示し、彼の小さな魔法使いカルトで最上位の特権を与えていたことだろう。彼はそういう人間だった。トリスタンの父親にとって、性別、人種、階級、そんなものはどうでもよかった。見た目は関係ない。どれだけ役に立つかが最優先だ。破壊はエイドリアン・ケインの神だった。

トリスタンは爆発から顔を背けたが、爆風の熱で頬がひりひりした。いまの奮闘のせいでリビーが一瞬よろけて倒れまいともがき、トリスタンは彼女の腰にしっかり腕をまわすと、なかば引きずりなかば抱えるようにして部屋を出た。

移動を続けていると、下の階から青白い顔をしたパリサが階段の踊り場に出てくるのが見えた。彼女の隣にはカルムがいた。

「そこにいたのね」パリサが幽霊でも見たような、ぼんやりした口調でいった。

「なにがあったんだ？」トリスタンは彼らに尋ねながら、リビーをふたたび自分の脚で立たせた。彼女は少しふらふらしているようだったが、もう離すようにトリスタンにうなずきかけて、彼の手を振りほどいた。

「大丈夫だから」リビーはいったが、さらなる攻撃に備えて身構えたままで、肩にはまだ力が入っていた。

「下の階で別のメディアンに出くわしただけだ」カルムがいった。「北京から送りこまれたどこかの諜報機関。戦闘のスペシャリストだ」

トリスタンははっと気づいて瞬きした。「そのメディアンには相棒がいたか？」

「ああ、幻――」

「幻術師だろう」トリスタンはそういって、リビーと目配せをした。「ぼくたちがそいつを仕留めたんだ。彼らがスパイだと、どうしてわかったんだ？」

「見るからにそうだというのを別にしてか？　彼女自身が教えてくれたんだよ」カルムがいった。「魔法を使えるのは自分と相棒だけで、あとは全員常人だとね」

　おそらく彼らの気をそらすためで、その間にメディアンのうちひとりだけが屋敷の奥まで押し入ったのだ。

　リビーは関節の具合をたしかめながら、まだ偏執的にあたりをちらちら見まわしていた。

「そのメディアンがほかには誰もいないといったの？　嘘をついてた可能性はいくらでもあるでしょう」

「嘘はついてなかった」

「どうしてわかるの？」リビーは疑り深く迫った。「彼女はただ――」

「それはぼくがうまく尋ねたからさ」

　パリサは知っていた――あるいは、そのメディアンが精神的な防御シールドをなにも使っていなかったとすれば、知ることができた――はずだが、そのことについてひと言も発していないことに、トリスタンは気づいた。

「大丈夫か？」トリスタンが尋ねると、彼女は身震いしてわれに返り、一時的によそへいっていたような目つきでちらりと彼を見上げた。

「ええ。大丈夫」パリサは咳払いした。「わたしにわかるかぎりでは、いま屋敷は空っぽよ」

「ひとつのグループだけだったのか？」

　パリサはかぶりを振った。「ニコとレイナが始末した相手が何者であれ、彼らはひとつのグループで、それからわたしたちが始末したひと組と、ほかに単独行動していたものがひとり」

「単独ではない」声がして、四人は顔を上げて瞬時に様々な防御体勢を取った。「心配いらない」ダルトンを後ろに従えたアトラスが、忍び笑いを漏らした。「わたしだよ」

「あれは本物？」リビーがトリスタンにささやき、彼は少し感心した。偏執症、あるいは完璧主義、なんであれその手のものは、明らかに彼女に似合っていた。リビーはもはや自分のふたつの目を信じておらず、長期的に見れば、たぶんそれがいちばんだろう。

「ああ。本物だ」

　リビーは重々しくうなずいたが、なにもいわなかった。

「ミス・カマリによって始末された工作員は、きみの元雇い主が送りこんだものだ、ミスター・ケイン」アトラスがトリスタンにちらりと目を向けていった。「そうはいっても、十年ごとにウェセックス社から誰かがやってくるのは予想されたことだから、驚くにはあたらない」

　トリスタンは眉をひそめた。「あんたたちは……彼らがくることを予想してたのか？」

　まさにその瞬間、ニコが意気揚々と跳ねるように階段を駆け上がってきて、その後ろにはレイナが影のように続いていた。

「やあ」ニコが血まみれのひどい格好でいった。薄い白のTシャツには肩から流れた血がこびりつき、鼻は折れていたが、本人は気づいていない様子だ。彼はアドレナリンの影響で、過剰に熱っぽくアトラスに会釈した。「どうしたんです？」

「それなんだがね、ミスター・デ・ヴァローナ、ちょうど今夜きみが対決した工作員について、みなに話していたところだったんだよ」アトラスは答え、ニコの見た目についてぶしつけなことはいわないことにした。「きみとミス・モリは軍の特殊部隊を始末したんだ」

「MI6？」

「そう、それにCIAもだ」アトラスは認めた。「彼らはひとりのメディアンに指揮されていた。その専門は――」

「波動、ですね」ニコはまだ興奮冷めやらぬ様子でかわりにいいおえると同時に、リビーにちらりと目をやった。「そっちはどうだった、ローズ？」

　トリスタンの隣で、リビーが身を強ばらせた。

「そんなに興奮しないで、ヴァローナ、ぞっとする」彼女は小声で非難するようにいったが、アトラスがかわって答えた。

「ミスター・ケインの協力を得て、ミス・ローズは世界で最重要指名手配の対象になっている幻術師のひとりを処理したのだよ」アトラスはトリスタンに敬意を表し、さらに一度うなずきかけた。「彼のパートナーである接近戦のスペシャリストは、ミスター・ノヴァが処理してくれた。どちらも北京の諜報組織お気に入りの工作員だ。都合のいいことに、ふたりとも戦争犯罪で世界的に指名手配されていた」彼は親切にも、リビーにそう告げた。

「だからわれわれは喜んで当局に、もう彼らのことは心配いらないと報告するだろう」

「誰か仕留め損ねたものは？」明らかに不安を抑えられないリビーが尋ねたが、アトラスが口を開く前にレイナがいった。

「いる。ふたり逃げた」

　ほかの五人が振り向くと、レイナは肩をすくめた。

「彼らは目当てのものを手に入れられなかった」彼女は落ち着いた口調でいった。「結界が複雑すぎて」

「いかにも」アトラスもいった。「ミス・モリのいうとおりだ。実際、〈フォーラム〉が送りこんできたふたりのメディアンは、図書館の書庫を防御する結界を破ろうとして失敗した」

「〈フォーラム〉とは？」カルムが尋ねた。

「こことは違った学術団体だよ」アトラスが認めた。「知識は注意深くしまっておくのではなく自由に分かちあうべきだ、というのが彼らの信条でね。実をいうと、彼らはわれわれの仕事をひどく誤解していて、しばしば書庫を狙ってくるのだ」

「どうしてあんたはそういうことを全部知ってるんだ？」トリスタンは尋ねた。彼は〈管理人〉の頭にくるほど無頓着な口ぶりに、かなり苛立ちを募らせていた。「これじゃあ、まるでぼくたちみんな、あんたがすでに起こると知っていたことの格好の標的だったみたいじゃないか」

「試験だったからさ」カルムが口を挟んだ。

アトラスは彼にじれったそうな笑みを向けた。「試験ではない。厳密にいえばね」

「だったら、それほど厳密じゃない言い方をしてみてよ」パリサが厳しい口調で促した。

「なんといっても、わたしたちは殺されかけたんだから」

「きみたちは殺されかけてはいない」アトラスは彼女の言葉を訂正した。「たしかに、きみたちの命は危険にさらされたが、きみたちが〈協会〉に選ばれたのは、生きのびるのに必要な手段をすでに持っていたからだ。きみたちの誰かが死んでいたかもしれない可能性は——」

「可能性はある」リビーが唇を引き結んだ。「統計上は」彼女はアトラスのほうに頭を傾けてつけ加え、その様子がどこか敬意を表しているように思えて、トリスタンは不愉快になった。「可能性はあった」

「多くの可能性がある」アトラスは同意した。「しかしわたしは、きみたちの安全を保証するとは一度もいっていない。実際、なんらかの戦闘とセキュリティに関する知識を求められるだろうということは、かなり明確にしておいたはずだ」

　誰も口をきかなかった。彼らはけっして「真夜中に撃たれることは好まない」と書かれたなにかに特別にサインしたわけではなかったが、その一方でなんらかの優先原理は残っているという事実に対する、苛立ちがおさまるのを待っているのだろう、とトリスタンは思った。

「十年ごとに新しい候補者の一団が到着し、その日付をリークするのは、〈協会〉の慣例なのだ」沈黙のなかでアトラスは続けた。「なんらかの侵入の試みがあることは予想されるが、それが誰によるものか、あるいはどんな攻撃かは、われわれにはけっして知りようがなかった」

「試みの大半は、既存の魔法によってそらされた」ダルトンがつけ加え、彼の存在を忘れていた彼らを驚かせた。「この着任式のおかげで、われわれは敵が進化してきた可能性のある方向をたしかめることができるんだ」

「着任式」ニコが繰り返した。「それは、ゲームみたいなものかな？」

彼は参加するよう誘われたのを喜んでいるようだった。

「たんによくある慣例だよ」アトラスがいった。「われわれは可能性を秘めた研修生たちがどれだけうまく協力して働くかを見たいのだ」

「だから、要するに、試験だ」カルムの口調はあまり嬉しくなさそうだった。

「伝統だ」アトラスがまた揺るぎない笑みを浮かべて訂正した。「それにきみたちは全員、正直なところかなりよくやってくれたが、わたしが期待しているのは、きみたちが活動中のおたがいを見たことで、より徹底した防御システムを構築できるのではないかということだ。わたしたちがここでやっているような種類の仕事では、共同作業はとても重要なのだよ」彼はダルトンのほうを向いて片方の眉を上げた。「そうは思わないかね、ミスター・エラリー？」

「前にもいったようにすべての研修生クラスは、様々な専門技能の持ち主からなる独自の構成になっている」ダルトンは直接は答えず、グループとしての彼らに話しかけた。「経験上、きみたちが個人のメンバーとしてと同様にチームとしても選ばれたことが、わたしにはわかる。今後はきみたちがそれを踏まえて行動してくれることが、〈協会〉の願いだ」

「まったく同感だね」アトラスがグループに注意を戻して締めくくった。「もちろん構造上の、あるいは魔法的な損傷に関するかぎり、確認すべき細かい点はいくらかあるだろうが、いまや屋敷は空になり、結界も通常の働きを再開していることだから、少し休んで、屋敷のセキュリティについては朝になってから再検討してはどうかな。ではおやすみ」彼はグループとしての彼らにきびきびとうなずきかけると、くるりと向きを変え、ダルトンもそのあとを追った。

　去っていくダルトンをパリサがまじまじと、おそらく過剰なまでの関心を持って見守り、彼の通ったあとを見てかすかに顔をしかめたことに、トリスタンは気づいた。トリスタンはほかのものたちが動きだすのを待って——最初に動いたのはレイナで、ひと言もいわずにベッドに向かい、続いて目を丸くしてみせたカルムが、さらにはニコとリビーが押し殺した口調でいい争いながら、すぐに歩きだした——背中を向けて考えこんでいるパリサに、こっそり近づいた。

「どうしたんだ?」彼は尋ねた。

パリサは何歩か先にいるカルムにさっと目をやった。

「なんでもない。なんでも」

「なんでもないようには見えないな」

「そう？」

ただ、カルムはまったく変わっていないように見えたが。

「なにがあった？」トリスタンはふたたび尋ねた。

「なにも」パリサは繰り返した。「ただ……」彼女は口ごもり、それから咳払いをして歩きだし、トリスタンはあとを追った。「たいしたことじゃない」

「ああそうだな、たいしたことじゃない」トリスタンは素っ気なくいった。「まさしく」

ふたりは自分たちの部屋の並びまでくると、ほかのものたちが列になってベッドに向かうあいだ、廊下の端でぐずぐずしていた。ニコがリビーに大声でなにか非難がましい――「ファウラーのクソ野郎のことはほっとけよ」というような――ことをいい、そのあとは廊下に残っているのはトリスタンとパリサだけになった。

彼女が部屋の扉を開けるとき、トリスタンはためらいがちにその横で足を止めた。

「思ってたんだが」彼は咳払いをしていった。「もしきみがそうしたければ――」

「いまはいいわ」パリサはいった。「ゆうべは楽しかったけど、習慣にするべきだとはあまり思わない。あなたは？」

トリスタンは苛立った。「そういう意味でいったんじゃない」

「そういう意味でしょう。あなたは死にかけるような体験をしたばかりで、いまは気分がよくなるまで自分のアレをなにかに突っこみたがってる」この手の会話をするにはあまりに英国的なトリスタンは、彼女の言葉遣いにかなり腹を立てたが、抗議の声を上げる前にさえぎられた。「それが進化というものよ」パリサはきっぱりといった。「死に近づいた肉体は、自然に子孫を残したい衝動に駆られるの」

「ぼくはそんなに死に近づいていなかった」トリスタンはつぶやいた。

「そう？　だったらついていたわね」パリサの表情が強ばり、カルムの寝室の扉を素早く見やった。

　トリスタンはそれまで疑っていたわけではなかったが、「なんでもない」というのはほぼ間違いなく、「なにかある」ということだった。

「きみは彼が気に入ってるんだと思ってたよ」トリスタンが思ったとおりを口にすると、パリサはむっとした。

「誰がそうじゃないっていった？」

「ぼくはただ――」

「わたしは彼のことをよく知らない」

トリスタンは同じことを三度尋ねる価値があるか、じっくり考えた。

「なにかあったのははっきりしてる」かわりに彼はいった。「それがなんだったのか、話す必要はない。ぼくはただ——」

「なんでもない。なんでもないから」パリサは身構えるような視線をちらりと彼に向けた。

「小さなミス・サンシャインはどうだった？」

「リビーかい？　問題ない。優秀だ」彼女を正しく評価しないのは公平ではないように思えたので、トリスタンはいいなおした。彼女はトリスタンがいなければ簡単に脱出できなかったかもしれないが、彼のほうはリビーがいなければまったく脱出できなかっただろう。

「彼女は優秀だよ」

「少し愛情に飢えてるんじゃない？」

「そうなのか？」

パリサはあざ笑った。「彼女の頭のなかをのぞいてみるべきね」

トリスタンはすでに、そこが自分には興味のない場所だと確信していた。「友だちになれるかどうかは怪しいな」彼は居心地悪そうにいった。「だが少なくとも役に立つ」

そら、まただ。役に立つ。

彼は違った。

「自分を卑下するなんてもったいないわ」パリサが彼の思考の流れを予想して、うんざりした調子でいった。「あなたが自分に価値があると信じるか信じないか、それだけのことよ。そして、もしあなたが信じないのなら」彼女は自分の部屋の扉を開けながらつけ足した。「ゆうべのことで勘違いしてたかもしれないけど、あなたへの高い評価を台なしにするようなことは間違いなくしたくないわ」

トリスタンは目を丸くしてみせた。「すると、ぼくがよすぎるってことか？　それが問題なのか？」

「問題はあなたに執着されたくないってことよ。あなたはひとりのわがまま女を別の女にただ取り替えるわけにはいかないし、もっと重要なことに、わたしにはあなたのパパの問題につきあってる暇はないの」

「いいとも、遠回しにふってくれよ」トリスタンはのろのろといった。

「あら、あなたをふるつもりは全然ないわ。きっとふたりで楽しむことになるだろうけど、二晩続けてはないってこと」パリサは肩をすくめていった。「それだと完全に間違ったメッセージを与えることになるから」

「どんな」

「もし機会があってもあなたを消さないって」パリサはそういうと、自分の寝室に滑りこんで扉を閉めた。

すごいな、とトリスタンは思った。パリサは意地悪をしているときでも――実際には、そういうときには特に――美しく、それはひどく当惑させられる現実だった。それに彼女はイーデンよりもはるかに美しく、そのことは美について、そして残酷さについても多くを物語っていた。

トリスタンには自分のことを第一に考える女性を見つける才能があった。感情面に致命的な影響をもたらす相手を嗅ぎ分ける、ある種の探知犬のようなもので、その場にいる、自分に難なく引け目を感じさせるであろう人物を、常に探し出すことができた。そんな厚かましい自意識の持ち主にあまり惹かれなければいいのに、とトリスタンは思ったが、あいにく野心は彼の口のなかに甘い後味を残したし、それはパリサの場合も同じだった。もしかしたら彼女のいうとおりで、それはパパの問題だったのかもしれない。

もしかしたらずっと役立たずとして生きてきたトリスタンは、単純に役に立ちたかったのかもしれない。

Ⅳ

空間

リビー

「それで」エズラがいった。「調子はどうだい？」

「ええと、そうね」リビーは答えた。「順調よ」

「……順調？」エズラが小さくうめいた。うっとりしているようにも、疑っているようにも聞こえる声の調子からは、電話の向こうで呆れたように目を丸くしているのがわかる。

「おいおい、リブス。きみはこの一カ月近く、ろくになにも話してくれてないし、ぼくは上司のオニオンベーグルみたいなどうでもいいことを十分間しゃべったばかりなんだ。きみの新しい仕事について、ぼくに話すことをなにか思いつくんじゃないかな」

ああ、最高。リビーは、今回もなんらかの告白を迫られる状況からうまく逃れられたと思っていた。さりげなくテレホンセックスに滑りこめそうだと思いながら、上司とベーグルの話を義務的に聞き流していたのだから。だが明らかに甘かったようだ。現実には、彼女はなにも説明してはいけないことになっているのに、なんでもかんでも知りたがる相手に、それについて話さなくてはならなかった。

「それは特別研究職で」リビーは頬の内側を嚙みながら話しはじめた。「わたしたちがやるのは……わかるでしょ。特別研究員がやることっていえば。ほとんどは読書。午前中は講義で、ときどきは午後も。それに当然、研究」

よし。こういう言い方があった。退屈で、理想をいえば、それ以上の質問を招かないような。

「きみはなにを研究してるんだい？」

残念。

「ああ、ええと……」

「魔法と科学は常に交差してきた」最初の学習課題の前置きとして、アトラスはこういっていた。着任式の出来事があった、わずか四十八時間後のことだ。屋敷とその結界はいまや完全に修復されており（そしてその住人たちは、かすみ目から気分の悪さまで様々な不調を抱えていた。カルムだけは気味が悪いほどすっきりした顔をしていたので、リビーは彼が過剰に幻を使っていると決めつけていた）、アトラスは彼らを古文書が保管されている閲覧室に連れていった。そこは中二階が設けられた天井の高い広々とした空間で、中央にはテーブルが並び、そのほとんどには椅子がひとつかふたつと小さな読書灯をのぞけば、なにも置かれていなかった。部屋の下半分の照明が最小限に抑えられているのは、おそらく傷みやすい文書を保護するためだろう。逆に最上階は、レール式の可動照明でほのかに照らされ、棚が並んだバルコニーから読書テーブルを見下ろす形になっている。上の階の奥には、古風な配送シュートのような空気圧式の管が並んでいた。これはアトラスがあとで説明してくれたように、リクエストされた写本が書庫によって届けられる仕組みだった。

　一行が部屋に足を踏み入れた瞬間、リクエスト装置を利用しているところだったらしい中年の男がバルコニーの上からちらりと顔をのぞかせ、彼らに気づくとアトラスに会釈した。

　アトラスは礼儀正しく手を振って、その訪問者に挨拶を返した。「おはよう《ボンジア》、セニョール・オリヴェイラ」アトラスの挨拶を聞いてリビーが少しはっとしたのは、その人物がまず間違いなくブラジルのメディアン支局の現支局長だったからだ。

「とにかく」アトラスは講義を続けた。「〈協会〉の書庫に存在する文献の大半は、魔法と科学のあいだに線引きをしていない。その区別は後の世紀、とりわけ啓蒙運動以前と宗教改革以後に、より頻繁になされている。古代の科学的考察、たとえばわれわれの書庫に収められている数多くのデモクリトスの著作では——」

（ここでレイナが、いつもの心ここにあらずといったなかば朦朧とした状態から、突然活気づいた。彼女が興味を引かれるのは当然で、デモクリトスには古代の原子論に関する何十冊もの著作があり、そのほぼすべてがレイナの受けた古典教育全体を通して「所在不明」に分類されていたのだ）

「――自然に関する研究、そして生命それ自体の性質に関する研究のほとんどは、どのような魔法も排除しないことを暗にほのめかしていると指摘されている。実際、中世の天国と宇宙に関する研究にさえ、科学と魔法、両方の面から行われたことが示唆されているものがある。たとえばダンテは『天国篇』で、地球とその大気を芸術的に解釈しているが、それは不正確なものではない。ダンテが描いた天国の神秘的雰囲気は、科学と魔法、両方の力に起因していると考えられた」

彼らの「講義」――もしそう呼ぶことができればだが――のほとんどは、アトラスが指導するソクラテス式の議論か、ダルトンが進める哲学的なとりとめのない話で、それらは下の階にあるひどく風通しの悪い部屋のひとつ、たいていはドームに絵が描かれている部屋で行われた。リビーにいわせれば、カリキュラムは大ざっぱな課題のリストにすぎなかった。文献目録はなく、そのことに最初はめまいをおぼえた。割り当てられた研究課題や論文はなく、したがって彼らの研究を導いてくれるものはなかった。それに専門分野が異なっているにもかかわらず、各候補者は魔法に関するすべての話題や定理についての討論に、自分がふさわしいと思うやり方で貢献することが期待された。大学の厳格さから離れたばかりのリビーにとって、その自由度は祝福でもあり呪いでもあった。

講義と新しい結界の構築という当初の要請をのぞけば、彼らは流動的で独立した時間を過ごしていた。屋敷は広々としていて、必要なら簡単に姿を隠すことができたが、利用される範囲は数日のうちに、定期的に食事と睡眠を取ることができる二、三部屋にまで縮小した。リビーの時間はほかのほとんどの人たち（おそらくカルムをのぞく）と同様、書庫に収蔵されている無数の初版本の存在に支配されていた。その日の議論で言及されたどんな書物も、簡単に書庫から呼び出すことができた——実際、ほんとうに簡単で、一度などは興味があると声に出しもしないうちに、ハイゼンベルクのメモの手稿が、テーブルについたリビーのかたわらに現れたほどだ。

（「興味深いことに」アトラスがいった。「ハイゼンベルクの不確定性原理は、大部分が大きな誤解にもとづいている。ひょっとすると聞いたことがあるかもしれないが、初めて計算をはじめた夜、ヴェルナー・ハイゼンベルクは自分の少し前にいるひとりの男を見ていた。男は街灯の下に現れたかと思うと、夜の闇に消え、また別の光の輪のなかに現れ、といったことを繰り返しているように見えた。当然、ハイゼンベルクの意見は、その男は実際に現れたり消えたりしていたのではなく、単純に光源の関係で見えたり見えなかったりしていたのだというものだった。したがって、もしハイゼンベルクが男の軌道をほかのものとの相互作用によって再現できれば、同じことが電子によっても可能であることになる。これは繰り返し証明されている物理学の教義だ。残念ながら」アトラスは忍び笑いを漏らした。「哀れなヴェルナーが見ていたのは、実際にはアンブロース・ヴィサーというメディアンで、意のままに現れたり消えたりするのを大の得意にしており、まさにその夜、たまたま素晴らしいひとときを過ごしていたのだ。死後、アンブロースはコペンハーゲンのまさにその公園でポルターガイスト協会を指導するようになり、今日では原子スペクトルの理解に貢献したことで深く尊敬されている」）

しかし本筋から離れた、あるいはほかの主題に付随したリクエストは、そう簡単にはかなえられなかった。リビーは本質的に、なにか特別な課題を研究しようと心に決めていたわけではなく、好奇心から（そして、レイナが例によって人を見下したようにわざとらしく目を丸くするのを見たあとで、一瞬、思いがけず姉のキャサリンを思い出したために）、いつのまにか変性疾患の魔法的フェールセーフについての書物をリクエストして、書庫の配送システムを試していた。書庫から返ってきたものはひとつだけ――空気圧式の管から彼女の手のなかにひらひらと落ちてきたのは、一枚の羊皮紙の切れ端だった。

リクエストは却下されました。

「リブ？」エズラの声にはっとして、リビーは考え事から電話の会話に戻った。「聞いてる？」

「ああ、ごめん」彼女は目をぱちぱちさせた。「なんの話だっけ？」

エズラが低く笑い、その音が電話のなかでくぐもった。きっと彼はベッドに入っていて、電話を耳にあてるために横を向いたにちがいない。それから彼の好物のピーナッツバターカップとしか思えない、カサカサいう音が聞こえた。彼の黒い巻き毛の寝癖を思い浮かべると、熱い思いが頂点に達して波のように押し寄せ、リビーは無性に彼が恋しくなった。

「いまなにをやってるんだい？」エズラが尋ねた。

「ああ、ええと……生態系の保全かな。ある意味で」敵意ある環境を居住可能にする過程を生態学的研究とみなすなら、それはある種の真実だった。前の日の午後、リビーとニコは天井画が描かれた部屋の空気の性質を自分たちの好みに合わせて微調整したいと思い、全エネルギーに近いものを費やして部屋の分子構造を変化させようとしていた。もっとも彼らは、かなりぶっきらぼうな口調でやめるようにいわれていたが。レイナがいうには、隅のイチジクが息苦しさを訴えているというのだ。

「いまは科学と魔法の基本原理を理解しようとしてるだけ。それを……もっと大きなプロジェクトに応用できるようにね」

たとえば、ワームホールみたいな。これまでにニコとリビーはワームホールをひとつつくることに成功していたが、それを成し遂げるには研究に二週間と、魔法をかけるのに丸一日かかっていた。最終的に、ニコが自分でそれを試すことを余儀なくされたのは、誤って木星に行き着くはめになるかもしれないことを一か八かやってみようというものが、ほかに誰もいなかったからだ（厳密にいえば木星にいくのは不可能で、それだけのレベルの威力と精度に近いものを備えたワームホールにさえ、少なくともニコとリビーが千人はいなければ動力を供給することはできないだろうが、それでも、特にトリスタンは、そんなものを試すくらいなら自分の足を食べたほうがましだとでもいわんばかりだった）。

結局それは、ニコを西棟の一階の廊下からキッチンに移動させた。いかにもニコらしく、いまでは彼は、それを定期的に使っていた。

「まあ、もしそれをまだ面白いと感じなくても、気持ちはわかるよ」エズラがいった。「ほとんどの学問は、初期の研究段階ではかなり無意味に感じられるものだ。それにぼくの想像では、たぶんかなりあとになってもね」

「まあ……そうね」リビーがためらいがちに同意したのは、たとえニコが絶えずおやつを持って現れたり消えたりして迷惑だったとしても、ワームホールをつくったことが実際に無意味だったとは、いっさい認めたくなかったのだ。

　リビーの知るかぎりでは、ワームホールが存在することを証明したのは、ましてやそれをつくったのは、彼らが初めてだった。もちろんそれはちっぽけな最初の一歩で、ほとんど意味はなかったが、もし将来もっと強力な動力源が登場すれば――たまたまどこかで、指先に核エネルギーを、ニコとリビーの出力の、そう、百万倍の力を持つメディアンが何人か生まれれば――誰かが簡単に同じ効果をもたらすことができるだろう。空間に、時間に……時空に！　実際、もしどこの政府機関でも、彼らがそんなことを行ったと知れば、魔法を使った宇宙計画の強化のために、簡単に充分な人数のメディアンを集められるはずだ。その実験が成功した瞬間、リビーはＮＡＳＡに電話をしたかったが、そのときになってようやく、それが最終的には政治家（どこかの政治家、あるいは少なくとも政治家集団、そのなかには必然的に、ほかの人たちに能力で劣るか残忍さで勝るものもいるだろう）によってコントロールされること、そしてアトラスがよくいうように、ほとんどの形の知識は、そのような驚くべき発見が悪用されないと確認されるまでは取っておいたほうがいい、ということを思い出した。

　たとえリビーが火星のテラフォーミングに成功したとしても、そのことが第二の世界的な帝国主義の時代をもたらし、悲惨な事態を招かないという保証はなかった。いまのところ自分たちの発見は書庫にしまっておいたほうがいい。

「――ヴァローナは？」

「えっ？」ふたたび惑星探査の白昼夢に耽っていたリビーは、訊き返した。「ごめん、ちょっと――」

「ぼくはただ、ヴァローナはどうしてるかなと思っただけだよ」今度のエズラの声は、さっき彼女の不注意を笑ったときよりもわずかに緊張しているようだった。ニコのことになるとエズラが緊張した声を出さないわけはないし、それはもっともだと彼女は思った。リビーも彼の名前を聞くといらいらするのが習慣になっていたからだ。「彼は……わかるだろう。相変わらずかい？」

「ああ、そうね――」

まさにその瞬間、バルコニー状の通路から、ばかげたことをまくし立てるニコの声が聞こえてきた。たぶん、またレイナとスパーリングをしているのだろう。それは着任式のほぼ直後からはじまっていて（「着任式」というのは、〈協会〉に加わったまさに最初の夜に彼ら全員が死にそうになった出来事を指す、アトラス流の言い方だった）、いまではニコとレイナは、毎日一緒に武術のトレーニングらしきことをするのを習慣にしていた。

ニコの取りつかれたようなスパーリング養生法とともに暮らすのは、明らかに妙なものだった。そこにはNYUMAですでに確立されていたニコの習慣のあらゆる特徴（意味不明なこだわり、無計画な失踪、たびたび繰り返される遅刻）が見られる一方で、それらは心をかき乱す新しい形を取るようにもなっていた。たとえば、以前からニコはシャツを着ることに特に熱心ではなかったが、いまや上半身裸の彼に出くわすこと——汗を滴らせたニコに廊下でぶつかって、リビーのブラウスの前がべたべたになってしまうこと——は、日常茶飯事になっていた。

たしかに最初は、ニコがあっさりレイナと友人関係（もしくはそう呼べそうななにか）になったことを、リビーは気にしていた。それを認めるのはおぞましいことだが、目下のところニコは、リビーにとっていちばん友だちに近い存在だったのだ。レイナはリビーと仲良くすることに興味はないと明言していたし、おそらくほかのものたちもリビーを嫌っていたから（カルムの場合、その感情はまったくのおたがいさまだった）、ニコを失う恐れがあるのは痛手だった——ニコ・デ・ヴァローナについて、あるいは彼が欠けることについて自分がそんなふうに考えるようになるとは、リビーは思いもしなかった。

甘い考えかもしれないが、リビーは〈協会〉での体験を、みなで仲良くやっていく、ある種の学問的な理想郷のようなものだと期待していた。彼らは学ぶことになんらかの共通する関心を抱いていたはずではなかったのだろうか？　NYUMAは帰属意識を求める志を同じくするものたちであふれていたから、リビーは〈協会〉にも同じような、もしかしたらあれ以上の近しさがあるものと想像していた。だが、いまのところ彼女が誰かから引き出せたのは、パリサからのかろうじて同情とみなせる言葉だけだった。リビーが最大限テレパシーをブロックしていたにもかかわらず、パリサは自分からこういってきたのだ。

「尋ねられる前にいうけど、だめよ、ローズ、個人的なことじゃなくて。もし時間を割くことができれば、たぶんあなたのことが好きになると思うけど、わたしがあなたを失望させるだけなのはふたりともわかってるでしょう」

そういうことだから、友情はほぼ検討の対象外だった。

たしかにリビーは、レイナとニコがともに暴力に手を染めたことで結束した事実に、自分でも意外なほど憤慨していた。それはニコとの協力関係を失う恐れがあるから——それによって、ひとたびほかのメンバーが集まって誰が嫌いかを遠慮なく告白すれば、彼女自身が排除される危険性がある——という面もあったが、四年間ずっとリビーを嫌ってきたニコが、ほとんどしかめ面をするばかりでろくに口もきかない女の子と簡単に仲良くなったのが面白くないからでもあった。

「すねるなよ、ローズ」ニコは忠告した。その頃には彼らは、〈協会〉の結界の内側をすべて探検しつくしていた。屋敷の南の庭はきれいに手入れされた芝生や木立、それに何本かのバラの木に囲まれており、ニコとレイナが初めて一緒に気晴らしのボクシングに挑戦したのは、そのそばだった。

　ニコが初めてリビーを脇へ引っ張っていったのは、いつだったか、まだ数週間しかたっていない頃のことで、彼女は夏の盛りの日射しに手をかざし、彼は胸に光る汗をタオルで拭きながら、にぎやかにしゃべっていた。「ぼくにはまだきみが必要だ」ニコはいつもの快活で尊大な調子で断言した。

「ああ、よかった」リビーは冷ややかにいった。「ありがたいことに、まだ少しはあなたの役に立ててるわけね」

「実際、きみに話そうと思ってたことがあるんだ」その頃には彼女の皮肉にすっかり慣れっこになっていたニコは、話を聞いていなかったが、驚いたことに共犯者じみた様子で彼女の肘に手をかけて引っ張り、イギリス人にとっては庭のうちに入るらしいバラの茂みをまわりこんだ。「レイナについて気づいたことがある」

「ヴァローナ」リビーはため息をついた。「もしこれが下品な話に――」

「なんだって？　いいや、そういうんじゃないんだ。どっちかといえばぼくが一緒に寝たいのは――まあ、気にしないでくれ」ニコはぶつぶついった。「それは関係ない。重要なのは、信じてくれ、きみがぼくにレイナを味方につけさせたいと思うことなんだ」彼はそう断言し、挑発的になっていると思ったらしく、いくぶんか声を落とした。「ぼくらには彼女が必要だ。そしてぼくには、彼女がそれを理解しているのかどうかもわからない。その理由も」

「あなたはどうなの？」リビーは疑わしげにいった。彼の口ぶりは、かつて察しの悪さで有名だったことなどないといわんばかりだった。たとえばニコは、NYUMAでリビーといちばん仲の良かったミラが、在学中ずっと、うんざりするほど彼にぞっこんだったことに、なぜか気づいていなかった。

(彼女と寝る前も寝たあとも。正直いって、女たらしのクソ野郎だ)

「たまたまわかったことなんだ」ミラにかわって彼の男らしさに傷をつけようとするリビーの義理堅い努力をふたたび聞き流し、ニコは認めた。「だから、きみが懐疑的な態度を取るのもまるっきり最悪ってわけじゃないが、そうなんだ、ぼくは理解してる。レイナは――」ニコは顔をしかめて言葉を切った。「彼女はバッテリーみたいなものなんだよ」

リビーは瞬きした。「えっ？」

「なあ、ずっと考えてるんだが、エネルギー源の一種っていう以外に、ナチュラリストってなんなんだろうな？ 彼女がどうやってるのかも、なにを利用してるのかも知らないが、考えてみろよ、ローズ」ニコは懇願しているようだった――じれったそうに。まるで彼女の頭のなかの歯車が、まだ自分の歯車と同じように正確に回転していないとでもいわんばかりだ。「着任式で、一緒に波動を使うメディアンと闘ったときに気づいたんだ。彼女に触れてたときには、予備の動力源を持ってるみたいだった」

（その啓示とそれに関連する会話が行われたのは、ワームホールをつくる前のことだった。正直なところ、もしニコがレイナのこの性質に気づいていなければ、彼らがワームホールをつくり出すのに成功することはけっしてなかっただろうが、リビーが彼に面と向かってそう告白することは間違ってもなかったし、その予定もなかった）

「それは試してみないとね」肩ごしにちらりと振り返ってリビーがいったのは、それだけだった。彼らの同盟関係が本物だとわかったのは、少しわくわくすることだった。ニコは明らかに、その思いつきを共有するのをふたりきりになるまで待っていたのだ。「彼女はわたしたちの側につくと思う？」

「ローズ、彼女はもうぼくたちの側さ」ばかにしたようなニコの答えに、最初リビーはそれを懲りない傲慢さのせいだと思った。だがそれから、ありがたいことに、彼は実際の証拠で裏づけてくれた。「ぼくらはあまり話はしないけど」意図をはっきりさせるために、彼はついさっきもやっていたボクシングの身振りをした。「彼女はきみのことを、まあ許容できると思ってるみたいだし――」

「絶賛じゃないの、ヴァローナ、ありがたい――」

「――パリサをひどく嫌ってるのは間違いない。それにトリスタンもカルムも信用していないことは、隠してない」

「それにそうするべきでもない」リビーはぼそぼそとつぶやいた。

それがニコ・デ・ヴァローナの興奮した思考の網に、なにか副次的でほとんど無関係な閃きをもたらしたようだった。「着任式のとき、きみはトリスタンと一緒だったよな」ニコはその閃きを声に出しながら、水のボトルを持ち上げて頭から少しかけ（ありがたくないことに、飛沫がリビーにかかった）、残りを飲み干した。「彼はどうだった？」

ああ、そう、トリスタンね。彼女にいわせればまったくの謎。

「彼はなにか奇妙なことができる」リビーは認め、切り下げた前髪がすっかり台なしになる前に、額から水の滴を払った。彼女は前髪をのばしている最中で、信じられないくらいうっとうしいことになっていた。「彼は幻を見通すことができるっていってたでしょう？　わたしは気づいてなかったけど、それって幻が使われてるときには、わざわざ見通そうとする必要はないってことなの」

「えっ、まったくか？」

「そう。まったくね。わたしには部屋がどんなふうに見えてるのか、尋ねなくちゃならなかったんだから」

「へえ、変わってるな」ニコは間をおいて考えこみ、水のボトルの飲み口を噛んだ。「役に立つ、そう思うか？」

「とても。そうねえ」リビーはちょっと考えてから訂正した。「少なくとも、役に立つ技術ではある。でも、それが彼を排除の対象から外すのに充分な資格になるかどうかはわからない。認めたくはないけど」彼女はため息をついた。「わたしたちの研究課題が物理科学の分野から離れるときには、エンパスやテレパスのほうが同盟相手としてはるかに役に立つかもしれない」

「エンパスよりテレパスのほうがいいと思わないか？　もし選ばなくちゃならないんなら」ニコがいった。

「パリサのことが好きだからそういってるだけでしょう」リビーが小声でぶつぶついうと、ニコは許しがたいほどの満面の笑みを浮かべてみせた。

「きみにぼくを非難できるのか、ローズ？」

「ヴァローナ、まったくもう」いや、もちろんリビーには、彼を非難することはできなかった。パリサはリビーがこれまでに見てきたなかで、圧倒的に、いちばんの美人だった。幸いリビーは役立たずの男子ではなく、パリサとのセックスのような本質とは無関係な細かいことにはとらわれなかった。「あなたのアレのことはともかく、彼女はほんとうにチームプレイには向いてない。グループとして行動することになったとき、わたしなら貴重な戦力とはまず呼ばないな」

「たしかにな」彼女がいったことを真面目に検討する気になるとは、ニコは頭に一発食らったにちがいない。「彼女のカルムに対する態度はずっとおかしくないか？」

リビーはニコに、自分たちはみんなカルムに対しておかしな態度を取ってるし、それは当然だろうとほのめかすつもりで、ちらりと目をやった。

「たしかにな」ニコは繰り返した。

「それはそうと、これってどういうことなの？」リビーはニコの、もはやどうしようもない裸の上半身を、さらにいえば彼とレイナの関係を、用心深く身振りで示して尋ねた。

「あなたたちふたりは――？」

「運動だよ、ローズ」ニコは強調するためにお腹の筋肉を動かしてみせた。「ぼくらはあまり話はしないっていっただろう」

「わかった」リビーはため息をついた。「だけどあなたは……つまり。あなたたちふたりは、ほら――？」

「なにを気にしてるのさ？」ニコは彼女が心底大嫌いな、例の取り澄ました、まぶしいほどの満面の笑みを浮かべた。「妬いてるなんていわないでくれよ」彼女は背中を向けて立ち去ろうとした。ニコに関して彼女が一度に受け入れられることは、ほんとうに限られていた。冗談じゃない。「まったく、ヴァローナのクソったれ」彼女は背中を向けて立ち去ろうとした。

だが彼は、リビーが歩きだす前に腕をつかんで引き戻した。「きみはこの件について、ファウラーにはなにも話してない、そうだな？」ニコは尋ねた。「ぼくがギデオンに話せないなら、きみは間違いなくファウラーに話せない」

「ええそうね、なにしろあなたのルームメイトとわたしの恋人は、まったく同じ立場なんだから」リビーはわざとらしく目を丸くしていった。

「ぼくはただ――」

「落ち着いて、ヴァローナ。わたしはなにも話してない」

「あの着任式についても、そうだな？」

「あたりまえじゃない。冗談のつもり？」最初は話したかったが、一瞬どうするか考えて、もし彼女が危険な目に遭ったと知ったらエズラは気が変になってしまうだろうということを思い出したのだ。もしかしたら彼らが悲しい経験を共有していることと関係しているのかもしれないが、エズラは例の古風なタイプで、永遠の白馬の騎士だった。「話せるわけないでしょう」

「トリスタンはなにを考えてるのかな？」ニコはすでにエズラのことは忘れ、なんであれ次に克服しなければならない課題に移っていた。「彼を味方につけられると思うか？」

「味方につける必要があるの？」リビーは疑わしげに尋ねた。

「どうして、彼が嫌いなのか？」

「そういうことじゃなくて」正直なところ、彼女はトリスタンのことをもっと嫌いになってもおかしくないと思っていた。「彼は頭がいい、それは認める」彼がカルムやパリサよりもずっと彼らの計算を助けてくれたことを考え、リビーは認めた。魔法テクノロジーの分野の投資家という経歴のおかげで、トリスタンはきわめて博識だった。たとえ物性に関する実際的な経験不足から、魔法的な意味ではあまり貢献できないにしても。「ただ、彼はとても――」

「気難しい」

「別に、わたしは――」

「彼は気難しい」ニコは繰り返した。

「ヴァローナ、わたしは――」

「彼は気難しい」ニコは大声でいった。

「内気なのかも」リビーは説得力のない反論をした。

それから、それではニコも自分もだませなかったので、ため息をついた。「彼になにか問題があるとは思わない。ただ……。そうだな、ひとつには、ほぼ間違いなくわたしのことが好きじゃない」われながらあまりに子どもじみて聞こえたことにうろたえて、リビーはそこでやめた。

「ローズ、ぼくもきみのことは好きじゃないから、それは関係ないと思うな」ニコは不愉快なにやにや笑いを浮かべ、少なくとも期待を裏切らないところを証明してみせた。「それにトリスタンが誰のことも好きじゃないのはかなりはっきりしてるみたいだから、きみ個人が嫌われてると考えるのには無理がある」

「そんなことは考えてない」そうでもないけど。「わたしはただ、彼と手を組む心の準備ができてないっていってるの。ついでにいうと、レイナともね」リビーは急いでつけ足した。「彼女は役に立つとか、いろいろあるかもしれないけど、まだ会って数週間しかたってないんだし」

「ぼくらが身も心も彼女に捧げるべきだとはいってない。ただ、思うんだ。彼女は」ニコは性懲りもなく、満面に喜びの笑みを浮かべた。「彼女は適度に英雄的だってさ」

リビーのことを、これまでに出会ったなかで最低の二十人に入るといった（NYUMAでの三年目に激しい口論になったとき、彼は概ねそんなことをいっていた）誰かさんにしては、高い評価だ。だからといって、リビーはレイナに嫉妬していたわけでもなかった。少なくとも、ニコがリビーとの同盟関係を貫くつもりなのは明らかで、結局のところ、リビーが彼に求めていたのはほんとうにそれだけだった。

友だちでもある味方がいればよかった？　それはね、もちろん、そうかもしれない。ほんの一瞬、一緒に危険な目に遭ったトリスタンなら親しみを感じてくれるかもしれないと思ったこともあったが、あれ以来彼は、わざとリビーから距離を置きつづけていた。気のせいかもしれない、と彼女は思った。なんといってもリビーはいちばん年下で、トリスタンはおそらくカルムと同年代のはずだから、そのせいでますます一緒にいるように見えるのだろう。ことによると、カルムが明らかに彼女を（あるいは彼女の感情を、とにかく、言い訳になるかもしれないが、彼女にはどちらでもよかった）嫌っているせいで、トリスタンの彼女に対する好感度も下がっているのかもしれない。

その場合、トリスタンは間抜けというだけでなく、とうていその直感を信頼できる相手でもない、ということになる。リビーがカルムはいやなやつだと確信するのにあまり多くの理由は必要なかったし、パリサでさえ同意見のようだった。もしトリスタンにそれがわからないなら……。

リビーは唇を噛み、うわの空で電話を反対側の耳に移動させた。

「あいつはきみがエネルギーを使う値打ちはないよ、リブ」エズラがいった。

「わかってる」リビーはそう答えてから、エズラがいっているのがトリスタンではなくニコのことだと思い出した。それに、ああ、そうだった、彼女はまだエズラと電話をしている最中だった。「わたし――ごめん」彼女は一度瞬きしていいなおした。「ヴァローナは大丈夫、わたしはただ――」

「ほかに誰かいるのか？」

「うん？」まったく、彼女が話せないことはもっとあって、誰が一緒にプログラムに参加しているかもそうだった。またしてもエズラを恋しく思う気持ちと、彼の質問に答えなくてはならない煩わしさがぶつかった。日毎に頻度を増しつつある些細な苛立ちだ。「いいえ、ただちょっと――」

　扉を静かにノックする音がした。

「ちょっと待って、エズラ――はい？」リビーは片手で受話器を押さえて呼びかけた。

「トリスタンだ」扉の向こうから声がした。トリスタンとのやり取りでは常にありがちな、もうこのやり取りが終わっていればいいのにという、気乗りのしない口調だ。

「ああ、ええと――」これは驚きだった。「ちょっと待って。エズラ？」彼女は電話に戻った。「かけなおしていい？」

間があった。

「ぼくは出かけるところなんだ、リブ。もう遅刻しそうなんだよ。明日は？」

「明日ね」彼女は少しほっとして約束した。「愛してるわ」

「愛してる」エズラは警戒しているような感情のこもらない声でいって、電話を切った。

まあいい。未来のリビーの問題だ。現在のリビーは立ち上がり、静かに扉に向かって歩いていくと、引き開けた。

たいして幻に関心がないわりに、トリスタン・ケインはたしかにひとつの幻だった。その日は土曜日で、みんなふだんの作業は休みだったが――最近更新されたセキュリティ対策が誰にも破られなければだが――トリスタンはきちんと服を着て（J・クルーのシャツの裾をしまい、袖をまくり上げ、すべてがぱりっとしていて、短いが重要なランチミーティングに出かけるような格好だ）、新聞を小脇に抱えていた。賭けてもいいが、すでにその日の朝昼兼用の食事を取りに午前の間に下りているはずだ。週末には自分の部屋で食事を取ることもできるのだが、まるでふだんどおりにすることが、トリスタン・ケインという存在にとって必要不可欠な要素だとでもいわんばかりだ。

「はい？」扉まで急いだので、リビーは少し息が切れていた。

トリスタンはいつものように感情を表に出さす、好戦的な態度で彼女を見下ろしていた。

「きみはまだルクレティウスを持ってるか？」

「ああ、ええ、もちろん――ちょっと待って。入って」

リビーは彼のために扉を開けたままにして、本を置いた場所を整理しようと向きを変えた。「土曜日に仕事をしてるの？」目を皿のようにして持ち物の山のなかに本を探しながら、彼女は尋ねた。すぐにルクレティウスに手をつけるつもりはなかった。むしろ彼女はヨガパンツで一日を過ごすことに熱心で、月曜に大規模なエネルギー出力を生み出す必要に迫られる前に体力の回復をはかっていた。

「ちょっと見直したいだけだ」トリスタンはいった。

「正直いって、わたしにはあれがそれほど役に立つかどうかわからない」彼女はそういいながら、ついにナイトテーブルの脇に積まれた山のなかにそれを見つけた。リビーはこの世でいちばんのきれい好きでも、いちばんの早起きでもなかった。トリスタンの隣にいると、総じてひどく自分に自信がなくなった。彼は輝かんばかりにきちんとしていた。「このなかに、後世の作品に取り上げられていないことがたくさん書かれているとはいえないわ」

「なにか時間に関する記述がある、そうだろう？」

「まあね。具体的じゃないけど――」

「ぼくは自分でたしかめたいんだ」トリスタンがぶっきらぼうにいうと、彼女は瞬きした。

「ごめんなさい、別にわたしは――」トリスタンはじれったそうにいった。「ただ、試してみたい理論があるんだ」

「ああ」リビーが本を差し出すと、彼は受け取った。だが彼が立ち去ってしまう前に、リビーは咳払いをした。「もしよかったら、なんの理論を試しているのか教えてくれない？」

「なぜ？」

「それは……好奇心かな、たぶん」単純な質問をするだけで死刑に値する重罪を犯してるような気分にさせられるなんて、信じられない。「実際わたしは、自分たちがやってる研究に関心があるの」

トリスタンはかすかに苛立ちを見せた。「きみがそうじゃないとは一度もいってない」

「わかってる、わたし――」リビーはまた謝る前に言葉を切った。「気にしないで。あなたはそれにかじりつけばいい。いっておくけど」彼女は本を示しながらいった。「わたしはなにか役に立つことがあるとは思わない。理論的には、時間と運動が別々の機能ではないっていう考え方は興味深い基準線だろうけど、それは別に特異とは――」

「きみとニコは力を操る、そうだな？」

第一に話をさえぎられたことに、第二に自分の能力が取り上げられたことに、リビーははっとした。

「えっ？」

「力だ。そうだろう？」

「そう、力よ」相手が頭のなかであれこれ考えているようだったので、リビーはつけ加えた。「わたしたちはそれを使って物の物理的構造を変化させるの」

「なぜきみたちは、時間を貫くワームホールはつくれなかったんだ？」

「わたし――」彼がそんなふうに返してくるとは予想外だった。「そうね、わたし……理論的には、ワームホールを使って時間軸上の異なるふたつの点をつなぐことは可能だと思うけど、それにはまず第一に、時間の性質を理解する必要があるでしょうね」

「それを理解するためにはなにが必要かな？」

トリスタンは彼女をばかにしているようには見えなかった。適度に答えがはっきりしている質問をされ、リビーは守りに入らずに思い切って説明を試みた。

「そうだな、時間は必ずしも物理的なものじゃない」リビーはゆっくりといった。「ヴァロ――ニコとわたしは見たり感じたりできるものは操れるけど、時間は……それとは違う」

「きみにはそれを見ることも感じることもできないのか？」

「わたし——」少しあっけにとられて、リビーはふたたび言葉を切った。「ちょっと待って。あなたにはそれができるっていってるの？」

　トリスタンは一瞬、ちょっと困ったようにじっと彼女を見た。

「そうはいってない」彼はいいなおした。「ぼくはただ、なんであれ月曜にやることに備えておきたいだけだ」

　実際のところ、トリスタンはこの数週間ほとんどなにもしていなかったが、そのことを指摘する価値はなさそうだった。彼らの実験の指針となる理論的な主張を提起する以外に、彼はそれほど貢献していなかった。

　しかしリビーは、それは彼のせいではないと思っていた。少なくとも彼は、懸命に働いていなかっただろうか？　すべての文献を読み、注釈をつけ、週末もずっと働いていた。それにもし彼が、幻に関して彼女とは違った見方ができるなら、ほかのものについてもそうかもしれない。

　もしかしたらトリスタンにも、レイナのようにさらになにか別の才能があり、自分がそれを活用できるかもしれない、そしてニコに報告できるかもしれないと思うと、リビーは少しわくわくした。誰がなにを得意にしているかを見極めるのは、別にニコ・デ・ヴァローナひとりにまかせなくてもいいはずだ。

「量子は空間だっていう理論があるの」自分が偶然なにかを見つけたのかもしれないという期待に胸を躍らせて、リビーはいった。「空間それ自体は空っぽではなく、小さな個別の粒子からなる織物だって。それなら、時間も同様の粒子でできている可能性があるとすれば？　重力ポテンシャルは――」

「なあ、本をありがとう」トリスタンがいった。「でもぼくには、それについておしゃべりしてる時間はほんとうにないんだ」

「ああ」敗北感に、つい彼女の口からその言葉が漏れた。「そうね、ごめん」

トリスタンのあごが苛立たしげに引き締まり、彼女は顔をしかめた。

「ごめんじゃなくて」リビーは無理に笑みを浮かべていいなおした。「わたしはただ――」

「いいか、きみは存在することを申し訳なく思う必要はないんだ」トリスタンはじれったそうにさえぎると背中を向けて立ち去り、あとに残されたリビーは、ノックに応えるかわりにエズラとの電話を続けていればよかったと思った。

エズラのいいところはとても協力的なところだった。実際、だからリビーは彼のことが好きなのだ。ふたりは喪失感で結ばれていたから、エズラは常にそこにいることを重視していた。あれだけ毅然と自分の味方をしてくれる男性を、どうして大事に思わずにいられるだろうか？　エズラは彼女のいちばんのファンで、疲れを知らない擁護者だった。問題は彼があまりにも、ほんとうに強くリビーを信じているせいで、まるで彼女が悪戦苦闘している現実が見えていないようで、ときおりいらいらさせられることだった。ときに彼はリビーを支えようとしているだけなのに、その信頼に圧倒されることがあった。

そこまで確信が持てるとは、なんという才能だろう。そんなとき、リビーはなにか気持ちを落ち着かせてくれるものがほしくてしかたなかった。確固たるものが。

「ローズ」トリスタンの声にはっとして、リビーは彼が部屋を出る前に敷居の上で立ち止まっているのに気づいた。「本をありがとう」

彼女は瞬きをすると、うなずいた。

「それが役に立てばいいんだけど」

トリスタンは肩をすくめて扉を閉め、残されたリビーはため息とともにまたベッドに倒れこんだ。

カルム

パリサはいま、彼を信用していなかった。彼女は全身から不信感を放ち、その疑念はふたりのあいだの空気を修復不能なまでにゆがめていた。それぞれの才能を考えれば、カルムが彼女の気持ちに気づいていること、腐食がふたりの可能性を一方から衰えさせているのに気づいていることは、伝わっているにちがいない。彼女があえてそれを隠していないということは、それを修復するつもりはないとしか考えられず、もし修復する気がないとすれば、彼女は一線を引くことを選んだように思われた。

それが残念なのは、明らかな理由からだけでなく、カルムが思い違いをしていたことになるせいもあった。カルムはてっきりパリサのことを、彼女自身の手でやらせるのではなく男が状況をコントロールすることを賞賛する種類の人間だと思っていたのだが。

明らかにそうではなかった。

ほかのものたちと手を組むという観点からいえば、リビーはいうまでもなく対象外で、それはニコも同じだった。レイナは孤島のようなものだから役に立たなかったが、カルムは誰かと友人になる必要があるだろう。もちろん、排除されないようにするためではない。ほんとうにいざとなれば、あるいは彼がとどまると決めさえすれば、彼らを説得することはできるはずだ。

これは娯楽の側面が強く、カルムは書物や研究を楽しんではいなかったから、人に刺激を求める必要がある。

幸い、可能性のあるものがまだひとり残っていた。

「きみは悩んでるみたいだな」その日の講義中、絵が描かれたドーム天井の下で形ばかりのプライバシーを確保するために身を乗り出しながら、カルムはトリスタンに話しかけた。

「なにか困ったことがあるのかい？」

トリスタンは彼に視線を滑らせ、それからリビーとニコのほうに戻した。ふたりはいつものテーブルとソファーを押しのけて部屋の中央を占拠し、最新の宇宙論的ばか騒ぎをしていた。「これが見えないのか？」

「見えてるよ」

「それで、なんとも思わないのか？」

カルムは薄く笑みを浮かべた。

「自分の居間にブラックホールがあっても、たいして使い途はないだろうね」

別にカルムは、リビーとニコ（それにおそらくレイナ）がやっているのは相当重要なことだと気づいていないわけではなかった。これは一連の実験の最新版にすぎず、最初はニコがおやつを取りにいくための小さな空間橋だった。理論的にいって、以前は説明のつかなかった現象を魔法的にモデル化することがなぜ知的な意味を持つのかは理解できたから、〈協会〉の趣旨からいって、それが書庫のどこかに収められるようなことだと認めることはできた。学術的価値に疑問はない。

ただ、すべてがひどく非現実的に思えたし、カルムは現実的な男だった。

「たいていの人間は、この種の情報は役に立たないと思うくらい愚かだ」カルムはトリスタンに説明した。「なにもかもが基本的な人間の理解を越えているのに、なぜわざわざ宇宙を理解しようとする？」

「しかし、彼らは量子論の主要な要素を証明したばかりだ」トリスタンは顔をしかめていった。彼がふたりのやっていることから目を離せない様子なのに、カルムは気づいた。

「あの二十歳かそこらのメディアンふたりは、人類がいままでずっと理解しようとして果たせなかったものをつくったばかりなんだ」

カルムにいわせれば、彼の口調はいたずらに畏怖しているように聞こえた。驚くことはない。この屋敷のなかは、いつでもどこでも夢の国なのだ。明らかに誰かが現実を確認する必要があった。

「あの二十歳かそこらのメディアンふたりは、人類がいままでかかって生み出した理論を実践したんだ」カルムはトリスタンの言葉を訂正し、この状況にほんとうに必要な価値観の光を少し当てようとした。「だが、もう一度いうが、ブラックホールのなかになにかを落としてそれがまた跳ね返って出てくるのを眺めても、そこからどんな使い途が生まれるのか、ぼくにはわからない」

トリスタンはようやくニコとリビーの分子の手品から目を離し、カルムに鋭い視線を向けた。「本気でいってるんだな？」

「死ぬほど本気さ、あいにくね」カルムはいった。「あれは気の利いた隠し芸といったところだな」

「隠し芸だって」トリスタンは信じられないというように繰り返した。「それで、きみにはなにができるんだ？」

もちろんトリスタンはたんに自分の正しさを証明するためにいっただけで、純粋に質問したわけではなかった。残念だったのは、もしそれが質問であれば、その答えはちゃんと相手を黙らせるものになっていたはずだからだ。手はじめに、カルムはリビー・ローズの精神《プシケ》を五つ以内の単語で解き明かすことができるし（彼女の家族にその隠し芸をすべき子どもがほかにいないのはたまたまか、と尋ねればいい）、さらにいえば双子の宇宙学者に自分の望みどおりのことをなんでもやらせることができる。それが意味するのは、なによりも、彼がそのブラックホールを実に易々とわがものにできるということだ。もし特にやる気になっていれば、さらに一歩踏みこんで、その場の全員を説得してブラックホールに飛びこませることも可能だろう。

彼らの向かいでパリサが身を強ばらせた。

「ぼくは物理的な魔法が嫌いなんだよ」カルムはついにそういって、トリスタンに注意を戻した。「なんだかわからないかゆみみたいなものを感じるんだ。喉がいがいがするみたいな」

少し時間がかかったが、トリスタンはカルムがたんにふざけているだけだと気づいた。よかった、それなら彼はまったくの無能でもないわけだ。

「せめて教えてくれ」トリスタンはため息をついた。「きみはここで起こっていることの重要性を認識できるのかを」

「認識？　ああ、たしかに。とてつもない魔法的な出来事だ」カルムは認めた。「それはじきに、なにか別のとてつもない魔法的な出来事に飲みこまれることになるだろう」いずれにせよ、科学というのはすべてそういうものだった。全部がなにか別の最終的な物事の欠片でできているのだ。原子は原子爆弾の一部だった。大変動、大虐殺、世界大戦、サブプライムローン、銀行の救済措置。カルムの考えでは、人間の歴史が面白いのは人間のせいであって、科学のせいではなかった。人間が生命の要素を兵器に変えてしまうまぬけだから、面白いのだ。これまでのところリビーとニコが成し遂げたことで唯一面白かったのは（カルムの頭のなかでは）、月のミニチュアモデルのテラフォーミングに成功したことで、なぜかといえばそれは、月が最終的には征服可能であることを意味していたからだった。誰かがローマを再興しようとするか、新しいヴァチカンをはじめようとするだろう。それは狂気の沙汰になるだろうし、だから面白いのだ。

　とにかく、炭素レベルの変化の研究や、なんだか知らないが彼らが成し遂げたことよりは面白かった。

「明るい面を見れば、質問攻めにされることがなくなったな」その日の夕食の席でトリスタンが隣の空いた椅子に座ると、カルムはテーブルの向かいのリビーをあごで指していった。テーブルはいま、メモをくらべながら低い声でぺちゃくちゃしゃべっているニコとリビーのやりとりに占領されていた。パリサはすでに席を立っており、レイナはうわの空で料理をスプーンですくって口に運ぶ一方で、なにか古い日誌の写しを読みふけっていた。

「ぼくはローズの得意分野を離れることを残念に思うだろうな」カルムはぼそぼそとつけ加えた。「たとえこの課題における彼女の能力が、当然の平和な瞬間をぼくたちにもたらしてくれるから、というだけの理由でもね」

トリスタンはしぶしぶつくり笑いを浮かべた。まるで道徳的優位性の原則からこらえていた笑みが、ほんの少し漏れてしまったとでもいうように。「きみはほんとうに彼女が好きじゃないんだな」

「欠点はあるが興味深い人間もいる」カルムは肩をすくめた。「ほかの連中は欠点があるだけだ」

「ぼくがどう思われているかを尋ねるのはやめておこう」

「実際、きみはむしろ尋ねるべきだと思うね」

トリスタンはなにもいわなかった。

「きみがぼくをひどく疑っているのはわかってる」カルムはそういってから、いいなおした。「みんなを」

「人にはだいたいがっかりさせられるものだと思ってるのさ」トリスタンは自説を述べた。

「興味深いことに、ぼくもそうなんだ」

「それは興味深いことなのか?」

「そうだな、ぼくの専門技能は人間の本性を最大限詳しく把握することだから、ああ、そう思うね」カルムはいった。「ぼくが知っていることを考えれば、当然ほかの人たちをほんとうに魅力的だと、あるいは少なくとも有益だと思うはずなんだ」

「それできみは?」

「多少はね。ぼくが思うに、ほとんどの連中は他人の複製だよ」

「きみは善人のほうが好きか?」トリスタンがほとんど無関係なことを尋ねた。「それとも悪人かい?」

「どっちの要素も少し入ってるのが好きだな。調和が取れてないのが」カルムは答えた。

「きみがその典型だ」

「ぼくが?」

「きみがパリサに対して誠実でありたいと思っているのは興味深い」トリスタンがそれを認めるように無意識に小さくぴくりと動いたことに、カルムは気づいた。「一度寝た女性に対して、きみはなんらかの恩義を感じるらしい。ローズとはまだ寝ていないが、彼女に対しても同じだ」

トリスタンは顔色を変えた。「あのふたりが同じ部類に入るとは思わないな」

「ああ、それはそうだ」カルムは同意した。「きみはローズに命を救われたと感じてる。パリサには、単純に命を救われたいと思ってる」

「ぼくが？」

「ああ。そしてきみは彼女のために、ぼくに不信感を抱きたいと強く思ってる」カルムはまた、トリスタンに用心深い笑みを向けた。「あいにくきみは、ぼくを魅力的だとも感じてる」

「どんなふうに？」

「ほとんどみんなそうだ」カルムはそういいながら、ほかのものたちにちらりと目をやってつけ加えた。「その点では、きみはひとりじゃない」

　トリスタンはまたしばらく沈黙した。

「きみはパリサになにかしたようだな」彼が指摘すると、カルムはため息をついた。

「ああ、どうやらそうらしいな。残念だよ。ぼくは彼女が好きなんだ」

「なにをしたんだ？　侮辱したのか？」

「ぼくの知るかぎりでは違う」カルムはそういったが、ほんとうの答えは、いいや、侮辱はしていない、だった。カルムは彼女を怖がらせたのだ。そしてそれは、パリサ・カマリが唯一我慢できない感覚だった。「でもぼくは、もしかしたら彼女が考えを変えてくれるかもしれないと思ってる」パリサは常に、最も自分のためになると思う行動を取る種類の人間だった。たとえそれがなにかわかるまでに少し時間がかかったとしても。

「きみは自分が好かれることにはあまり関心がないんだろう？」トリスタンはどこか面白がっているように尋ねた。

「ああ、ないね」トリスタンには理解できるか疑わしかったが、好かれるというのはとびきり退屈な感覚だった。カルムが思いつくなかでは最もバニラに近いが、ほんとうに比較できるものはなかった。怖がられるのは少しアニスに、アニスが香るアブサンに似ていた。奇妙で刺激的な味わいだ。賞賛されるのは金色のメープルシロップの甘さ。軽蔑されるのは森林火災や硫黄のような煙臭いにおいで、まともに吸いこむと喉を詰まらせる。ねたまれるのは青リンゴのような柑橘系の強い香りだ。

欲情されるのはカルムのお気に入りだった。それもある意味で煙臭いが、もっと官能的で、きちんと覆い隠され香りがつけられていた。それは絡まったシーツのようなにおいがした。ろうそくの炎が揺らめくような味がした。静かなため息のような、譲歩と懇願の感覚があった。彼はいつもそれを、刃のような鋭さで肌に感じることができた。耳に突き刺さる恋人のうめき声のように。

「残念ながら、好かれるのはかなりふつうのことだ」カルムはいった。「きわめてありふれている」

「実に平凡だな」トリスタンは冷ややかにいった。

「ああ、ときには役に立つこともあるんだ。しかしぼくがそれを狙っていないのはたしかだね」

「それで、正確にはきみはどうやって排除されるのを避ける計画なんだ？」

「そうだな」カルムは辛抱強くいった。「ひとつには、きみがそうさせないだろう」

トリスタンは片手を持ち上げて掌に嘲笑の息を吐き、指を握った。「それで、ぼくはどうやるんだ？」

「ローズはきみのいうことを聞く。ヴァローナは彼女のいうことを聞く。そしてレイナは彼のいうことを聞く」

トリスタンは片方の眉を上げた。「するときみの想定では、ぼくは……？」

「きみはぼくを排除したいとは思わないだろう」カルムはふたたび笑みを浮かべた。「ほんとうにまったく単純なことだ、そう思わないか？」

「きみはパリサを計算に入れなかったな。ついでにいえば、ぼくのことも」トリスタンはいつもの物憂げな調子でいった。「議論のために目をつぶってもかまわないが」

「そうだな、もし誰かの思考に干渉することが目的なら、もちろんテレパスは役に立つ。

だが、人が実際に考えることがどれだけまれか知ってるかい？」彼がグラスを口元に運んで反応をうかがうようにいうと、同意せざるを得ないトリスタンは声を立てずに笑った。

「ほかの連中は、いったんパリサに慣れればほとんどの時間は自分たちの思考から締め出しておけるだろう」いまのところそうなっていないことだけは明らかで、たしかにパリサはほんとうにきわめて優秀だった。カルムが知るなかで最も天賦の才に恵まれたテレパスであることは間違いなかったし、それは見過ごしにはできないことだった。「しかしごくまれな例外をのぞいて、感情というものははるかに強烈で激しく、隠すのが難しい。それに思考と違って、感情は簡単に操ることができる。一方で、思考は植えつけ、あるいは受け入れさせ、あるいは盗む必要があり、つまり魔法を使っているときのテレパスは常に、エンパスより多くのエネルギーを消費するということだ」

「だから自分のほうが有益な選択肢だと思うんだな？」

「自分のほうがいい選択肢だと思うんだ」カルムは意図を明確にした。「だがもっと重要なのは、結局のところきみは、自分では認めたくないくらいぼくのことがよくわかっているということだ」

　その言葉は比較的明快に響いた。ほかのものたちに彼を嫌うどんな理由があろうと、トリスタンが彼の論理的根拠のほうに説得力を感じるのはほぼ間違いない、とカルムは思っていた。トリスタンの冷笑主義、あるいは幻滅感、なんであれ彼をそこまでひどく世界に失望させたものは、そういう意味では有益だった。

「ぼくの申し出はこうだ」カルムはいった。「ぼくはきみの側につく」

「それで？」

「それだけさ。これが同盟関係をつくるゲームだってことは、わかってるはずだな？　ぼくはきみの味方だ」

「すると、ぼくはきみの味方になるべきなのか？」

　まさにその瞬間、リビーが目を上げた。すでに彼女はカルムの注意を引かないようにする習慣を身につけていて（おそらく賢明なことに）、偶然トリスタンと目が合ってしまうと素早く視線をそらし、ニコとの会話に戻った。

　トリスタンが緊張した。おそらく、ほかの誰も急いで仲良くなろうとはしないカルムと話をしているところをたったいま見られてしまったことに、気づいたからだろう。

「パリサは味方ではない」カルムはトリスタンに注意を促し、咳払いをした。「ローズもそうだ。ほかのものについていえば、ヴァローナとレイナは現実主義者だから、そのときがくれば、誰だろうと自分たちをいちばん先へ連れていってくれるものに味方するだろう」

「きみも同じように、待つべきじゃないのか？」トリスタンは忠告した。「ぼくを仲間に引き入れようとする前に、その価値があるかたしかめたほうがいい」

「きみには価値がある。ぼくがあえて与えるまでもないだろう」

テーブルの向こうでニコが、重力波と熱についてなにかわけのわからないことを叫んだ。あるいは時間と温度についてか。それともそんなのはまったく、ほんとうにどうでもいいことだったのかもしれない。なぜならここでの二年間を終えたニコが、残りの人生をある種のメディアンの物理術師として実験室に縛りつけられて過ごすことを望まないかぎり、そこからはなにも生まれないからだ。〈協会〉は入会し、アクセス権を手に入れ、出ていくために存在する。ダルトン・エラリーがそうしたように、ここに残って研究者になることは無意味だった。彼らのなかでも特に優秀なものは、〈協会〉の影響力を利用しようとはしても、そこに収められている紀要に自らを縛りつけはしないだろう。

カルムは〈協会〉があろうとなかろうと、難なく成功するようにできている種類の人間だった。やり方は違うがトリスタンも同じだ。カルムはそれを嗅ぎ取ることができた。野心、飢え、衝動。いままで手が届かなかった力に対する欲望。ほかのものたちもそうした空気を漂わせてはいたが、けっしてそこまで強くはなかったし、間違いなく切望に近いものではなかった。ニコには秘めた意図（それは厳重に封印され、金属の味がした）があったし、もしかしたらほかのものたちにも彼らなりの理由はあったのかもしれないが、トリスタンだけはほんとうに、心の底からそれを欲していた。それは塩辛く、食欲をそそり、唾液そのもののようだった。

　トリスタンと同じくらい飢えていて必死なのはレイナだけだったが、彼女をものにしようとしても間違いなくむだだった。いまのところは。そのときがくれば彼女は、どちらであれ、自分がつく必要がある側につくだろう。

　リビーはまったく脅威ではなく、因子にはならなかった。したがって、カルムは彼女を個人的な計算には入れていなかった。もしブラックホールがもうひとつ必要になるようなことがあれば、なんであれこのグループから排除されたあとで受け入れたありふれた政府の仕事に就いている彼女を、捜し出すだけのことだ。ほんとうのところ、リビーとトリスタンのあいだには、まだ正体不明のつながり――おそらく着任式で経験したことの結果――があったが、それは簡単に解決できるだろう。トリスタンは内心彼女に、あるいは彼女の能力に反感を抱いており、それは簡単にもてあそべる感情だった。カルムならそれを簡単に指に巻きつけ、じわじわと憎しみに変えることができるだろう。

　パリサはどうかといえば、彼女は難題だった。カルムがトリスタンに対して彼女の能力を控えめにいったのは当然の理由からで、しかもそれは彼女の技術上の専門分野に関してだけだった。彼女は、けっしてそれほど熱心な生徒ではなかったカルムよりも優れたメディアンであり、とても計算高かった。致命的でさえある。彼女だけは敵にまわしたくなかったが、向こうはすでに線を引いていたから、カルムは盤上の彼女の駒を素早く払いのける必要があるだろう。

カルムはパリサのポーンをもてあそんで時間をむだにしたくなかった。カルムがほしいのは彼女のキングだった。

「正直なところ、ぼくは物理術師のショーには少々うんざりしてるんだ」トリスタンはひとりごとをつぶやきながら、本人はねたみだとは気づいていない熱心さで、リビーとニコを見つめていた。ふたりは理解を超えたどうでもいいような理由から、熱湯が入ったコップを逆さにしようとしていた。

ああ、必然的な黙認。なんと豊かで甘美なことか。

「寝酒に一杯やろう」カルムは立ち上がりながら提案した。「スコッチはストレートで飲むかい？」

「いまなら樽で飲むだろうな」

「素晴らしい。おやすみ」カルムはほかのものたちに声をかけると、食堂から天井画の間に向かった。

彼が出ていくとき、レイナは目を上げず、ニコもそうだった。リビーが目を上げたのは、そもそもカルムがそのために声をかけたからだった。彼女はトリスタンがカルムのあとをついていくのを見て、すでに感じているよりもいっそう孤独を募らせるだろう。一瞬も抵抗することなく。

哀れなちびの魔法少女。これだけの力を持っていながら、友だちはほとんどいない。

「おやすみ」リビーはトリスタンを見ずに、静かにいった。

人間というのはなんと繊細でつまらないおもちゃであることか。

ニコ

ギデオンの母親がバスルームに現れたのと同時にニコがシャワーを出たのは、理想的な状況とはいえなかった。ニコの口からは「クソっ」という意味の言葉が、少なくとも三つの言語で飛び出し、なにもないところから実体化して流しの縁に腰かけたエイリフは、目を丸くしてみせた。彼女が早口のアイスランド語か、おそらくノルウェー語でいらいらとなにかいうと、真っ裸のニコは相手をにらみつけ、四ヵ国語を操るのは価値ある試みかもしれないが、今日はそういう気分ではないことを思い出させた。

「あたしだけだよ」エイリフは英語でいって、必死で前を隠そうとしている彼を観察した。「落ち着いて」

「まず第一に、いやだね」ニコはそういって、必要かつ正確な会話のきっかけを探すと同時に、なんとか正気を（そして理想をいえば、ペニスを）保とうとした。「第二に、どうやってここに入った？」彼はそう問い詰めながら、たったいま人魚が彼のバスルームに侵入してきた結果として、〈協会〉関係でなにか影響が出ていないかとくるりと向きを変えた。厄介なことに、通常なら隅に点灯しているはずの結界に穴が開いたことを知らせる赤いライトは、ついていなかった。「まさかこんなはずは――」

「まあ、あんたを見つけるのに少しかかったけど、最終的には居所を突きとめたよ。いくつかコネを使った、といったところかね。あんたにはあたしの息子を隠してる結界をすぐに解いてもらわなくちゃ。元気そうだね、ニコラス」エイリフは頭に浮かんだことをそのまま流れるように口にした。「充分味見したくなるくらいおいしそうだ」

「おまえは」ニコは彼女の誘うような目つきにうなり声で応じた。「そういうことはやめたほうがいいな」いま彼は、バスルームがほかの部屋とくらべていたってシンプルなことに苛立ち、ふたたび身じろぎした。浴槽とシャワー、それに金メッキの鏡が、現時点ではまったく役に立っていない白い磁器製の二層式流しの上にある。「それに『コネ』とはどういう意味だ？」

「ああ、あんたがどこにいるかは知ってるよ」エイリフはまのびした口調でいって、髪をいじりはじめた。その体はいつものように少し青みがかっており、血管ではそれが特に際立っているため、裸の胸に藍色の川が金継ぎのようにつなぎ合わされているのが見えた。

「たいして難しくはなかったね。悪い子だよ」彼女はあとから思いついて、気取った調子でたしなめた。

「それでもおまえはなかに入れるはずはなかった」ニコはぶっきらぼうにいった。

「ニコラス、あんたのクリーチャー用の結界がほったらかしにされてたからって、どうしてそれがあたしのせいになるんだい？」

もっともだ。そのことは、みなで結界を張ったときに一瞬、頭をよぎっていたが、いまのところニコは、書庫が厄介なほど役に立たないのを感じているところだった。ニコは可能なかぎり早い時期にこっそり閲覧室に入り、「クリーチャーの子ども」、「部分的人間の寿命」、「ナルコレプシーのようだが実は違う？」、そして（自棄になって）「母親から身を守る方法」といったことを、あらゆる異なった表現で書いてリクエスト用紙の空欄を埋め、意識のある空気圧式チューブの古めかしいメールシステムのようなものに提出したが、そのリクエストは毎回却下されていた。検索条件を変え、検索範囲を広げたり狭めたりして何週間か試していたが、書庫から呼び出すことができたのは退屈な百科事典のような資料だけだった。既知のクリーチャーとその起源を記した地図帳、おとぎ話感覚で読める魔法の概説書、それにただの妖精の系譜書が何冊か。クリーチャーの魔法の性質についての耐えられないほど分厚い資料集を一冊見つけることができたが（彼はそれをレイナに渡していた)、ひとりの人魚を特に警戒しなくてはならない理由を、彼は誰にも話すわけにいかなかった。

まあ——話すことはできるが、誰も真に受けてはくれないだろうと思っていた。それにエイリフは、彼にとって危険な存在ではなかった。ただ……魚臭くて、ほとんど頭のネジが外れていた。とにかく、書庫は当面の課題以外のどんなことに対してもかたく封印されているのは明らかで、ニコがいまより少しでもギデオンの役に立てる希望があるとすれば、まずは〈協会〉の扉をいくつか開かなくてはならないだろう——すなわち、入会することによって、続く自主研究の一年への扉の鍵を開けなくてはならない。つまりこの一年は、エイリフに家をめちゃくちゃにさせないことに費やすというわけだ。あるいは、さらにいえばギデオンを。

「さてと、あんたがあたしの息子のまわりに張ってる結界のことだけどね」エイリフが本題に取りかかった。

「だめだ」ニコは答えた。エイリフは彼にとってほとんど脅威ではなかったが、ギデオンのことは別問題だからだ。「そもそもあれを張るのがどんなに大変だったかわかってるのか？　ギデオンには手を出すな」

「そうだね」エイリフが青白い唇をすぼめた。「子孫を残すというのがどういうことか、あんたが理解してないのはわかるよ」

「おまえだってそうだろう！」ニコはぴしゃりといった。「エイリフ、おまえは彼を利用してるし、彼はそれを嫌がってる。もしギデオンがおまえを入れたくないと思うなら、おまえはずっと外にいるんだ」

その答えとして、エイリフは奥の流しにさりげなく寄りかかり、その視線をニコの腰まで下げた。

それからさらに下へ。

そして彼女は見つめた。

まじまじと見つめた。

「ぼくの持ち物を呪うのはよせ」ニコはじれったそうにいった。「ぼくは考えを変える気はない」

エイリフはため息をついて両腕を上に投げ出した。「なあ、あんたにはほんとにうんざりしてきたよ」彼女は甲高い声でいった。「そろそろ死んでもいい頃じゃないのかい？ギデオンはもう、常人でいうと少なくとも七十歳にはなってるよ」

「彼は二十二だ」

「なんだって？　あり得ないね」エイリフはせせら笑った。

「ぼくは彼のために誕生日パーティーを開いたんだ。そういえば、おまえはきてなかったな」

エイリフはいつものように、伝統的な母親の慣習には興味がないとばかりに、手を振った。「だったらあの子は、少なくとも何世紀も子どものままなんだね！」

「彼は子どもじゃない、大人だ。常人の寿命のおよそ四分の一だな」

「それはおかしい――」

「いいや、そうなんだ！」ニコが憤然としていうと、エイリフは空色の大きなうめき声をあげた。

「あたしの息子をお寄こし」彼女は臆面もなく要求した。「あの子にはあたしが必要なんだよ」

「いいや、必要ない」

「どうやって食べてくのさ？」

「ちゃんと食べてるよ」

納得がいかないというように、エイリフは目を細めた。

「いいかい、あんたが現れるまでは、あたしたちはうまくやってたんだよ」エイリフは彼を非難した。

「それは事実とはまったく違うな。おまえはまだ赤ん坊の息子をノバスコシアの森のなかに置き去りにし、それから数年おきに現れては夢の領域のなかで、ただ自分を追いかけさせるようになった。おまえのことだけを話してるなら別だが、ぼくはそれをうまくやってたとはいわない」

「ほかに誰の話をしてるっていうのさ?」エイリフは食ってかかり、それからいったん口をつぐんだ。「ああそうか。ギデオン」

「そうだ、ギデオンだよ」まったくどこまで疲れるやつなんだ。「おまえの息子だ、覚えてるか?」

「**あたしの息子をお寄こし**」いまや怒りに体を震わせて、エイリフは息巻いた。「あの子をあたしに寄こすんだよ。可愛いニコラス」彼女はつぶやいた。おそらく彼になにかのセイレーンの術をかけようとしているのだろう。「愛しい人、金持ちになりたくないかい?」

「やめろ」

「でも――」

「よせ」

「だけどあたしは――」

「おまえには無理だ」

「**だけどあの子はあたしのものだ**」エイリフは泣き叫び、子どものようにむくれた。「まあいい、あんたに預けるよ。いまのところはね」そう警告すると、最後に一度とがめるような目を——なかば誘うように、なかば永遠の怒りを込めて——してから、エイリフはふたたび空気に飲みこまれるように姿を消した。

「ヴァローナ、いったい《ホワット・ザ・ヘル》そこでなにが起きてるの？」廊下からリビーの声がした。

「地獄《ヘル》さ」ニコは認めた。「でも心配いらない、口げんかしてたんだ」あるいはじきにそうなるだろう。エイリフがどの程度執念深い気分か、それとも彼女がたまたまどれだけ借金に苦しんでいるかによっては。特に、もしエイリフが次の雇い主に借りがあるなら、この件は厄介なことになるかもしれない。幸い、ギデオンをあまり心配させずに夢の領域から彼の様子を確認するのは、おそらく簡単だろう。

「勝手にやってなさい」リビーがつぶやき、自分の部屋に戻っていく足音がした。

素早くギデオンにメールをして——**いつものところで会わないか？**　それから急いで、**なにもかも順調だ！**　と続けた——夜の早い時間に会う約束を取りつけた。

「なにをやらかしたんだ？」ニコが〈協会〉の潜在意識の結界という独房のなかにふたたび身を置き、体を起こした瞬間、ギデオンがいった。「なにか面白いことだといいんだけどな」

「退屈してるのか、睡魔《サンドマン》くん？」ニコは鉄格子に近づきながら尋ねた。

ギデオンは肩をすくめた。

「どうかな。読んでるうちに寝ちまう本が多すぎるってだけだろう」

「まあ、あまりテレビを見すぎないようにしろよ。きみは過剰な暴力にさらされるといつも、最後には危険な領域に入りこんでしまうけど、残念ながら銃の扱いはあまりうまいとはいえないからな」

ギデオンは芝居がかったため息をついた。「おれを叱るのはやめてくれよ、ニッキー。おまえはおれの母親じゃないんだ」

それは冗談だったが、エイリフを思い出したニコは顔をしかめた。その表情をとらえ、ギデオンが突然凍りついた。

「ああそんな」たちまち青ざめてギデオンがいうと、ニコはため息をついた。

「大丈夫だ、ギデオン。うまくあしらったって、約束――」

「なんていってた？」

「なにも、いっただろう、大丈夫――」

「ニコラス」ギデオンは荒々しくいった。「彼女はなんていってたんだ？」

ニコが一度もギデオンにうまく嘘をつけたためしがないのは、残念なことだった。それ以外のあらゆることでは、彼は並外れて有能だった。

「実際、たいしたことはいってなかった。彼女は……なにかのためにきみをほしがってるみたいだ」

「ああ、わかってるさ」ギデオンは片方の手で疲れたように頬をさすった。「いつだって、結局はそうなんだ。今回はほんとうに放っておいてくれたのかと思ってたけど――」

彼が言葉を切ると、ニコはふたたび顔をしかめた。ふたりのあいだの思いやり深いささやかな秘密はこれまでだ。

「おまえは」ギデオンはニコをにらみつけながら、気づいたことを声に出した。「おまえはおれに内緒で、彼女を防ぐ結界を張ったんだな？」

「なんだって？　そんなのはどうかしてる」ニコは平然といった。

「ニコ、おまえにそんなことをする権利は――」

たちまちニコは、（ひどく苦手な）ゲームをあきらめた。「ばかばかしい、もちろんぼくはやった――」

「――おれに黙ってただ干渉するわけには――」

「――伝えるつもりだったんだよ。実際、もう伝えたはずだぞ！　もしきみがメモを詳しく読んでなくても、それはぼくのせいじゃ――」

「――もう二度といわないぞ、おれの母親はおれの問題であって、おまえの問題じゃない――」

もちろんそれに対するニコの反応は、もどかしげなうなり声だった。「ぼくがきみの問題を引き受けたいと思ってるのが、まだわからないのか？」ニコはなかば叫ぶように食ってかかり、ありがたいことにギデオンは口をつぐんだ。「きみの痛みはぼくの問題なんだよ、このバカ王子。ちんけなクソ野郎」ニコがうんざりしてこめかみをさすると、ギデオンは唇をゆがめ、笑うような声を立てた。「笑うな。よせ……ぼくを見るな、やめろ。やめるんだ」

「その呼び方はなんなんだ、ニッキー？」

「黙れ。ぼくは怒ってるんだ」

「どうしておまえが怒るんだよ？」

「それはきみが、なにかバカな理由から、なにもかも自分ひとりでなんとかするべきだって考えてるみたいだから――」

「――ほんとうに自分ひとりでなんとかするべきときにはな、それだけか？」

一本取られたよ。クソ野郎。

「ギデオン、頼むよ、ぼくは金持ちで、いやになるくらいハンサムなんだ」ニコはうなった。「ぼくに自分の問題があると思うか？　いいや、ない、だからきみのをぼくにも分けてくれ。ぼくを利用してくれよ、お願いだ」

　ギデオンは目を丸くしてみせた。「おまえってやつは」彼はそういって、息を吐いた。「**鼻持ちならないな**」

「そうとも。そして、いまきみは無事に母親から隠されてるんだから、静かにしててくれ。でも、彼女は間違いなくきみを捜してる」ニコは認めた。それが、伝えるつもりだった最も重要な警告だった。「結界はまだしばらくは持つだろうけど、彼女がそれを破るのは時間の問題だ。それとも、ほかの誰かに金を払って破らせるか」あいにくエイリフは、ふつうの有鰭族《フィンフォーク》よりもずっとたちが悪かった——それはおもに、彼女に小物の友だちがいて、彼らのほとんどは多くの人々や政府機関の望みに反して、どこにでも侵入できるからだった。

「おれはここにとどまれるんじゃないか？」ギデオンが考えこむようにいった。「領域内に」

　それはうまくいくだろうが、ずっとは無理だ。「きみにはまだ肉体がある」

「ああ」

「まあ、とにかく、常人の肉体のようには見えるな」

「それは年を取るんだろう？」

「たぶんそうらしいが――」

「ぼくらはいつか解決できるだろう」ニコは請けあった。「きみの寿命のことや、なにもかも。自然な食事」彼は何気なく数え上げた。「トイレの砂箱の置き場所、適度な運動のさせ方。ほら、混血のクリーチャーを飼うときの、ふつうの――」

「先におれが母親に殺されれば、そんなことはどうでもよくなるだろうけどな」ギデオンがぽつりといった。

ニコは理性的に返事ができるようになるまで、鉄格子から後ろに下がって素早く三つ数えなくてはならなかった。

「よせよ」ニコは辛抱強いしかめ面でいった。「そんなことをいうのは」

だが、例によってニコがすることはなんでも面白がっている様子のギデオンは、微笑んだだけだった。

「ほんとうに、おれのことは心配しないでくれ」ギデオンは、おそらく百万回目のむだな時間を使っていった。「彼女がほんとうにおれを殺すとは思わない。もし殺すとしても、それは事故だろう。なにしろひどく不注意だからな」

「きみはあの女のせいで、二度、溺れかけたんだぞ！」

「おれの記憶違いかもしれない」

「記憶違いなんてあり得ないだろう！」

「言い訳すると、彼女はおれが水のなかで息ができないことを知らなかったんだ。とにかく、最初のときはな」

「それが」ニコは啞然としていった。「言い訳になるもんか！」

だがギデオンは笑っていた。

「なあ、マックスはそういうことはまったく気にしてないぞ。おまえもあいつみたいに行動することを考えるべきだな」

「なんだって、絨毯の上で尻をずるずる引きずれっていうのか？」

「いいや、それにあいつは、そうするのをやめたよ。ありがたいことにな」

「ギデオン、ぼくはきみに無事でいてほしいだけなんだ」ニコは懇願するようにいった。

「頼むよ《ポル・ファヴォル》。お願いだ《ジュ・トン・シュプリ》」

「おれは無事だよ、ニコ。おまえがおれを心配するのは、自分の人生から目を背けるためのただの口実さ——そういえば、それについておれはなにも知らないな」ギデオンは当てつけがましくいった。「おまえはなにか話してくれるつもりはあるのか、それともおれはいつも、たんなる塔のなかのおまえのお姫様でいなくちゃいけないのか？」

「まず第一に、きみはひどいお姫様になるだろうな」ニコはぶつぶついった。「きみの体つきはまったくコルセット向きじゃないし、そのほかのことに関しては、信じてくれ、もし話せるものなら――」

「でもおまえは話せない」ギデオンは先まわりをしていい足し、顔をしかめた。そしてちらりと目をそらしてから、また視線を戻してつけ加えた。「いいか、おれもおまえのことが心配なんだ。そのうぬぼれはさておき、おれの問題にこだわらなくたって、おまえは多くの問題を抱えてると思うんだよ」

「たとえば？」ニコはふさふさした髪を強調するように身振りで示しながら、ばかにしたようにいった。

「おれは……気にしないでくれ」ギデオンは肩をすくめた。「おれはただ、心配なのはおたがいさまだっていってるだけだ」

「まあ、それはわかってるさ、そうだろう？　自分がどれだけ興味深い人間かに気づいてくれないような相手に、ぼくがここまで寛大に身を捧げることは絶対にないからな」

「そしておまえは実に献身的だ」

「ぼくは興味深いのと同じくらい、献身的でもあるんだ」ニコは認めた。「だから、これでぼくらがピリピリするのはおしまいだってわかるよな」

ギデオンは新聞紙で鼻面を叩かれたような視線を彼に向けた。

そう、いつものことだ。

「大丈夫なのか《エスタス・ビエン》？」ギデオンが尋ねた。

ああ、奇妙なことに、ニコは実際、かなりうまくやっていた。リビーとはほとんど仲良くやっているといってもいいくらいで、いいあいをするのは学問的なことについてだけだったし（「時間を止めることと、それをあちこち動かすことは別だ」というのが、リビーの最新理論というテーマに対する彼の見解で、もちろん彼女は反論していた）、レイナとはうまくやっていて、基本的にちゃんと食べ、まわりの人間を殺したいとは思っていなかった（カルムとトリスタンは抜きでもやっていけるだろうが、前にもっと悲惨な対立を経験したこともあった）。

たしかにふつうのこと、この屋敷以外の場所に出かける自由や、セックスも恋しかった——だが、ここでは誰とも寝ないのがいちばんいいような気がしていた。たぶんパリサには好き放題にさせてしまうだろうし、それは誰が見てもみっともないことになるはずだ。

「ぼくは元気だよ《ジュ・ヴェ・ビアン》」ニコはきっぱりといった。

「よかった。それならきみを眠りに戻らせよう」

「なに、もうかい？」ニコは顔をしかめていった。「でも――」

ギデオンが指をパチンと鳴らすと、ニコはベッドに体を起こしてあえいでいた。彼は自分の体に、〈協会〉の屋敷に戻っていた。厳密にいえば一度も離れていなかった場所に戻っていたのだ。

かたわらで電話が鳴った。

もう寝ろよ。

ニコは呆れたように目を丸くした。ばかめ。

夢で会おう、と彼は冗談をいった。

手のなかで電話が鳴った。

いつでも、ニコラス、いつでも。

レイナ

レイナにいわせれば、彼女は〈協会〉に加わるという投資に対して、すでにとてつもない利益を得ていた。夏が近づく頃には、与えられた一年のうち四分の一しかたっていないというのに、彼女はもう富を手に入れていた。ほんとうのところ、あとに残してきたものはごくわずかだったから、もしかすると前もって払った犠牲は最小限だったかもしれないが、レイナが自分なりに楽しんでいることに変わりはなかった。〈協会〉を通して得たアクセス権は、彼女が心から望んでいたものすべてだった。書庫の中身はまさに、アレクサンドリア図書館に収められているであろうと夢みていたものだったし、それは古代の科学的、魔術的思考への最も初歩的なアクセス権によって得たものにすぎなかった。力と空間の物理学に関するわずか三カ月の研究を終えただけで、レイナはすでにキルケーの魔術書と、デモクリトスとアナクシマンドロス両方の失われた著作を引き出すことに成功していた。丸一年、そしてそのあとにさらに一年あればなにができるか、想像してみるといい。

　つまり、彼女がアトラス・ブレイクリーを楽しませるために行動する継続的な動機は、ごくごく控えめにいっても、アクセス権を失わないことだったのだ。彼女が引き出したのはアニミズムやナチュラリズム、宇宙論に関する古代の著作だったが、密かに貢献することしかできなかった中世のメディアンの著作からは、いったいなにが出てくるだろう？　啓蒙主義者は？　彼女はアイザック・ニュートンとモーガン・ル・フェイ、両方の著作を目にすることになるのだろうか？　それはそこまでいってみなければわからない。つまり、否が応でもいかざるを得ないのだ。

　レイナは研修生クラスのほかのメンバーよりも、閲覧室で自由時間を過ごすことが多かった。目の前の課題に関係なく、折にふれて自分がアクセスできる文献の限界を試していたので、ときおり〈協会〉の扉から入ってくるほかの誰かに気づくことがわずかに多かった。〈協会〉に入会したメンバーは、けっして候補者クラスの誰とも交流することはなかったが、レイナは彼らがしばしば書庫に出入りしたり、オフィスでアトラスと会ったりしているところを見かけていた。レイナやほかの五人は〈協会〉に入会したエリートたちの活動についてよく知らないので、アトラスが書庫以外でどんな「管理」をしているのかは、完全には明らかになっていなかったが、彼がうまくやっているのは明白だった。屋敷の扉をぐるには、外の世界でいくら高い地位に就いていようとアトラスの許可が必要だったが、誰も彼の前で憤慨したり煙たがったりする様子はなかった。

たとえばレイナが偶然出会った、ひとりの〈協会〉メンバーがいた。アイヤ・サトウ、トウキョウに本社を置く科学技術系巨大コングロマリットの取締役を務める女性だ。アイヤは常人経済界で最年少の叩き上げの女性億万長者であると同時に、名高いメディアンでもあり、どちらの世界にもしっかりと足をつけていた。

「あら、きっとあなたがミス・モリね」アイヤがいった。ふたりは閲覧室の上の階で、書庫のどこか別の場所からそれぞれの召喚結果が返ってくるのを隣り合わせで待っていた。アイヤはネットワークづくりの達人で、ふたりの母国語で会話をはじめた。「着任式はどうだった？」

　レイナはけっして社交的なたちではなく、詳しいことはほとんど話さなかった。しかしアイヤはとても話好きだった。

「きっとアトラス・ブレイクリーが指揮を執ると、ずいぶん違うんでしょうね」彼女がそういったところで、レイナは話を止めた。

「あなたはずっと前に入会されたんですか？」それはあり得ないだろう。アイヤはとても若く、ほとんど三十歳を超えているようには見えなかった。

「いいえ、そんなに前じゃない。実際、ほんのひとつ前のクラスよ」

「ダルトン・エラリーと同じ研修生クラスに？」

アイヤが驚いて瞬きした。「ダルトンを知ってるの？」

「彼はまだここで研究してます」

「ダルトンはまっ先に出ていくものと思っていたんだけど」アイヤは顔をしかめていった。

「まだここでなにをしてるのか、想像がつかないな」

「メンバーの一部がそのまま残るのは、ふつうのことじゃないんですか？」それはレイナがほしくてたまらない地位だった。そのままとどまって独自の研究を続けることを認められた、特権的新入会員。候補者たちの最初の一年のために用意された、いわゆるカリキュラムは気持ちがいいほどすかすかで（空間、時間、思考等々、多岐にわたっていたが）、ほとんどの時間は予定が組まれておらず、自由に研究することができたし、入会待ちの二年目はさらに監視の目が緩くなることがほのめかされていた。現在の学問的自由の味は、すでに無上のものだった。次の研修生クラスまでさらに九年間、途切れることなく研究を続けられる可能性がある？

まさに至福だ。

「ああ、なかには二年の特別研究員の期間を超えて、自分の研究を続ける道を選ぶ人もいるのよ。ええ、でもダルトンがそうするとは思っていなかった」アイヤは戸惑ったようにいった。「あなたは彼の専門技能がなにか知ってるのよね？」

ダルトンが正確にはなにを研究しているのかも、〈協会〉から約束された栄光をつかむために外の世界に乗り出すかわりに居残っている理由も、定かではなかった。レイナは彼の言動になにか目立ったことはなかったかと、懸命に頭をひねった。「いいえ、知りません」

「ダルトンは命を吹きこむ与命術師なの」アイヤはそれがなにかを意味するはずだといわんばかりに、力を込めて口にした。

「物に命を与えることができるんですか？」

「物に？」アイヤはそういうと、ひとりでくすくす笑った。「そうね」

レイナは顔をしかめた。「彼は――？」

「ああ、違うの、降霊術師じゃない」アイヤは素早く訂正した。「それもできるけど、彼は無生物や形而上学的なものを好んでる。少なくとも、わたしが知っていた頃の彼はそうだった。彼がデンマークのどこかの森の出身だということは知ってる？　それとも、ひょっとしたらオランダだったかしら。北欧の国名はどうしても覚えられないんだけど、彼の名前には、ほんとうは「フォン」がついてたはずよ――でも肝心なのは、彼の村には森全体に、風そのものにさえ命を吹きこむことができる少年の伝説があるってこと。彼は現代の神話ね」アイヤはかすかに微笑んだ。「どうして彼が居残ることに同意したのか、わたしには想像がつかない。まだかなり若いとは思うけど。それに、彼はいつもアトラスのお気に入りだった」

「アトラスはしばらく前から〈管理人〉なんだと思ってました」そもそも自分が興味を引かれたきっかけは、アイヤがアトラスの名前を出したことだったのを思い出しながら、レイナはいった。でも考えてみれば、アトラスは特に年を取っているようには見えなかった。そう、たしかに精力的だ。権威ある地位にとてもなじんでいるように見えるが、もし研修生クラスが十年ごとなら、彼が入会したのはダルトンやアイヤよりずっと前ということはないはずだ。

アイヤは首を横に振った。「いいえ、かなり長いあいだ別の人だった。アメリカ人で、半世紀近く務めてたの。彼の肖像画はここの――」アイヤは気のない様子で手を振った。「どこかにあるでしょう」

「でも、あなたはアトラスを知ってるんですね？」

「彼はいまのダルトンのような存在だったんでしょうね。実をいうと、わたしたちが〈管理人〉に会うことはあまりなかったの。アトラスがほとんどの仕事をこなしてたから」アトラスはいまだに、セッションを休むことはめったになかった。たとえ新しい課題を紹介するのはダルトンの仕事でも。昔の習慣なんだろう、とレイナは思った。「あなたはよく彼に会ってるの？」

「ええ、ほぼ毎日」

「ふーむ。妙ね」

「そうなんですか？」

「まあ、彼の地位には別の責任がありますからね」アイヤは微笑んだ。「いつだって、とても熱心だったとは思うけれど。それに聞くところによると、〈管理人〉としては神童みたいなものだというし」

「研究者が〈管理人〉の地位を引き継ぐのは、よくあることなんですか？」レイナは尋ねた。彼女にとって研究者は魅力的だったが、後方業務や人材確保、政治的なかけひきなどが伴う〈管理人〉はそうではなかった。「次はダルトンがなるんでしょうか？」

「そうね、正直なところダルトンは、まさに研究者よりも〈管理人〉になりたがる種類の人だけど、それはないわ。アトラスは特殊なケースだった。〈管理人〉は通常、〈協会〉の評議委員会によって、その内部の機能からかなり離れたところから選ばれるの」

「それにはなにか理由が？」

「きっと、毒のある井戸から水を汲むな、といったところでしょうね。もちろん、アトラスの場合はそんなことはないけれど」アイヤはあとから思いついてつけ足した。「彼なら自然に選ばれていたでしょう。とても人気があったから。ダルトンのことは……謎だけど」しかめ面。「彼ならもっと別のなにかを追求しそうだと思っていたのに」

ふたりのリクエストした本が、書庫の意識のあるパイプラインから並んで届いた。レイナのはレウキッポスの『大宇宙系』の写しだった。アイヤのには題名はなかった。

「書庫にはよく戻ってこられるんですか？」レイナは尋ねた。

「いいえ、それほどでも。それでも、貴重な情報源よ。この壁の内側には、あなたの想像よりずっと多くのものが収められてるの」

彼女は本をカバンにしまい、笑顔でレイナに向きなおった。

「ここでの時間を楽しんでちょうだい。実際、それだけの価値はある。わたしも最初は疑っていたけれど、最終的にあなたは間違いなく、わたしのいったとおりだったと思うはず。わたしならもう一度やりなおすわ、文句なしに」

「難しかったですか？」レイナは尋ねた。「排除の過程は」

アイヤの笑みが、一瞬揺らいだ。「研修それ自体という意味？」

「いいえ、わたしがいいたいのは……それは難しいんですか？」レイナはなんとか言葉にしようとした。「研修生クラスの誰を排除するかの選考は」

「ああ、そうね。信じられないくらい」笑顔が戻ってきた。「でも、いまもいったとおり、その価値はあるわ。素晴らしい一日を」アイヤはレイナに礼儀正しく丁寧にお辞儀をすると、素早く背中を向けて立ち去った。彼女が狭い通路を横切って重い両開きの扉を出ていくまで、尖った金属製のヒールの音が閲覧室にこだましていた。

レイナはたったいま自分がとても奇妙な交流を経験したような気がしていたが、そう感じる理由はうまく説明できなかった。その感覚はそれから数日間、ほぼずっと彼女の意識から離れず、不意に頭のなかに浮かんだり消えたりしていたが、どんなたしかな結論も導き出すことはできなかった。

結局、彼女は忘れてしまった。作業をし、ニコとスパーリングをし（レイナは接近戦では彼女のほうが強いと感じていたし、運動する必要もあった）、楽しみのために読書をする合間には、無関係なことや些細なことに関わっている暇はあまりなかったのだ。実のところ、周囲のほかのものたちは満足していないのを漠然と感じていたが、彼女はかなり満足していた。

カアサンカアサンカアサン、ある日、六人が天井画の間でいつものように車座になって座っていると、シダの一本が棚の上から甘えるように垂れ下がってきて泣き言をいった。

カアサンクウキニモンダイモンダイモンダイ、カアサンオネガイオネガイワカル？

最初レイナは、きっとシダの真下に座っているカルムとトリスタンのあいだに芽生えたいかがわしい同盟のことだろうと思った。物理の分野の専門家とほかのものたちのあいだに（意図的であろうとなかろうと）線が引かれていたせいで、以前からずっと一緒にいることが多かったふたりだが、最近ではどちらかひとりだけを見かけることはさらに珍しくなっていた。彼らはしばしばひそひそ話をし、たいていはトリスタンがしゃべるのをカルムが身を乗り出して聞いていた。レイナはそれをいいことだと、少なくともまったく問題ないと思っていた。パリサがトリスタンを自分の側につなぎ止めようとすることがなくなるからだ。しかし徐々に、パリサがなんらかの罰を受けていることが明らかになってきた。その罰を与えているのがトリスタンの手なのか、それともカルムの手なのかは、はっきりしないままだった。

トリスタンの厄介なところ、そしてレイナがときどきカルムのほうがましだと思う理由は、意地が悪くてすぐ嚙みつくことだった。彼の態度が、険があり、冷淡で、より避けがたい悪意に満ちているのは……。

その原因を表すのに「知性」という言葉では物足りなかった。トリスタンは、たんに機知に富んでいるとか、頭が切れるとか、博識というのではなく、頭の回転が速く、なにかが間違っているときに最初に気づくのは、いつも彼だった。最初レイナは、彼がつまらないあら探しをしていて、ただ反論したいから逆のことをいっているのだと思っていた。だが次第に、トリスタンはなにを訂正すべきか正確にわかっていないかぎり、わざわざ発言しないことがわかってきた。良くも悪くも、彼はほとんどすべてのことに驚くほど無関心で、なにかが問題を生じさせるほどまずいことになっているときにだけ、その無関心が嘲笑とぶつかるのだ。その直感的な冷酷さがいっそう発揮されるのが、どんな仕事も面倒がるカルムと一緒のときか、自分はそんな仕事をするにはもったいないと思っているらしいパリサと一緒のときかは、レイナには判断がつかなかった。

表向き、パリサに変わった様子はなかった——レイナにとっては大いに期待外れだったが、それは彼女が苦しんでいて、そのことを隠そうとしているからではなく、気が散っているからだった。彼女はトリスタンを失ったとはまったく感じていない様子で、いつものように彼の左側に、だが直接は彼の目に入らないところに座っていた。パリサの突然の無関心にはなにか違和感があったが、垂れ下がったシダが部屋の酸素の状態を嘆くまで、レイナはその原因を認識していなかった。

「空間から時間への移行は自然なことだ」ダルトンがいった。彼はしばしばそうしているように、アトラスの隣に立っていた。「現代の物理術師のほとんどは、実のところ、そこになんらかの区別があるとはまったく考えていない。なかには時間の存在すら信じていないものもいるほどだ。少なくとも、ある種の直線的な移動が可能な、われわれの架空の概念においては」

そういえばこの世界にはダルトン・エラリーがいたのだったと思ったのをきっかけに、レイナはアイヤとの会話を思い出し、ここに戻るというダルトンの決断にアイヤが困惑していたことをふたたび考えた。レイナにいわせれば、ダルトンは生まれながらの教員——「できる人間は行い、できない人間は教える」の典型——だったが、アイヤはそんなことになるとは不可解だといわんばかりだった。ダルトンがこの十年をかけて習得した強力な魔法の能力を隠し持っているかもしれないという考えは興味深く、説得力すら感じた。

そしてレイナは、ついにダルトンに注がれるパリサの視線に気づいた。説得力を感じていたのは、明らかに彼女ひとりではなかったのだ。

それでたくさんのことに説明がつく、とレイナは思った。ひとつには、なぜパリサはしばしば姿を消すのか、そして最初に選んだ愛人である（あるいはそのように見えていた）トリスタンを失ったことを、なぜ彼女は特に気にしていないのか。カルムとトリスタンが手を組んでパリサを攻撃しているのかどうか、というレイナのもやもやはたちまち消え去って、かわりに失望感が残った。

すると、シダのいうとおりだったのだ。たしかに空気に問題はあったが、それを引き起こしているのはパリサだった。

当然パリサはなにかをたくらんでいた。レイナの目にさえ、ダルトンとパリサのあいだで交わされる視線は、あまりにも意味深長に映った。すでにふたりのあいだになにかがあったのかどうかははっきりしなかったが、じきになんらかの形でそれがふたたび起ころうとしているのは間違いなかった。

「あなたはなにをやってるの？」ダルトンの講義が終わって食堂に向かう途中で、レイナはパリサの行く手をさえぎって無遠慮に尋ねた。「はっきりいって、なにが狙い？」

パリサは苛立たしげに彼女のほうに視線を滑らせた。「なんなの？」

「わたしの心を読んでよ」レイナはふざけて提案した。返ってきたパリサの視線は今度も不機嫌だった。

「どうして狙いがなくちゃいけないの？　彼は魅力的よ。わたしは退屈してる」レイナが疑っていたとおり、パリサは明らかに、すでに彼女の考えを読んでいた。いつものようにレイナは、パリサに自分の考えをどう思われようとほんとうになんとも思っていないことに気づいた。

「正直いって、あなたがわたしのことをそんなにばかだと思うなんてあり得ない」レイナはいった。「それにわたしも、あなたがそんなにばかだとは思わない」

「ありがとう、わたしは思ってるわ」パリサは例によってお高くとまった態度で、不機嫌にいった。「だけど、あなたがこれに反対する理由がなにかある？　それとも楽しみに鈍感なだけなの？」

「あなたがなにをすることにしようと、わたしはどうでもいい」レイナはいった。「でも、物事の筋が通らないのは気に入らない。わたしはその説明を信用してないし、あなたのことも信用してない」

　パリサは大きくため息をついた。「ほかの子たちと遊んでこなくていいの？」

　年かさの三人は相変わらず、リビーとニコをあり得ないほど見下していたが、あのふたりを引き離すことをあれこれ考えるほうが、はるかに滑稽だった。あえていうなら、カルムがよくぶつぶついっているように、ひとりはもうひとりよりも我慢できたが。レイナの頭のなかでは、あのふたりは連星だった。おたがいの重力場にとらわれていて、相手の逆向きの力がなくては簡単に弱ってしまう。ひとり（ニコ）が右利きでもうひとり（リビー）が左利きだとわかっても、彼女はまったく驚かなかった。

「好きなだけ否定すればいいけど、あのふたりはすでに自分たちの価値を証明してる」レイナはいった。「いままでのところ、あなたはどんな貢献をしてきた？」

「あなたこそどうなの？」パリサがぴしゃりといった。「あなたは学者。〈協会〉がついていてもいなくても、学者でいられるでしょう」

それに対してパリサは、ものの本にある最も古いタイプの働く女性だった。

「あら、素敵」レイナがそれほど注意深く隠しているわけではない嫌悪感を読み取って、パリサはいった。「あなたはこれがそういうことだと思ってるのね？　わたしのことをお金のために男とつきあうサキュバスかなにかだと思ってて、いまはわたしを治安判事の前に引っ張り出そうとしてるんでしょう？」

「サキュバスっていうのは、わたしが考えていた言葉よりお世辞に近いけど」レイナはいった。

パリサが目を丸くしてみせた。

「いいこと、あなたがわたしのことを気の毒に感じるべきだと思っているのが、わたしにはわかる――たとえあなたにはわからなくてもね。ご親切にどうも。そしてまったくの大きなお世話よ」パリサは口元を引き締めた。「カルムはわたしを罰してはいない。わたしを出し抜こうとしてるけど、そうはいかないわ。それから、わたしたちのどちらを選ぶべきか迷ってたのかもしれないけど、いまわたしにいえるのはこうよ。もしわたしが知ってることを知れば、あなたはいつでも彼よりわたしを選ぶでしょうね」

「だったら、どうしてわたしたちにあなたの知ってることを教えてくれないわけ？」レイナは半信半疑で問い詰めた。「もしそんなに彼のことが嫌いなら」

「わたしは彼を嫌ってない。彼にはなにも感じないわ。そしてなにが自分のためになるかを知っていれば、あなたもそうするでしょう」パリサが警告すると、隅の鉢植えのカラテアがなにかを予言するように震えた。「さあ、もうこれで話は終わり？」

イエス。ノー。ある意味でレイナは、まさに目当てのものを手に入れていた。パリサはダルトンを追いかけている。それは確認できた。パリサはカルムに対して含むところがある。それは確認できた。「なぜ」がすべてそのままになっているのは、少し悩ましかった。

　あいにく、パリサにはそれがばれていた。

「どうしてあなたにはわたしが理解できないか、わかる？」パリサはレイナの頭のなかの疑問に答え、声を低くして近づいた。「それはね、あなたがわたしを理解したつもりになっているからよ。前にもわたしみたいな女たちに会ったことがあると思っているけど、あなたはわたしが何者なのかまったくわかってない。あなたにはわたしの見た目がわたしをつくっていると思ってるでしょう？　わたしの野心が。あなたにはわたしの全体像はまったく理解できないし、好きなだけ見つめればいいけど、わたしが見せてあげるまでなにも見ることはできないでしょうね」

反論するのはあまりに簡単だった。それこそがパリサの望んでいたことだろうし、さらに悪いのは、癪に障ることだが、たしかにパリサのようなテレパスに会ったのは初めてだということだった。その違いは教養となんらかの関係があった——レイナの理解では、思考とはしばしば抽象的で形のないものであり、ほとんどのテレパスは読むことはできても解釈はできず、たとえ解釈できたとしても、それは引き出すのにそれほど労力を要しないものだった。

パリサの魔法は探るのではなく、溶けて、重さがなくなった。彼女のいうとおりだ。レイナはなにも見ていなかった。

「わたしをうらやまないで、レイナ」パリサは向きを変え、レイナの耳元で優しく忠告した。「恐れなさい」

それからパリサは廊下を歩いていき、見えなくなった。

パリサ

彼女にはいつでも、ダルトンが屋敷のどこにいるかがわかった。ひとつには、彼のまわりでは大変な量の魔法がかたまり、絡みあい、炎のようにどっと噴き出しているようだったから。またひとつには、だいたいひとりで仕事をしているせいで、仕事中の彼の思考はあまりガードがかたくないという事情もあった。ダルトンはひとりでいることがとても多く、例外はアトラスと一緒に敷地内を散歩しているときか、なんらかの形で六人を指導しているとき、あるいは特別な研究課題のためにやってきた〈協会〉のメンバーと一緒に仕事をしているときだった。彼はほかのものたちより防御に熟練していたが、たとえそうであっても、ダルトン・エラリーでさえ、パリサを締め出しておけないときはあった。

夜、ダルトンはほとんど眠っていなかったので、パリサにはブンブンうなっている彼の思考が聞こえた。その思考は、遠くからだとよくわからないなにかのまわりに集中していたが、やがて彼女はそれが、紛れもないなにかの音だと気づいた。

パリサ。

なぜセックスなのか？　それは往々にして感情とは無縁で、わかりやすく、原始的だからだ。より基本的な衝動にもとづく単純な反応だ。行為に熱中するあまりどれだけ不格好にゆがんでいたとしても、そこまで化学的ななにかの最中に思考を読まれないように守るのは、それほど簡単なことではなかった。良いセックスは、けっしてなにも考えずにできるものではない。たんに集中力がどこかよそへ向かっているだけで、消えてはいないからだ。パリサはそれがわかるだけ己の技能に精通しており、それゆえ、初めてダルトンにキスしたときに、いつでも招き入れてもらえるように彼の思考の掛け金になにかを滑りこませるのに成功したことはわかっていた。

そのあとは距離を保っていたが、その夏はダルトンにとって不思議なほど長かった。彼はどんどんパリサのことを考えるようになり、パリサのほうはすでに彼をこっそり思い浮かべて、自分が最初にどこに触れたいか、唇を、手を、歯をどこにあてるつもりかはわかっていた。パリサはダルトンが身振りでなにかを示したときに身を乗り出し、自分の存在で彼をぞくぞくさせ、身につけている香水で彼のまわりの空気を満たしていた。

ダルトンは、ほかのものたちのファイルの中身を知っているように、パリサのものも知っていた。彼女の技能、彼女の経歴を把握していた。それはつまり、階段や廊下ですれ違ったときにかすめたパリサの手の感触は、想像もつかないほどの深みの表面にすぎないとわかっているということだ。一度パリサはグラスに飲み物を注ぎ、彼と同じ部屋でその向かいにじっと座っていた。なにもいわずに。シャンパンを少し唇に運び、舌というベッドに落ち着かせる。彼女はダルトンの思考の振動を、彼の集中を妨げているふたりのあいだの緊張を感じていた。ダルトンは同じ文章を十八回読み返した。

今夜、彼は閲覧室にひとりきりだった。ダルトンの名誉のためにいっておくと、安堵の気持ちを顔に出さないだけの冷静さがあるとはいえ、彼はパリサを見てもそれほどびっくりしたようには見えなかった。

「いけないな」ダルトンは気怠そうに椅子の背にもたれて警告した。パリサがそこにいるのがいけないのか、さらに近づくのがいけないのかははっきりいわなかったが、彼女はそこにいたので、近づいた。ダルトンは異議を唱えず、そうしようとしている素振りもいっさい見せなかった。彼の心は目下、封印された金庫室のようだった。

パリサの経験では、それはダルトンが彼女から長いあいだ隠しておくことはまずできないものだった。

「疲れてるみたいね」パリサはテーブルの木の部分に指を走らせながら、さらにぶらぶらと近づいた。ダルトンが読んでいた本の角を軽くなで、自分の肌の感触を彼の意識のいちばん手前に置いた。パリサが彼の腕から肩へと手を滑らせ、一瞬その場で浮かせると、ダルトンは目を閉じた。ふたりはそれまでにも、数え切れないほど触れあっていた。さりげなく、しかしその記憶が彼女の仕事の半分を担ってくれるほど頻繁に。「どうかしたの？」

「きみはここにいるべきじゃない」ふたりの短い接触で、ダルトンの肘から先の皮膚が小石で舗装されるのが見えた。すべてがテレパシーの問題ではないのだ。

「そんな規則はなかったと思ったけど？」

「わたしならこれを規則とは呼ばないだろうな」

残念ながら彼は、とてもうまく自制しているようだった。要所要所で気持ちを張りつめ、闘う姿勢を見せていた。「それならなんて呼ぶの？」

「賢明ではない」ダルトンの目はまだ閉じていたので、パリサは指先を彼の首まで滑らせ、喉のくぼみの上で浮かせた。「もしかしたら間違っているかもしれない」

「間違ってる？」パリサの指先が彼の襟の下で踊り、鎖骨をなぞった。「わたしを誘惑しないで」

　ダルトンが突然、彼女の手首をつかんだ。

「きみは用心しているか、パリサ？」

彼がいまこの場でそれについて話すつもりはないのを、彼女は感じた。

「用心するべきなの？」

「きみには敵がいるんだ。こんなことをしている場合じゃない」

「なぜいけないの？　わたしにはいつだって敵がいる。それは避けられないことよ」

「いや、ここじゃない。そうではなくて――」ダルトンは言葉を切った。「どこかで誰かを見つけるんだ、パリサ。わたしに関わって時間をむだにするな――研修生クラスで誰か、誰か信頼できるものを見つけるんだ。それとも、なんとかして自分が欠くことのできない存在になるかだ」

「どうして」パリサは笑った。「わたしに出ていってほしくないから？」

「なぜならわたしはきみに――」

ダルトンは言葉を切って、いきなり目を開けた。

「わたしからなにがほしいんだ？」彼は静かにパリサに尋ね、彼女が口を開く前に続けた。「もしそれできみがこのゲームにもっと身を入れて取り組むなら、それをあげよう」

まただ。恐怖のつんとくる感覚。

「答えか？」ダルトンは迫った。「情報か？　それはなんなんだ？　なぜわたしなんだ？」

　パリサはダルトンの手をするりと振りほどき、彼のこめかみにかかった髪をなでた。

「どうしてそんなに確信を持って、わたしがなにかをほしがってるっていえるの？　ダルトン」パリサは彼の名前を口にしてみたかったので、そうした。それで彼がどれだけ本能を刺激されたかは、顔を見ればわかった。

「ほしいんだろう。わたしにはわかる」ダルトンは鋭く息を吸いこんだ。「それがなにか、わたしに教えるんだ」

「もしわからないといったら？」パリサはそうつぶやき、巧みに彼の椅子の後ろから移動してテーブルに寄りかかると、両手をついて背中を反らした。ダルトンの両手は催眠状態で宙に浮いているようで、ひとりでに彼女の腰を探して動いていた。「もしかしたらあなたに興味をそそられてるのかもしれない。わたしは謎が好きなのかも」

「だったらほかの誰かとゲームをすることだ。ニコとか、カルムとか」

　カルムの名前が出ると彼女は思わず身構え、ダルトンが眉をひそめて顔を上げた。

「どうした？」

「なんでもない」部屋は上から照らされていたが、この下の階にある照明は、ダルトンの顔を照らしている卓上灯ひとつだけだった。「カルムには興味ないの」

ダルトンの唇が彼女のドレスの布地をかすめた。胸骨の上、喉のくぼみの下だ。彼の目が閉じ、それから開いた。

「彼がなにをしたかは見た。観察していたんだ」ダルトンは曖昧に周囲を示した。「いたるところに監視の魔法、結界が張られていて、あのときわたしはきみたちふたりを見ていたんだ。わたしは見た」

「それなら、あいつが彼女を殺すのを見たのね」思い出すと、パリサは身震いしそうになった。あるいは、もし彼女がそれほど自制心に責任を持っていなければ、そうなっていただろう。

「いいや、パリサ」

ダルトンは手を持ち上げて彼女の頬に触れた。ちょうど頬骨の上を親指で一度だけなでる。

「わたしは彼女が自殺するのを見たんだ」彼は穏やかにいった。そしてタイミングとしては最悪で、確実に間違っていたが、パリサは本能的に彼を引き寄せた。衝動的に、彼をしっかりつかまえていたかった。

パリサは彼の自分に対する親近感を育み、中毒患者のように貪欲に求めるように仕向けていた。一滴飲めば、彼は引き返せなくなるだろう。ダルトンは簡単に、あっけなく屈した。危険なほど狂気じみて。彼は両手でパリサの腰をつかむと乱暴にテーブルの縁にのせ、熱気を爆発させた。

「人には異常なことができるんだ。ときには邪悪なことが」ダルトンの声には飢え、餓《かつ》え、狂おしい響きがあった。彼の唇が首をかすめると、パリサはため息をついた。これまでも数え切れないほどやってきたし、これからもまた数え切れないほどやることだ。それでもそれは、同じときでも違っていたし、相手が彼だと専門家らしくない説得力があった。

　これがセックスの魔法、与命術だった。彼に触れられると、パリサのなかでなにかが生き返った。

「たとえほしいものが手に入るとしても、きみは悪魔とは取引できないか？」ダルトンがささやいた。

　パリサは目をぱちぱちさせてから閉じ、カルムの言葉を思い浮かべた。

きみはうんざりしてないか？　この仕事、この活動すべて、そのどれからもきみはけっして逃れられない。ぼくはきみのなかに、きみのまわりにそれを感じる。もうなにも感じないんだろう？　あるのは侵食、倦怠、枯渇だけ。極度の疲労、それがきみのすべてだ。

　パリサは身震いし、ふたりの鼓動が同調するように、ダルトンをさらに引き寄せた。その鼓動はどちらも不規則で不安定だった。

きみはなんのために闘っているんだ？　もうきみもわかっているんじゃないか？　きみはこれを投げ出していくことはできない。彼らはきみを追跡し、狩り、地の果てまで追いかけてくるだろう。きみはすでにそのことを知っている、きみはなにもかも知っている。彼らがどんなふうに、ありとあらゆるやり方で、きみを徐々に殺すのか。じわじわと。彼らがどんなふうに、人生を奪うことで、少しずつきみを破壊していくのかを。

彼女の両手はダルトンの背骨を伝い、肩甲骨に爪を立てた。

きみの死は、きみではなく彼らの手で、彼らの条件に従って、行われなくてはならない。彼らは自分たちが生きつづけるために、きみを殺さなくてはならない。

彼女はダルトンがますます壊れそうになり、瀬戸際で揺れているのを感じた。

きみには選ぶ権利があるんだ。この人生でただひとつ、ほんとうの選択肢が。生きるか死ぬか。決めるのはきみだ。それだけは、ほかの誰もきみから奪うことはできない。

ふたりの唇が出会ったとき、ダルトンの唇にはなにかのスパイスがきいていた。ブランデーと奔放さと。パリサは彼の髪のなかに指を滑らせ、落ちそうになって反射的にしがみついたようにぐいと引き寄せられて、彼の震えを堪能した。パリサは自分の後ろに手をのばして本を脇へ押しやった。ダルトンが彼女のドレスのなかに両手を滑りこませ、太腿を包みこんだ。

きみがぼくらを狙っているその銃……いったいきみは、ぼくらが何者かわかっているのか？　どうして自分がここにいるのかわかっているのか？

「約束してくれ」ダルトンがいった。「なにか行動すると約束するんだ」

銃の向きを逆にしろ。

「ダルトン、わたし――」

引き金を引け。

彼がドレスを脚から押し上げてパリサを引き寄せたとき、彼女は喘ぎ、血と狂気が全身を駆け巡った。頭のなかで、パリサはあの暗殺者の死を、何度も何度も繰り返し目撃した。**銃の向きを逆にしろ。**炎のにおい、彼女の足元に飛び散る女の血。**引き金を引け。**カルムは指一本上げなかった。彼は退屈そうだった。**銃の向きを逆にしろ。**彼は女の目を見て、死ぬように説得した。**引き金を引け。**彼女の死はカルムにとってなんの負担にもならず、ためらうことさえなかった。

あれがダルトンのいった悪魔のようなものなのだろうか？

「わたしは善人ではない」ダルトンはかすれ声で彼女の口のなかにいった。「ここに善人はいない。知識は殺戮だ。犠牲を払わずに手に入れることはできない」

パリサは彼に激しくキスした。ダルトンが彼女のドレスを手探りし、膝をついて彼女の腰を強く引き寄せた。本のかたい縁が背骨の付け根に刺さる感覚があり、それから彼女はダルトンの口のいつまでも残る甘さを感じた。彼のキス、彼の舌、彼の唇。静かなため息に合わせ、パリサの背中が弓なりに反ってテーブルから離れた。ダルトンの心のどこかでいろんなことが緩んでいき、扉が開きつつあった。パリサはそのなかに滑りこんで、彼の髪を根元から引っ張りながら、後ろでしっかり扉を閉じた。

ここにはなにがある？　たいしたものはなかった。いまでさえ、頭のなかでさえ、ダルトンは用心深かった。パリサが見つけられたのは断片的なもの、なにかの残骸だけだった。それでも、恐怖があった。それにわずかな罪悪感。彼は解き放たれ、解かれなくてはならなかった。もし彼を破壊への道に乗せることができれば、パリサは糸を何本か引っ張って彼のなかを垣間見、その源を見つけられるだろう。

パリサは彼を引っ張って立ち上がらせ、ズボンのジッパーを急いで引きちぎるように開けた。頭が真っ白になり、目もくらむようなエクスタシーを感じずに、彼女のなかに身を沈められる男は、この世に存在しなかった。満足感が邪魔をするのだ。パリサは彼の腰をぐいと引っ張り、背骨に爪を立て、肩の筋肉に噛みついた。もしこんなところを見つかったら、そのときはそのときだ。見つけさせればいい。

ダルトンは前からこうなることを想像していた。パリサはその証拠を、彼の頭のなかでパラパラ漫画のように眺めることができた。ダルトンはすでに百回、千通りの方法で彼女を抱いていて、いまそれを見ることができたのは先に期待が持てるしるしだった。彼の防御には弱点があり、それは彼女だった。可哀想に、とパリサは思った。可哀想なつまらない学者先生は、本を研究して距離を取ろうとしていたが、ほんとうは疲れた心の奥底で、四つん這いになったパリサを犯していたのだ。この状態——彼女をここに、自分のメモでおおわれたテーブルにのせたこと——さえ、ダルトンは前に見ていた。予言。それは彼が、まさにこの情景に命を吹きこんだようなものだった。

　ふたりはともに喘いだ。ダルトンはふたりが近づくこと、彼女をしっかり腕に抱きしめることを望み、それは彼女も同じだった。この場所からパリサは、彼の思考の燃え上がる縁を味わうことができた。ダルトンはただなにかを恐れているのではなかった——彼はあらゆるものを恐れていた。彼はこの屋敷を、ここでの記憶を嫌悪していた。記憶それ自体が、光を受けてきらめくナイフだった。それは彼女の指をちくちく刺して、離れるように警告した。**銃の向きを逆にしろ。引き金を引け。**ここには魔物が、悪魔がいた。**たとえほしいものが手に入るとしても、きみは悪魔とは取引できないか？**ここには彼の少年時代もあった。未熟で、怒りに燃え、小さい。一度枯れた苗木を蘇らせたときには、結局それが萎れて枯れていくのを見るはめになっただけだった。

舌に感じるダルトンの味は、現実でも想像でも、焦がした砂糖、荒々しい憧れ、優しい怒りだった。可哀想に、ほんとうに可哀想に。パリサはレイナの頭のなかにあった思考を思い出した。あのナチュラリストはそれほど制御できているわけではなかったのだ。**ダルトンにはなにかある、彼は重要な存在だ、彼はわたしたちが知らないなにかを知ってる。**

　わかってるわ、ばかな子ね、とパリサは思った。わたしはけっして狙いを外さない。

「ダルトン」彼女はささやいた。そしてこれは、これから何度も口にする最初でなくてはならないだろう。なぜならパリサは彼に溺れてしまいたいと思っているのと同じくらい、それだけはいまやるわけにはいかないとも思っていたからだ。ダルトンはなにかを、彼がひどく重要だと感じているなにか、声に出すことはできないなにかを、彼女に伝えたがっていた。そして、いまパリサが受け取らなければ、彼はそれをさらに奥にしまいこんでしまうかもしれなかった。封じこめてしまうかもしれなかった。パリサはふたたび彼の名前を、舌に絡みつかせ、自分のみだらな憧れの形に合わせて呼んだ。「ダルトン」

「約束してくれ」ダルトンがふたたびいった。今回、彼はやつれて、惨めで、弱々しく、パリサは自分の思考を維持するのに必死だった。ダルトンは彼女になにを知らせたがっているのだろう？　それはなにか強力で、ほとんど爆発的なことだったが、満ち欠けしていた。彼はパリサに知らせたがっていたが、話すことができなかった。彼はなにかを求めていた。声に出して告白できないなにかを。彼らをふたりとも打ちのめす可能性があるなにかを。

それはなに？　ダルトンはいま、近づき、さらに近づき、パリサは両脚を彼の腰に絡め、両腕をしっかりと彼の首にまわした。それはカルムとなんの関係があったのだろう？　**銃の向きを逆にしろ。引き金を引け。**パリサのなかでしこりになっていたものが引き締まり、膨れあがり、血管のなかで脈打った。彼女の心臓の鼓動は速く、あまりに速く、筋肉は張りつめていた。ダルトン、ダルトン、ダルトン。彼はパリサが望んだとおり素敵だった。破滅的に。これはパリサが繰り返し求めるであろう拷問だった。彼の抱えるトラウマは強烈で、親密さという悪徳は好戦的であり蜂蜜のように甘くもあった。ああ、彼は嘘と秘密にあふれていたが、守りたがっているのはそのうちのごく一部だった。彼はなにをしたの、なにを知っているの、なにを望んでいるの？

　自分を解き放ったほんの一瞬、パリサは彼の唇のあいだから吐き出された声なき叫びを目にした。そう、ダルトンが求めていたのは彼女の示す親密さだった。パリサが彼の手から快楽を得、無防備になっているときにだけ、ダルトンは彼女が何者かを忘れてそれを見せることができたのだ。パリサがイクと、爆発的な安堵のなかで彼の心もともに達した。

　それはある思いの断片だった。より大きな真実の砕けた破片だ。あまりに小さくあまりに鋭いので、足元の根っこに生えたトゲのように、パリサはもう少しで見逃すところだった。彼女はそれにつまずいた。ダルトンは彼女を死なせたくないと思っていた。**パリサ。彼女が聞いた小さな声、それは同じ思考、同じ恐怖の一部だった。パリサ、いくな。パリサ、お願いだ、無事でいてくれ。**

それはトゲのように、鋭い破片のように、パリサの心に滑りこんだ。それはとても小さな思考で、あまりに害がなく、不安という浅い墓に適当に埋められていた。ダルトンは数え切れないほどの心配事、ギザギザした思考の小さな痛みを抱えていたが、これは彼女がつまずくほど簡単に見つけられるものであり、実際に見つけていた。

パリサは手を上にのばし、ダルトンのあごのあたりをひっかいた。

「誰がわたしを殺そうとしてるの？」

パリサは彼が答えるのを妨げるだけの時間を与えないように、素早く尋ねた。すでにダルトンは、彼女に対して無防備だった——恍惚とし、解けていた。自責の念は、あとでやってくるだろう。場合によっては憤り、そして後悔も。だがいまのところダルトンは、これ以上はないほど彼女のものだった。

パリサの唇から出たその言葉は、彼が飲みこむためのものだった。ダルトンはそれをうまく飲み下した。

「みんなだ」彼は声を詰まらせ、そしてパリサは理解した。

彼らは自分たちが生きつづけるために、きみを殺さなくてはならない。

V

時間

トリスタン

トリスタンの生来の冷笑的な性向は、より広範囲にわたるより永続的な不調をもたらすことがあった。つまりは強度の慢性的偏執病だ。まれにちらりとのぞくどんな楽天主義も、心と体がウイルスに飛びかかるようにして、たちどころに抑えこんだ。期待感？　癌のようなものだ。もしかしたらそれは全身を蝕む疾患で、生まれてからずっと抱いてきた根強い不信感の問題なのかもしれない。物事がうまく運んでいるように見えると、トリスタンは大変なペテンにかけられているのではないかという感覚に、絶え間なく襲われた。

〈協会〉に加わる前に気づいていた以上のことが魔法でできるようになるという可能性に、彼が驚くほど動揺している理由はそれだった。ほんとうにそんなことが起こり得る論理的な理由はあるのか？　ああ、もちろんある。あらゆる技術は、特に魔術的なものの場合、適切に訓練すればより洗練されるものだし、トリスタンのメディアンの地位は常に議論の的だったから（エイドリアン・ケインの不朽の名言でいえば、「あのクソいまいましい上流階級の連中はからかってるだけだ、笑わせるんじゃない」）、当然、いままで彼は自身の能力の真の広がりを経験していなかったのかもしれない、ということになる。
だからといってトリスタンが、実は自分はゆっくりと狂いかけているのではないか、と思うのをやめただろうか？　いいや、まったく。なぜなら、彼とほかのものたちが静かに、しかし効果的に毒を盛られている可能性は残っていたからだ（もしそうなら手のこんだ詐欺ということになるが、よくできていた。こういう形で死ぬのなら、それはそれでいい。誰が計画したにせよ、明らかに彼らの意図した結果に値するだろう）。

　説明するのは難しかったから、説明はしなかった。誰にも。だが、自分が心の底に秘めたある種の動揺を発しているのは感じていて、特に不安定になっているときにいつも、カルムが安心させるようにちらりとこちらを見てくることが、その疑いを強めていた。それは葛藤――緊張感だった。ひとつのものを見て別のことを知る難しさだ。奇妙なことに、リビーがそんなことをいっていた。彼女は自分が見ている現実が彼には見えないことが重要なのだとでもいわんばかりにトリスタンの能力について語り、そこから推理が転がっていったのだ。

　すべては基本的な疑いの余地のない事実によって決まっていた。トリスタンに見えるものとほかの人々に見えるものは異なっているということだ。カルムとパリサ、ふたりの話によれば、ほかの人たちは自分が経験したことや教わったこと、なにが真実でなにがそうでないかを聞かされたことにもとづいて、物事を見ているらしい。アインシュタインその人（意外にもメディアンではなかったが、ほぼ間違いなく魔法使いだった）は、システム間の関係をのぞいて、現実というものはまったく存在しないといっていた。ほかのみなが見ているもの――幻影、認識、解釈――は、現実の客観的な姿ではなく、つまり逆にいえば、トリスタンには……それが見えるということだ。

トリスタンはある意味で、現実そのものを見ることができた。真の、先入観のない状態を。

　しかし、じっと見れば見るほど、それはぼやけた。

　ある晩遅く、眠れなかった彼はふたたび自分の視覚を試そうとして、マットレスの真ん中にあぐらをかいて座っていた。もちろん彼が使っているのは実際の目ではなかった。それは物を見るなにか別の形で、彼の魔法なのだろうが、まだそれをなんと呼べばいいかわかるところまでは進歩していなかった。たいていは、集中すると物の小さな粒子が見えた。ほとんど埃のようなもので、ひとつに焦点を合わせると、その軌跡が見え、その道をたどることができた。ときには、そこからなにか――オーロラのような、色という形を取った気分のようなもの——を識別することもできたが、それが相変わらずなににもあてはまらないのは、もちろん彼がそれに名前をつけるのに必要な感覚を磨いていないからだった。トリスタンは現実を聞いても嗅いでもいなかったし、間違いなく味わってもいなかった。そうではなくて、むしろその一層一層をはぎ取り、ひとつのモデルとして観察しているような感覚だった。

　ほかのたいていのものがそうであるように、そこには同様の論理的な進展の余地があった。たとえば暖炉で燃えている火がそうだ。いまは気温が下がり、季節は着実に秋へ向かっていたから、トリスタンは光が踊り、影が落ちるなか、空気を暖める炎のにおいを嗅ぎ、薪の上に灰の欠片が舞い落ちるのを眺めながら眠りに落ちていた。彼にはそれが火だとわかっていた。なぜならそれは火のように見えたし、火のようなにおいがしたからだ。彼は経験から、個人的な体験から、それに触れれば火傷をすることを知っていた。彼がそれを火だと知っているのは、それは火だと教わってきたからで、そのことは数え切れないほど証明されてきた。

　しかし、もしそうではなかったら？

　トリスタンが頭を悩ませているのは、その問いだった。特に火に限らず、ほかのあらゆるものについて。実のところ、まさに存在の危機で、もはやトリスタンには客観的に見た事実と、たんにそういうものだと教えられてきたので信じていることとの区別がつかなかった。これがすべての人に起きていることなのだろうか？　かつて世界は平らだった。それは平らだと、あるいは平らだったと信じられていたから、集合意識のなかでは平らだったのだ。たとえそうではなくても。

　それとも平らなのか？

　そんなことを考えているとひどい頭痛がして、どうして誰かがこんな時間に扉をノックしているのだろうと疑問に思うために、考え事を中断することさえしなかった。

「なんだ？」トリスタンは、いかにも彼らしくいった。

「そのすさまじい音を絞ってもらえる？　真夜中よ」パリサが、いかにもパリサらしくいった。トリスタンは彼女がきちんと服を着ていることに気づいた。少し……しわになってはいたが。トリスタンが顔をしかめて見ると、パリサはなかに入ってきて、閉めた扉にもたれた。

「ぼくがきみを起こしたんじゃないのはたしかだな」彼女が誘いに乗って事情を説明するだろうかと思いながら、トリスタンは観察した結果を口にした。

　予想どおり、パリサは説明しなかった。「ええ、あなたに起こされてはいない。でも、たいていの場合、あなたは落ち着いていられるはずでしょう」彼女はそういうと、さらに部屋に入ってきた。

　窓から射しこむ月の光が彼女を照らしていたが、少し心配そうに顔をしかめているのがなんとかわかる程度だった。パリサの表情はすべてがルーヴル美術館に飾れるほど技巧的で、これが初めてではなかったが、このような遺伝的対称性をもたらすとは、いったい彼女の両親はどんな顔をしているのだろう、とトリスタンは思った。

「実のところ、わたしの両親は特に魅力的ではないわ」パリサがいった。「それに、わたしの顔は厳密にいうと左右対称じゃない」彼女はいったん間をおいてから続けた。「胸は間違いなくそうじゃないし」

「知ってるよ」特に気づいていなかったが、トリスタンは彼女にそれを思い出させるのが正しいことのような気がしていた。少なくとも彼がそれを知る立場《ポジション》にあったことを。いくつかの体位《ポジション》で。「それで、それはうぬぼれと取るべきなのか？　それとも謙遜と取るべきなのか？」

「どちらでもないわ。美なんてどうでもいいことよ」パリサは手を振ってその質問を払いのけると、そっと彼に近づき、ベッドの縁に腰かけた。「すべての人の認識力には欠陥がある。彼らは文化的なプロパガンダによって基準を叩きこまれてる。誰が見ているものも本物ではない――彼らがそう認識しているだけ」

またずいぶんと間のいいことだな、とトリスタンは苦々しく思った。彼女のほうは意図的だったのかもしれないが、その瞬間、トリスタンはパリサが自分のどの思考にアクセスし、あるいはしていないのかにこだわる気はなかった。

「どうしたんだ？」トリスタンは彼女に尋ねた。「明らかになにか悩み事があるみたいだな」

「ちょっと発見したことがあるの。たぶんね」パリサは自分の指をもてあそび、無意識に膝をとんとん叩いた。「それを話すことがあなたにとっていちばんの利益になるかどうかは、まだはっきりしないけど」

「ぼくにとっていちばんの利益だって？」

「そう、たしかに、あなたの利益にはならないでしょうね。あなたがそれを平静に受け止めることは、けっしてないだろうから」パリサは目を細めて、ちらりと彼を見た。「いいえ、あなたには話せない」一瞬、間をおいて、彼女は心を決めた。「でも残念ながら、わたしはあなたに信頼してほしい」

「もしかしてきみは、信頼という概念に馴染みがないのかもしれないが」まず間違いなくそうだろうと思いながら、トリスタンは指摘した。「なんの根拠もなしに信頼することはごくまれだ。もし間違っていたら訂正してもらいたいんだが、きみは進んで分かちあう気のないことをたくさん抱えているにもかかわらず、ぼくに盲目的に信じてもらいたいといってるのか？」

「あなたの頭のなかはわかってるのよ、トリスタン」パリサは彼にあらためていった。トリスタンが彼女との親密さに触れたときと同じだが、より確信を持って。実際、パリサは彼を細かいところまで観察していたのに対し、トリスタンのほうはほとんど心を奪われていた。「あなたが平静に受け止めることはないでしょう」

「ああ、素晴らしいな」トリスタンはぶつぶついった。「きみは偉そうにしていてもきれいだ」

パリサがベッドの上を彼のほうに移動したとき、トリスタンはほのかな香りをとらえたが、それは完全に彼女のものだけではなかった。パリサの香水はフローラル系の香りが特徴だったが、その瞬間、そこにほのかなコロンのにおい、なにか男性的でスモーキーなムスクのようなにおいを感じたのだ。トリスタンの元婚約者、イーデンの名誉のためにいうと、彼女はいつもその香りがつかないようにとても気をつけていた。イーデン・ウェセックスはトリスタンが彼女の幻を見抜けることを知らなかったかもしれないが、とても律儀な浮気者だった。トリスタンはそれを、彼女のおもな長所のひとつとみなしていた――実をいうと、いまだにそうみなしている。

「この〈協会〉は」パリサの声にはっとして、トリスタンは本題に引き戻された。「わたしが思っていたのとは違う。彼らはわたしたちに、少なくともひとつ嘘をついてるわ」

ふたたび胸をざわつかせる反発心が湧き起こった。またしてもいつもの責め苦だ。トリスタンは、ここでなければ得られなかったであろう力を〈協会〉が与えてくれているのだと信じたかった。たとえジェイムズ・ウェセックスがあそこまでしても、手に入れられなかったものを。いまパリサはまたしても局面を変えようとしていて、トリスタンの無尽蔵の疑いに燃料を注いでいた。

「それに関してなにか打つべき手があるとは思わない」パリサは素っ気なくいった。「いまのところはね。でも、わたしたちが誰のために働いているのかを知る価値はあると思う」

トリスタンは顔をしかめた。「アトラスのことか？」

「それとも？」パリサは気取った様子で唇をすぼめた。「わたしが掘り起こすべき答えがいくつかあると思うの。でも、それまでのあいだ、あなたは気をつけていないとね」

トリスタンは続けて当惑を表に出したくはなかったが、そうするよりほかになかった。

「ぼくが？」

「カルムはあなたに影響を及ぼしてる。魔法を使っているのかそうでないのかはわからないけど、彼はあなたからなにかをほしがってるわ。そのためには、あなたの目をくらませることなんかなんとも思ってない」

「ぼくは乙女じゃないぞ、パリサ。救い出してもらう必要はない」

彼の虚栄心にとってはあいにくだったが、その言葉は彼女を面白がらせただけだった。

「実際、あなたはまさしく乙女だと思うわ、トリスタン」パリサは手をのばしてきて、彼の頬に触れた。「あなたがカルムを信用していないのはわかってる」パリサはつぶやくようにいった。「まさにそこを、彼に利用されているんだと思うの。カルムは率直な態度を取ればあなたの心に響くと思って、彼の現実を差し出しているけど、あなたは本気で耳を傾けてるわけじゃないんでしょう、トリスタン？ 面と向かって話しているときでさえ、あなたは彼がほんとうだということに耳を傾けていない」

トリスタンは身を強ばらせた。「ぼくが彼を信用していなければ、なにか問題なのか？」

「それはね、たとえ彼を信用していなくても、あなたは彼のいうことを信じているからよ。カルムはあなたがすでに真実だと信じているあらゆる物事を確認してみせることで、あなたの認識に影響を与えてる。彼はあなたになにかを植えつけてるし、わたしは心配なの」

パリサは親指で彼のあごをなで、唇の上で浮かせた。「わたしは心配なの」彼女はもう一度、今度はさっきより静かにいった。

トリスタンが反射的に感じたのは、パリサの優しさに対する不信感だった。

「彼はなにをした？」トリスタンは尋ねた。「なにをすれば、きみをそんなに動揺させられるんだ？」

「わたしは動揺したんじゃない。落ち着かなくなったの」パリサは身を引いた。「それにどうしても知りたいならいうけど、彼はあの幻術師を説得して自殺に追いこんだのよ」

トリスタンは顔をしかめた。「だから？」

「だから、わからない？ 彼の武器はわたしたちなの。わたしたちの信念、わたしたちの弱さ、彼はそれを、わたしたち自身に向けることができる」窓から射しこむかすかな光で、パリサの口元が引き締まるのが見えた。「彼はわたしたちがしまいこんだままにしている魔物を見つけて解き放つんだから、わたしが自分の魔物を彼に見せたがるはずがないでしょう」

「わかったよ」トリスタンは曖昧に調子を合わせた。「しかしきみには同じことができなかったのか？ きみは心を読むことができる。ぼくらはきみのことを、同じ疑いの目で見るべきなのか？」

パリサが興奮して立ち上がった。

「なにができるかと、それをどう使うかは別問題よ」彼女はぴしゃりといった。

「そうかもしれない。でも、もしぼくに信じてほしいのなら、その根拠を示してもらわないとな」トリスタンは指摘した。「そうでないと、きみとカルムがどう違うのかわからないじゃないか」

彼をにらみつけたパリサの視線はあまりに鋭く、トリスタンはその刃に切りつけられるのを感じた。

「カルムはあなたが必要なわけじゃないのよ、トリスタン。あなたがほしいの。なぜそうなのかは自分の胸に訊いてみるべきね」

そういうとパリサはトリスタンの部屋からそっと出ていき、四日のあいだ彼と口をきかなかった。

だからといって、トリスタンはそのことをたいして気に病んではいなかった。気まぐれな女たちの沈黙は、彼の人生においてはあまりにありふれたことだったし、どのみち彼には、なにがパリサに……警告（それとも脅しか？）しようと思わせたのかわからなかった。彼女がなにをほしがっていたのかはよくわからなかったが、トリスタンは彼女がそれを手に入れていないことを内心喜んでいた。彼は人々が望むものを与えるのが嫌いで、意図せずに与えてしまうのは特にいやだった。

それにトリスタンは、別のことにひどく気を取られてもいた。いま彼らは中世の魔法使いたちによるタイムトラベルの試みからはじまって、時間に関する多くの理論を扱っている最中で、どういうわけか、常人の寿命をのばそうとした有名なヨーロッパの試みについてまで話しあっていた。トリスタンの頭のなかでは、時間という概念は歴史や錬金術の失敗ではなく、物理的魔法の分野で扱われるべきものだった。ひょっとするとその課題は、彼らが歴史上の別の魔法時代により多くアクセスできるようにするための、ただの口実だったのかもしれない。

トリスタンは個人的に、本題から密かにどんどん離れはじめ、みなで読んでいた宇宙の構造に関する古文書で彼自身の研究を追求したあとで、解明されていないと感じた謎に引き返していた。なぜ彼らのワームホールは時間のなかをうまく移動できなかったのだろう？　時間に影響を及ぼすためには、ほんとうにもっと多くの魔法が必要だったのか、それとも単純に取り組み方が正確ではなかったのか？　一度その答えを引き出そうとして、ダルトンがマゼランと若さの泉についてぼそぼそしゃべりつづけているあいだ、ノートに殴り書きをしていたことがあったが、なにも出てこなかった。

つまり、リビーが彼を見つけ出すまではなにも。

最初は、彼女が意識的にトリスタンを捜していたのかどうか、よくわからなかった。たんに夕食のあと、天井画の間で偶然見かけただけで、急いで立ち去るものと思っていた。だが、偶然出くわしたように思えたのは、実際には彼女がそこにいるのを自然に見せようとしたことのよくある副作用にすぎないことがはっきりしたため、トリスタンは彼女がなにをいいだすのかと目を上げた。

「ちょっと思いついたことがあるの」リビーがいった。

トリスタンは待った。

「というか、ヴァローナとわたし、ふたりで考えたんだけど。つまりね、思いついたのはわたしだってこと」リビーは急いではっきりさせた。「でも、それを試すためには彼が必要で、それで、その、あなたが聞いてくれるかどうかわからないけど、この前あなたが描いてたものに気づいて――のぞき見してたわけじゃなくて、わたしはただ……ああ、ごめんなさい」彼女はそのひと言で、話の慈悲深い締めくくりになっていたかもしれないことを台なしにした。「そんなつもりは――ええと、なにがいいたいかっていうと――」

「さっさというんだ、ローズ」トリスタンはいった。いま彼は、まさになにかをつかめそうなところにいた、ことによると（おそらく違うだろう、と彼の脳が注意を促した。希望的観測だ）。「一日じゅう待ってはいられないぞ」

「そうね、ええ、わかった」頬を猛烈に赤らめたものの、リビーはさらに近づいた。「わたしと一緒に……なにかやってみることは可能？」

トリスタンは、考えてみてもいいというつもりで彼女を見た。もしリビーがそれに取りかかって、自分をひとりにしておいてくれるなら——そうしてくれさえするなら。

「それじゃあ」リビーは咳払いをしていった。「これを見て」

彼女はポケットから小さなゴムボールを取り出して放り投げ、三度弾ませてからその場で静止させた。

「今度は動きを反転させるから見てて」

ボールは三度後ろ向きに弾むと、彼女の手にすっぽり収まった。

「なるほど」トリスタンはいった。「それで？」

「ひとつ仮説があるの。いまのはあなたの目には、わたしとは違ったふうに見えたんじゃないかって。わたしの目には、前でも後ろでもまったく同じように見えた。十秒前に戻ることができても、ボールを投げる前と変わったところにはなにも気づかないと思う。でもあなたなら」リビーは続きを飲みこんで、待った。

トリスタンは考えた。

「もう一度やってくれ」彼がいうと、リビーの表情がたちまち緩んだ。トリスタンが実際になにかに気づいたか、それとも、少なくともそれを彼に気づかせる機会を自分に与えてくれたのかもしれないと思って、ほっとしているのだろう。

リビーはふたたびボールを投げて三度弾ませ、静止させた。

それからさっきと同じようにボールを呼び戻し、手で受け止めた。

「なにか見える?」

見える。口では説明できなかったが、なにか違和感をおぼえる要素があった。ボールのまわりに、かろうじて目に見える程度の素早い動きがあったのだ。

「ぼくになにが見えると思ったんだ?」トリスタンは尋ねた。

「熱よ」リビーの呼吸が速くなっていく。明らかに興奮していた。実に子どもじみている。

「どういうことかっていうとね」彼女の唇から言葉があふれ出した。「わたしが読んだ本にはどれも、時間は重力とほとんど変わらない可能性があるって書かれてたの。物が上下に動くのは? 重力。物が前後に動くのは? もちろん次元によるけど、力――でも、いくつかの点に関しては時間でもある。もし時計が止まっていて、なにも変化が起きていなければ、わたしがボールの動きを反転させたとき、時間そのものを逆行させたんじゃないという物理的証拠はないでしょう。わたしたちがタイムトラベルをしてないことを知る唯一ほんとうの方法は――自分たちがそんなことはしていないっていう理解を信じるなら別だけど」彼女は実験の補足をするように、部屋をぐるっと身振りで示した。「ボールが床にぶつかることで発生した熱なの。そしてその熱は失われることはない。ボールが弾む熱エネルギーはどこかにいくはずだから、それが消えていないかぎりわたしたちは時間をさかのぼっていないことになる」

「なるほど」トリスタンはゆっくりといった。「それで？」

「それで――」

彼女は止まった。

「それで……なんでもない」リビーは少ししょげて話を終えた。「わたしはただ――」彼女はためらい、ふたたび言葉を切った。「ねえ、もしあなたに熱が見えるなら、時間も見ることができると思わない？」彼女は切り下げた前髪をそっと脇へ寄せながらいった。

「もしあなたが見ているものが、よりいっそう具体的なものなら――電子やなにか、それとも量子そのもの――次の段階は、それを操ることになる。わたしはずっと考えてたの」

ふたたび勉強熱心なリビーに戻ると、彼女はつまらない不安を一時的に忘れて打ち明けた。

「あの幻のこと、あのメディアンをわたしが――」

〝殺したときのことだけど〟といいかけて、リビーは咳払いをした。

「あなたは自分に見えているものをわたしに教えてくれた」彼女はいいたいことをはっきりさせた。「そしてわたしはその情報を、周囲の状況を変えるのに利用した。だから、もしそのときがきて、あなたが自分の見えているものをわたしに教えてくれれば――」

「きみはそれを利用することができる。変化させられる」トリスタンはしばらくじっくり考えた。「操れる？」

「それはあなたがなにを見ているかによると思う」リビーは注意深くいった。「でも、もしあなたの能力に対するわたしの理解が正しければ、もしあなたが時間の物理的構造を特定できるなら、そういうことになる。わたしたち、どうにかしてそれを操れるはずよ」彼女は息もできないほど舞い上がっていた。問題がもう少しで解決しようとしていることにわくわくしている。

「だけど、もしあなたが忙しいんなら」リビーはまごついたように瞬きし、いいなおした。

「いつでもまた別の機会に試せる――」

「ローズ、黙るんだ」トリスタンはいった。「こっちにこい」

リビーは明らかにとても喜んでいて、彼の命令口調にわざわざ反発することもなく大きな棚の横にあるテーブルのところにやってきて、彼と並んで座ろうとした。トリスタンは彼女を制して立ち上がると、自分の椅子に座るよう身振りで示した。

「きみは座るんだ。ぼくはきみの後ろに立つ」

リビーが彼の席に滑りこんでうなずくと同時に、トリスタンは再度集中した。

この特別な魔法がどういうものであれ、彼が懸命に集中すると、対象物の粒子は粗くなった。目を細めるのと同じように集中すると、顕微鏡のレンズでズームしたようになるのだ。対象物の輪郭はいっそうぼやけたが、どんどん小さな物が見えてきた。何層にも重なった動きが、近づけば近づくほど速くなる。

「きみが重力を操るとき、それはどんな感覚なんだ？」

リビーが目を閉じて片手を差しのべた。

そして掌を押し下げた。その圧力に、トリスタンは膝をつきそうになった。

「波みたいな」リビーが遅ればせながら説明した。「目に見えない流れに物が漂ってるみたいな感じ」

トリスタンは、時間は直線的なものであるという己の理解を思い起こし、それについて考えを巡らした。考え違いをしていた可能性があるのはどこだ？　それは時間が直線的だというところだろう、と彼は思った。それは前後に動くものだった。順序立っていた。熱のような概念とは無関係だ。

あった——先入観を捨て去ったとき、それが見つかった。それは簡単にそうとわかるくらい一定したペースで動いている唯一のものだったが、部屋全体で見ると、そのペースは高さによって様々だった。上へいくほど速くなり、下へいくほどゆっくりになる。天井がいちばん高くなっているところの近くにある壁掛け時計とはずれがあったが、リビーの近くでは規則的だった。鼓動と同じくらい規則的だ。トリスタンにはそれが見え、あるいは感じられ（いずれにせよ、彼はそれを体験していた）、リビーの髪が女の子っぽく外に跳ねて肩のてっぺんをなでているあたりで、一分間にちょうど六十回だろうと推定した。彼女の髪は前より長くなっていて、彼らがここに着いて以来、少なくとも二、三センチはのびていた。

トリスタンは手を前にのばしてリビーの腕に置き、動きのパターンに合わせて軽く叩きはじめた。

「この部屋になにか、こんなふうに感じるものがあるか？」トリスタンは尋ねた。

リビーはふたたび目を閉じて顔をしかめた。それから彼の手を取って自分の鎖骨の真下に引き寄せ、胸骨の上にのせた。動揺した彼のリズムがわずかに狂い、指がむき出しの肌をかすめた。

「ごめんなさい。どこか感じられる場所が必要なの」

たしかに。こうすれば彼女の胸に響くだろう。

トリスタンは探していた正確な拍子を見つけ、ふたたびパターンを刻みながら待った。さらに十回、二十回とメトロノームのように叩き、それが四十回ほどに達したとき、リビーの目がぱちりと開いた。

「見つけた」彼女がそういって、一度手を動かすと、トリスタンが見ていたパターンが静止した。

信じられないことに、なにもかもが静止していた。

壁の時計は止まっていた。トリスタン自身、呼吸の動きが一時的に止まっており、血管のなかの血もそうなのではないかと思った。なにも動いていなかったが、なぜか彼にはまわりが見え、あるいは感じられ、連れていかれた空間で自分自身を新たに体験していた。彼の手はまだリビーの胸に置かれたままで、親指は彼女のシャツの襟の下にあり、もう叩いてはいなかった。彼女の顔には最高に奇妙な表情が浮かんでいた——笑顔に近いが、なぜかもっと高らかなものだ。それは立ち直る力、勝利の喜びに燃えており、やがてトリスタンは状況を理解した。彼女は意図して、技を用いてこれを行っていた。

彼の助けを借りて、リビー・ローズは時間を止めていたのだ。

彼女が瞬きすると、なにもかもが元の場所に戻り、全速力で動きだした。それはほとんど確認できない程度の時間の遅れ、一瞬の抵抗にすぎなかったが、たとえそうだとしてもリビーの額には汗が浮かんでいた。彼女はなんの犠牲も払っていないわけではなかったのだ。

興奮したリビーはくるりと彼を振り向きながらあまり早く立ち上がろうとしすぎて、倒れこんだ。トリスタンが片方の腕を脇腹にまわして抱きとめてやると、リビーは彼の肩をつかんで支えにし、まっすぐ立とうともがいた。

「ニコがいればもっとやれたわ」リビーは虚空を見つめていた。彼の胸を、だが同時に虚空を。大量の思考をじっと見つめ、なにかを素早く計算している。どうすれば再現できるのか、どうすればもっと長く、あるいはもっとうまくできるのか。「ひとりでは持ちこたえられなかったけど、もし彼が、それとももしかしてレイナがいれば……そしてまずあなたがその動き方を見せてくれたら、ひょっとしてわたしたち――そうね、もしわたしがちょっとだけ……クソっ、そうすれば――」

「ローズ」トリスタンはため息をついた。「聞くんだ――」

「まあ、正直いって、わたしたちになにができるかはわからないけど」リビーは不安げに告白した。「もしこれが時間の動き方だとしたら、なにもかもが少し違ってくるんじゃない？ もし時間が力で、ほかのものみたいに測れるなら――」

「ローズ、聞くんだ――」

「――少なくともわたしたち、それをモデル化できるんじゃないかな？ つまりね、もしそれが見えるんなら――」

「ローズ、頼むから！」

リビーははっと顔を上げ、トリスタンが（当然腹を立てているのだろう）じっと見下ろしていることに気づいた。

「ありがとう」トリスタンはそういうと、いらいらと息を吐き出した。「まったく、クソっ。ぼくはただ、きみに礼をいいたかっただけなんだ」

リビーの恐ろしくみっともない前髪はどうしようもないほど長くのび、目にかかるほどになっていた。彼女はそれを片手で払い、あごをわずかに引いた。

「どういたしまして」彼女は小さな声でいった。

それに続く沈黙は、ほんとうにめったにないことだったが、トリスタンがふだんは嫌っているものに満ちていた。ふわふわとして大げさな、感謝のようなものだ。なぜかといえば、いま彼はリビーが証明してみせてくれたおかげで、まったく想像もしたことがなかったことを理解していたからだった。リビーは、彼の持っているものが視覚障害であろうと狂気であろうと、まだどうにかして利用できることを証明してくれていた。たしかに彼はものを見るためのレンズにすぎないかもしれないが、照準器であり、必需品だった。彼がいなくては、リビーはそれを見ることはできなかっただろう。彼がいなくては、リビーはそれを行うことはできなかったのだ。

たまにはなにかの歯車になって実際に回転してみると、それは実にほっとする感覚だった。

「これはどういうことかな？」彼らの後ろから声がして、ぎくりとしたトリスタンはすぐに彼女を離して一歩下がった。「妙だな」カルムがそういいながらぶらぶらと部屋に入ってくると、リビーは慌てて後ろの椅子を手探りした。「宿題をやってるのか、子どもたち？」

トリスタンはなにもいわなかった。

「もういかなくちゃ」リビーはもごもごと答えると、うつむいて扉に急いだ。

彼女が去っていくのを見送って、カルムは忍び笑いのようなものを漏らした。

「想像できるかい？　あんなふうになるなんて。生まれながらにしてあれだけの力を持っていながら、それでもまだ足りなくて、部屋から逃げ出したくてたまらないんだから。考えてみれば悲しいことさ」カルムは空いている椅子のひとつを引いて、どさりと座りこんだ。「ほんとうに誰かが彼女から力を取り上げて、有効に使うべきだな」

リビーがたったいましたことを説明しても、カルムの考えが変わることはなさそうだった。むしろそれは、彼の主張の正しさを証明する役に立つだけだった。「少なくとも彼女は手加減しなかったよ」トリスタンはいった。

「彼女がかい？　まるっきりその逆だろう、ケイン」カルムはまだ笑みを浮かべていた。あいにく彼のリビーに対する評価がどれだけ低くても、その上機嫌を抑えこむにはまるで不充分だった。「興味があるのか？」

「彼女に？　まったくないね」トリスタンはリビーが座っていた椅子に滑りこんだ。「だが、なぜ彼女が選ばれたのかはわかる」

「ぼくはむしろ、きみがまだそのことに疑問を抱いているのが信じられないよ」カルムがいった。「『なぜ』が、ほんとうにそれほど重要なのか？　きみの個人的な陰謀好きは別にして、ということだが」

　トリスタンは彼に視線を滑らせた。「きみは不思議に思わないのか？」

「思わないね」カルムは肩をすくめた。「〈協会〉にはぼくらを選んだ彼らなりの理由がある。重要なのはぼくの選択だ。なぜ彼らのゲームにつきあうのか」彼はふたたびちらりと笑みを浮かべてつけ加えた。「ぼく自身のゲームができるのに」

　カルムはあなたが必要なわけじゃないのよ、トリスタン。あなたがほしいの。パリサの声がトリスタンに注意を促した。**なぜそうなのかは自分の胸に訊いてみるべきね。**

「また疑っているんだな」トリスタンからなにを読み取ったにせよ、カルムは表向きは嬉しそうだった。「実際、すがすがしいね。ほかの連中はみんな、このぎくしゃくしてばかりで不安定な神経に障る周波数を発してるが、そこにきみがいる。安定した、心地よい土台がね」

「それで、それはいいことだと？」

「瞑想みたいなものさ」カルムは目を閉じ、椅子に深く沈みこんだ。深く息を吸いこみ、それからゆっくりと目を開く。「きみのオーラは」彼はゆっくりといった。「実にきらびやかだな」

　トリスタンは目を丸くしてみせた。「なにか飲むか？　一杯やりたい気分なんだ」

　カルムはひとつうなずいて立ち上がった。「なにを祝うんだい？」

「ぼくらのはかない死すべき運命を」トリスタンはいった。「ぼくらがいずれ必然的に混沌と塵になることを」

「厳しいな」カルムは嬉しそうにいって、トリスタンの肩に手をまわした。「ローズにはいうなよ。さもないと、ところかまわず腐敗させはじめるからな」

　黙っていられず、トリスタンは尋ねた。「もし彼女が、きみが思っているよりタフだったらどうする？」

　カルムは素っ気なく肩をすくめた。

「ちょっと興味があるんだよ」トリスタンは意図をはっきりさせた。「もしそうならきみは喜ぶのか、それとも実存的絶望の渦に落ちこむのか」

「ぼくが？　ぼくはけっして絶望はしない。間違いなく驚くことはない」

これが初めてではなかったが、人々の本質を正確に推しはかる能力がいかに危険な資質にちがいないかについて、トリスタンは考えていた。ある人の真の姿を、その人の明るさも闇も、その輪郭をぼかしたり存在に意味を持たせたりする認知という欠点なしに理解する才能というのは……落ち着かないものだった。

神の恵みか、それとも呪いか。

「そしてもしぼくがきみを失望させたら？」トリスタンは挑発するようにいった。

「きみはいつでもぼくを失望させてるじゃないか、ケイン。だからぼくはきみのことが大好きなのさ」カルムはそうつぶやきながら、トリスタンを手招きして、より上等なヴィンテージもののスコッチのボトルが置いてある図書室に向かった。

ニコ

エイリフが彼のバスルームに現れたということは、当然、結界になんらかの穴があることになる。魔法というのは、それほど簡単に穴や丈夫さといった物理的な問題に単純化されるものではないが、どう考えても、〈協会〉から人々を閉め出しておくことを意図した結界には、まさにそのことが原因となった欠陥があるにちがいなかった。すなわち、それは人を対象にしていたのだ。ニコの考えでは、エイリフは人ではなかった。

少なくとも図書館の書庫は、ようやくなんらかの関連性があるものを提供してくれるようになっていたが、それはクリーチャーとそれぞれの魔法に関するただの入門書で、その内容を完全に把握するにはレイナのルーン文字と古代の言語学の知識が必要だった。それをテーマにした最近の論文がないのは、狩猟や密輸、そして「学術研究」によって、時がたつにつれてクリーチャーの数が少しずつ減少していたからだ。減りつづける魔法種を保護するというメディアンの怪しげな保護活動（つまり登録と追跡）は、ギデオンによれば、当のクリーチャーたちからも大いに疑いの目で見られるようになっており、ほとんどのものたちは（彼の母親がそうしたように）社会の主流から取り残されたほかの魔法の源——メディアンの政策が向きあわなかった人々——と手を組む道を選んでいた。

　貧困、脱植民地化、学校から刑務所への直通パイプライン、世界的難民危機……人間でありながら制度的に見落とされるのは、かなり問題だった。海の生態系の変化によって、エイリフのような現代の人魚が活躍の場を通常の海に限定することを拒むのも、無理はないだろう——ギデオンの父親がなにをたくらんでいたかはいうまでもない。

「彼は死んだか、隠れているかだな」ギデオンは前に一度、ニコに説明してくれたことがあった。「連絡があるとは期待してないから、どっちだってかまわない。きっとおれには、世界じゅうにいろんな種に属するきょうだいがいるんだろう。彼が誰も認知してないのは間違いないな」

　ギデオンはその可能性についてまったく感情的にならず、事務的な調子でいったので、ニコはあえてそれ以上尋ねようとはしなかった。父親の異種交配に対する病的な執着をつけ加えなくても、ギデオンはすでに心理的トラウマを山ほど抱えていたから、むしろ父親の不在はおそらく祝福だった。母親のほうは、息子を捜す理由がまったくといっていいほど母親らしくないものであることを考えると、すでに充分問題だった。

子どもの頃、ごくたまに母親が里親の家に現れると、ギデオンは単純にいわれるままにしていた――ベッドに入れ、このちょっとした装身具を誰かから取ってこい、これをほかの誰かに渡せ。ギデオンは与えられた務めのことも、自分たちが誰のために請け負っているのかも詳しくは理解していなかったが、被害者たちは次第に彼のことを子ども扱いしなくなり、大人のように狩り立てはじめた。ギデオンの話では、人は頭のなかからなにかを盗まれると狂ったようになる傾向があった。彼はもうそれには関わりたくなかった。いったん夢の領域でエイリフの「使い走り」をするとどうなるかに気づくと、ギデオンはそれをやめた、あるいはやめようとした。当然エイリフはギデオンの人間らしさ（死の可能性はともかく）を、干渉しない理由として受け入れることはなかった。

エイリフは、ひいき目に見ても不気味にのしかかるお荷物、最悪の場合は導火線に火のついた爆弾であり、だからこそニコのいちばんの関心事は、いつものようにギデオンの母親を閉め出すことだった。いったん〈協会〉周辺の安全が確保されれば、ニコは重大なセキュリティ違反の責任を負う心配をせずに、ギデオンが抱えている残りの実存的亀裂の研究に注意を戻すことができる。

レイナなら正確に訳してくれると信頼してルーン文字の翻訳を頼んでおきながら、ニコは珍しい課外研究に手を出す理由を説明するはめにならないことを願っていた。そしてレイナは、例によってほとんど説明を求めなかった。

「わたしの知るかぎりでは、魔法は魔法」彼女は天井画の間で目を通していたページから、ろくに目を上げもしなかった。彼女は椅子の上に正座して、まるで誰かにひったくられるかもしれないと恐れているかのように、体全体で本を包みこむようにしていた。「ほとんどのクリーチャーが持つ遺伝的特徴は、サルと人間の違いと変わらない。ただの進化的な差異の問題、それだけ」

「突然変異か？」

　レイナはわずかに目を細めて顔を上げた。「遺伝子の、という意味？」

　常軌を逸したことをいっているかもしれないとほのめかされて、ニコは苛立った。「もちろんだ」もしかすると彼の返事は、必要以上にむきになっていたかもしれない。

「かっかすることはない」レイナは無表情にいうと、ページに注意を戻した。「魔法の能力の違いは、利用法の慣習的形式にあるみたいだね」ページに目をさまよわせていた彼女の動きが、ほんの一瞬止まった。彼女が横目で見たのは、廊下のどこかで口答えをしている植物だろう、とニコは思った。「たしかに」レイナはおそらくその植物に、不機嫌そうに譲歩したが、視線は上へ滑らせて、いかにも勉強熱心な様子でしげしげとニコを見た。

「それはより小さい」

ニコは顔をしかめた。「なにが？」

「その――」レイナは間をおき、小声で悪態をついた。と、彼は思った。「出力が」ついに彼女は頭のなかにある多言語の辞書のどこかから、その単語をひねり出した。

「使用量、力、言葉はなんでもいいけど。クリーチャーが生み出すものはより少ない、というよりはむしろ、むだが少ない」

「むだ？」

「トリスタンに訊いて」

「トリスタンになにを訊くの？」

リビーの声にニコがくるりと振り向くと、彼女は天井画の間の戸口で入ろうか入るまいかとぐずぐずしていた。

「なんでもない」とニコがいったのと同時に、「人間がどれだけの魔法を生み出すか」とレイナがいった。

「人間」リビーは急に興味を示し、そう繰り返しながら入ってきた。「それはなにに対して？」

「**なんでもない**」ニコが今回はさっきより強めに繰り返すと同時に、レイナは本に注意を戻しながら瞬きもせずにつぶやいた。「クリーチャー」

　リビーは期待を込めてニコに目を向けた。「クリーチャーって、ヴァローナ、ほんとに？　ほとんど関係ないみたいだけど」

　彼女の眉がうっとうしい前髪の下で弧を描いており、ニコははっきりいってそれが大嫌いだった。彼女が詮索好きなのと、そこまでわかりやすく疑いの目でじっと見られるのとは、まったく別のことだった。

　いったい彼女は、今回ニコがなにを台なしにすると期待しているのだろう？

「ちょっとたしかめたいことがあったんだよ」ニコは彼女がひどくいやがるのがわかっている、猛烈にいらいらした口調で曖昧に答えた。しつこくそうやっていれば、彼女があっさり立ち去ってくれる見込みは常にあった。

「そうなんだ、それでトリスタンがそれにどう関わってるの？」

　クソっ。明らかに彼女は、すっかり好奇心をそそられていた。

「ぼくにはさっぱりだな」ニコは言い返したが、まずいことに、レイナがついに自分で説明することを思い出すにはそれで充分だった。

「トリスタンは魔法が使われているのを見ることができる」彼女は黒髪のカーテンの陰からいった。

「どうして知ってるの？」そう尋ねたリビーの口調は、ニコの耳にはむだに非難がましく聞こえた。まるでレイナとトリスタンが週に一度のブランチかなにかをしながら、自分たちの私生活や秘密の願いを話しあっているのではないかと憤慨しているかのように。

「観察」レイナは答えた。ニコならリビーに、それがわかりきった答えだといったかもしれない。レイナは口数が少なく、多くのことを見ていたが、ニコが彼女のことでいちばん好きなのは、自分が見たもののほとんどを基本的にどうでもいいこととみなし、それゆえ議論の価値はないと考えるところだった。

　リビーとはまったく正反対だ。

「トリスタンには」レイナは続けた。「使われている魔法が見える。さっき説明しかけてたみたいに」彼女は大げさにニコに目をやって、さっきの話題に戻ることをほのめかした。「クリーチャーは自らの魔法を、より洗練されたやり方で使ってる。メディアンによる研究では初歩的とみなされてるけど、それは学問的なエリート主義ね」ニコが肩をすくめて無言の同意を示すと、レイナは続けた。「クリーチャーは自分の魔法をよりうまく、より効率的に使ってる。それは――」また語彙を探すための間。「より薄い。範囲が狭い。糸のように紡がれ――」さらに間。「煙とは違う」

「たしかトリスタンは前に、魔法を表現するのに『漏れ』という言葉を使ってたと思う」

リビーは考えこんで独り言のようにつぶやいた。「もっと詳しく説明してくれるように頼むことはできるだろうけど」

トリスタン・ケインにしかめ面をしたりぼそっと皮肉をつぶやく以外のなにかを頼むことを考えると、もともと辛抱強くないニコは我慢の限界に達した。

「だめだ」彼は嚙みつくようにいった。もしレイナが全身で守っていなければ、彼女の手から本が呼び寄せられ、飛び出していたところだ。「これはきみとは関係ないことだ、ローズ」

リビーはむっとした。「だったらなにと関係あるわけ？」

「なにも」ギデオンだよ。「ぼくがきみを必要とすることはなにもないのはたしかだ」

リビーが目を細めた。それに対してレイナは、いっそう断固として本を抱えこみ、これからどうなろうと興味はないし手を貸すつもりはいっさいないことを、ふたりにはっきり示した。

リビー・ローズと頻繁にやりあってきたニコは、より大きな爆発の危険が迫っているのを察知して、本のことはあきらめることにした。彼はいきなり立ち上がるとくるりと向きを変え、苛立ちをしっかり抑えつけてリビーの横を大股に通り過ぎ、階段のほうへ向かった。これまでは図書館の助けがなくても、ひとりで充分うまくやってきたのだ。彼はこれ以上議論はせずに、単純に結界の問題をなんとかするつもりだった。

いや、そうはいかないか。彼の背後で、リビーの揺るぎない足音が断固として鋭く響いていた。

「ヴァローナ、もしなにかばかなことをしようとしてるんなら――」

「まず第一に」ニコがそういいながらいきなり振り返り、よろけたリビーが彼にぶつかった。「もしぼくがなにかばかなことをする選択をしたとしても、その件できみの意見を求めることはないだろう。第二に――」

「退屈だからってだけで、むやみにおもちゃを持って走りまわるわけにはいかないのよ」リビーは落ち着いた大人の女性のような口調で、疲れ果てたように言い返した。まるで彼の母親か後見人のような口ぶりだったが、断じて違う。「もしなにかであなたが必要になったら？」

「なにかって？」

「わからない。なにかよ」リビーは腹を立てて彼をにらみつけた。「ひょっとすると理にかなってるかもしれないわよ、ヴァローナ。単純にそれがばかなことだから、ばかなことをするべきじゃないっていうのはね。それとも、どういうわけかそれは計算で求められないわけ？」

「もしぼくが退屈してるなら、きみは間違いなく退屈してるな」ニコは非難がましく言い返した。自分が必要以上にじわじわと意地悪くなっているのを感じたが、いつものようにギデオンのこととなると、冷静でいる能力は持ちあわせていなかった。「きみが認める気がないからっていうだけじゃ、それが事実だってことは少しも変えられないぞ。それにぼくがどんな悪いことをするか見てやろうとしてあとをつけまわすのは、ちょっとわくわくするんだろう？」

「わたしは」リビーはかっとなって答えた。「あなたをつけまわしてなんかいない。わたしは自分を有効に活用してる。わたしたちが学んでいる研究を利用して可能な範囲で応用してるし、それこそあなたがやってるべきことでしょう」

　リビー・ローズのくせに、ニコが第一にやるべきことを知っていると決めてかかるとは、話にならないくらい度を越していた。「へえ、ほんとか？　きみは実にご立派だな。実に学者らしい」ニコは哀れっぽいばかにした口調でまくし立てながら、彼女の頭をなでようと手をのばした。「いい子だな、ローズ――」

　ローズが彼の手をはたき、彼女の抑えのきかない火花のせいでふたりのまわりの空気がパチパチ音を立てた。「いいからなにをたくらんでるのか教えなさい、ヴァローナ。あなたがちょっと頼めば、わたしたちはより早く取りかかれる――」

「なにを頼むって？　協力か？」

　リビーは黙った。

「これまできみがぼくに協力を求めたことがあったか、ローズ？」ニコは自分の声がどれだけ薄っぺらで懐疑的に聞こえるかを自覚しながら、言い返した。「ひとつ合意に達したからって、もうぼくらが別の人間になったわけじゃない。それともきみは、ぼくらがまだ競争してる最中なのを忘れたのか？」

　そういった瞬間、ニコは後悔した。そんなことをいうつもりはなかったのだ。リビーを敵にまわす必要はほとんどなかったし、入会のために必要なことは別として、どんなことにでも対抗意識を燃やして時間をむだにすることは、間違いなく望んでいなかった。しかしリビーに彼の個人的問題に首を突っこませるわけにはいかなかったし、今回のことでは、彼がどういうわけで素行の悪い人魚をうっかり屋敷に入れてしまったのかと、説教をされるはめになるのは避けられず、そんなものはいっさい聞きたくなかった。それが短時間ですむとは思えないし、そのあとには延々と質問が続くことになるはずで、彼はそのどれにも答えるつもりはなかった。

「それじゃあ、それがあなたの考える同盟ってことね」リビーの声は怒りのあまり平板だった。

いや、怒りではない。なにかもっと苦く、より悪意の少ないものだ。

冷たい悲しみ。

「これがなにか別のものだっていうふりをするのはよそう」ニコがそういったのは、すでにダメージが与えられてしまっていたからで、彼女が許してくれるとは思えなかった。

「ぼくらは友だちじゃないんだ、ローズ。一度もそうだったことはないし、これからもそうだろう――それに」彼は容赦なく罪悪感と混じりあった苛立ちの爆発に屈して、つけ加えた。「ぼくは単純に、きみに放っておいてくれと頼むことはできないから――」

リビーはくるりと背を向けて立ち去り、その顔に最後に垣間見えた表情はうつろな失望だった。彼女が階段を下りて急に角を曲がり、視界から消えるのを見守っていると、ニコの頭のなかでギデオンの小さな舌打ちが響いた。**ローズとは仲良くやってるか？**

いいや、そんなわけないだろう、とニコは自責の念に駆られて考えた。なぜならたんに存在するだけで彼に力不足を感じさせられるような人間は、この世にいないのだから。かといって、徹底的に自分を貶めずに、彼女にそれを認めることができるわけではなかったが。

それにだ。彼には修復を必要とする結界があった。

ニコはかっかしながら階段の残りを滑るように上がり、バルコニーに出ると、寝室とは反対の方向に曲がった。邪魔されずに仕事をするためのプライバシーが必要だったし、だとすれば一階ではだめだ。幸い上の階には誰も足を踏み入れたことがない、がらんとして壮大な、必要のない場所がたくさんあった。ニコは東棟にある金ぴかの客間のひとつ（そこはとうの昔に、貴族的なカードゲーム、あるいはなんにせよイギリス人が客間に求める目的のための場所ではなくなっていた）に閉じこもり、部屋の暖炉の前を気をつけて行ったり来たりするという作業に取りかかった。

つまるところ結界は格子状で整然としていたから、不自然な箇所を調べるのは簡単で、ぱっと見たかぎりではなにも異常はなかった。彼ら六人はセキュリティシステムの構造を球状に設計していて、その内部では目の細かい魔法の防御の布地が〈協会〉とその書庫を覆い隠していた。物理的な侵入は屋敷のまわりの手直しされた力の殻によって簡単に食い止められるだろうし、その一方で実体を持たない魔法的な侵入は、パリサがいつもほのめかしている流動する感覚を織り上げた内部システムによって感知されるようになっていた。

それならエイリフはどうやってそれらをすり抜け、ニコのバスルームにたどり着いたのだろうか？

おそらく配管をチェックするのがいちばんだろう。

ニコは顔をしかめて目を閉じると屋敷の配管を念入りに調べ、その縁を手探りして、彼自身の、あるいはおそらくリビーのものとわかる魔法の縦糸を探した。魔法の指紋という観点からいえば、彼らの特徴はほぼ一致していた。ひょっとしたら同様の訓練を受けた結果かもしれない。ニコはまたもや罪悪感、あるいは苛立ち、それとも嫌悪から不機嫌になり、肩をすくめてそれを追い払うと、さらに集中しよう、場合によっては集中を緩めようとした。直感的にいって、どの特定の魔法の要素が彼のものかは問題ではなかった。リビーのもの、あるいは彼自身のものは、ちょうど同じだけ従順に反応し、誰がかけたかには関係なく、技術によって制御されるだろう。

　案の定、より詳しく点検すると、気泡や傷、セキュリティの質を落とすちょっとしたものが、ニコが感じたところでは配管のまわりに、それからさらに詳細に点検すると、壁のなかの絶縁層のあいだにも、たくさん見つかった。人間がそのひび割れから肉体的に出現できるほどではなかったが――体の圧縮は困難な作業で、考え得るどのような侵入を成功させるにも、その前に屋敷内部の感覚的結界を作動させてしまうだけのエネルギーが必要になる――エイリフにとって、あるいは侵入を試みるほかのなんらかのクリーチャーにとってはどうだろう？　ことによると、レイナが力の洗練についていっていたことがほんとうならば。これまでエアダクトやほかの侵入方法がけっして軽視されてきたわけではなく、今回の場合、ニコには彼らが張った結界の下で酷使された屋敷の基盤が、魔法によって、硬水によって、ほかのなんであれ時がたつにつれて金属を腐食させるものによって蝕まれているのが感じられた。彼はたいした修理工ではなかったが、もしかしたらそれこそが問題だったのかもしれない。〈協会〉の会員になるべく選ばれたメディアンたちは学究肌で、職人ではなく、古い屋敷に整備が必要な時期を効率的に知るために選ばれたのでないことはたしかだった。屋敷に感覚はあるかもしれないが、物理的構造物であることに変わりはなく、ニコの得意分野は物性だった。もしかするとこれは、常に維持管理の責任は彼に（あるいはリビーに）ある、ということかもしれない。

魔法というものは、腐敗、腐食、温度変化、酷使となんら変わりなかった。収縮、膨張、欠け、はがれ、時間と空間の動き。結局は、なにもかもがばかばかしいほど単純だった。たとえそれが計り知れないもの、あるいはきわめて貴重なものに属していたとしても。ニコがやらねばならないのは、単純に結界が弱まっている範囲を修復し、それがゆがんでいるかもしれない箇所はあつらえの包帯で補強することだった。

彼の対策が持ちこたえられるかどうかは結合力の問題で、それは……少し難しかったが、別に不可能ではなかった。ニコは単純に、元の形に戻せるものは戻し、それができないものは覆い隠すだろう。

ニコはぼんやりと、ギデオンなら「無責任」と考えそうなこと――あるいは、そう呼ぶのはおそらくリビーで、ギデオンはニコの頭のなかで彼女の肩の上のどこかに立って、同意のしかめ面をしていた――を検討している自分に気づいた。マックスならどちらでも気にしないだろうが、ニコの頭のなかにぼんやりと形を取っていたのは、レイナに関して彼が大いに買っていることだった。いま彼女のところにいってつかまえることもできるんだ、と彼は思った。レイナから合意の上で借りているように見える余分なエネルギーの爆発は、さしあたり持っておいたほうが賢明かもしれない。だが、自分が無分別なことをしているかもしれないという不吉な暗示に（彼の頭のなかでリビーが、「なにかばかなこと」と、生意気にいらいらした調子でいった）、彼はすぐにその考えを押しやり、素早く払いのけて却下した。

それなら、もし彼が今回だけ、特別な楽しみとして無理をしてみたらどうだろう？　ニコの力は再生可能で、簡単に補充できた。ひと晩か、ことによると三晩はひりひりするだろうが、やがて不快感は消え、彼が最初に見落とした過ちは誰にも知られずにすむだろう。もしリビーが偉そうに、ふだんより疲れて見えるといってきても、それならそれでいい。どのみち、彼は時間の領域ではたいして役に立たないのだから。ニコは若さの泉のたぐいには興味がなかった。

いまの自分の役立たずぶりを思い出した苛立ちは、これを自分の手でやってやるというニコの決意をかためるには充分だった。彼は無気力という不安が嫌いで、それはリビーの心の奥底を絶えることなく流れている恐怖と同じくらい、彼にとっては不変のものだった。なにに対する恐れか？ おそらく、失敗だ。リビーはある種の完璧主義者で、程度はどうあれ自分の力不足をひどく怖がっており、ときには挑戦する努力そのものがもたらす疑念に麻痺してしまうほどだった。一方ニコは、けっして失敗を選択肢に入れることはなく、それが結果的に損害をもたらすかどうかはともかく、少なくとも彼を縛ることはなかった。もしリビーが自分を過小評価するという間違いを犯すなら、ニコは喜んでそれとは反対に、自分を過大評価するだろう。それどころか現在の力の上限を超えて膨張する機会は、彼の心に火をつけた。どうしてより遠くに手をのばし、いま手の届く範囲を越えたところにあるものをつかもうとしない？ もしギデオンを助けることになるなら、それは間違いなく理にかなったことだった。たとえその選択肢が太陽に到達し、あるいは海に激しくぶつかることだとしても、安全というのはニコ・デ・ヴァローナにとって我慢できないむだだった。

だからニコは、最も簡単な作業から取りかかった。屋敷に開いた小さな穴のまわりにできた解《ほど》けたかたまりを手探りし、それを宙で柔らかくした。魔法はもつれが解けた箇所がより薄くなるので、ごく小さな導管がもろくなっている場所を感じ取ると、彼は自らの分子構造でそれを強化し、ひび割れをふさいで、力がふたたび滑らかに屋敷の魔法の格子を流れるようにした。それは崩壊のエントロピーをやわらげ、きちんと交通整理をするという、押し引きが組み合わさった作業だった。屋敷の感覚は彼の補修に少し神経を尖らせて抵抗し、滴る汗が細い川となってニコの椎骨の連なりを流れ落ちた。それまではほとんど意識していなかった筋肉の凝りに痛んでいた首が、いまでは不快感と張りでずきずきしていた。遅まきながら察するに、何週間も空間と取り組み、肉体を酷使してきた証だ。彼がストレッチをするように指示されるのは（あるいはがみがみいわれるのは）、今回が初めてではないだろう。

彼は針で刺されるような神経の痺れが首に沿って上がってくるのを無視し、上向きに響きズシンと頭にぶちあたる、つねられるような感覚を押しのけた。頭痛か、素晴らしい。おそらく脱水症状にもなっているだろう。しかしいまやめれば、あとでまた一からはじめなければならなくなるし、ニコは仕事を途中で放り出すのが嫌いだった。過集中とでもいえばいいのか、彼の病的な執着は変わらなかった。

鳥の巣も粒状のかたまりもそれ以上見つからなかったので、ニコは冶金仕事に取りかかり、時の経過につれて侵蝕された結果の毒素を浄化した。一瞬、なにかがしつこく記憶を刺激しているのに気づいた。昔、うわの空で聞いた講義だ。**魔法はエネルギーと同様に無**

から生み出されることはなくそこに違いはないミスター・デ・ヴァローナ恐れ入りますがわれわれに注意を向けていただけないでしょうか。それから笑い声がこだましたのは、きっとニコが不遜な態度で、ええ、いいですよ、この単元は時間の原理でしたね、と答えたからにちがいない。彼の頭が将来に備えて物事をしまいこんでいても、それが実は手遅れだったと知るのが不都合なのは、実のところ（ニコはただの人間で、目下自分自身よりはるかに大きな物理的構造物の再生に力を供給しようとしていた）はじめてしまったいまとなっては、ほとんど役に立たないからだった。深紅のエドワード朝の絨毯の下で地響きがするのを感じ、別のなにかが彼の制御をすり抜けていった。ニコはこの屋敷が自分を消耗させようとする速さを計算違いしていたのかもしれない。彼が慎重に測って差し出すつもりでいたものを、相手は貪欲に吸い取っていた。ニコはわが身を広く切開しすぎ、一定のペースを保つことも傷口を焼灼することもできずに、魔法の血を流していた。

ふむ。現時点でなにをするべきか？　続行するというのが、ニコが知っている唯一の答えだった。失敗する、止まる、やめにするというのは、いっさい選択肢にはなかった。彼は歯を食いしばり、寒気に、あるいは猛烈なつらいくしゃみのような勢いで吐き出された力の震えに、身震いした。痛っ、クソっ、お大事に、それは最終的に肋骨が折れるか血管が破裂するかもしれない種類の爆発だが、ほとんどの人はくしゃみにそんな威力があるとは気づいていない。それがこれほど応えるとはおかしなもので、人間というのは無邪気なほどもろい。壊れる方法はとてもたくさんあるが、それが英雄的だったり高貴だったりすることはほとんどなかった。

　少なくとも、もしニコが無用な応接室の調度品の上でばらばらになれば、リビーは彼への弔辞を死後の講演の機会として利用できるだろう。つまり彼は、そう決めてかかっていたわけだ。「ニコラス・フェレール・デ・ヴァローナは愚か者でした」彼女はいうだろう。「わたしが間違いなくあると請けあっていたにもかかわらず、彼は自分に限界があるとはけっして信じない愚か者だったのです。過剰な激しい活動によって命を落とすことがあるのをご存じでしたか？　もちろん彼は知っていました。わたしがほんとうにたびたびそう言って聞かせていたのですから。しかしなんと驚いたことに、彼はけっして耳を傾けず――
――」

「ヴァローナ」鳩尾《みぞおち》のどこかからリビーの声が聞こえ、歯をがちがち鳴らしていた彼は、うなり声で答えることしかできなかった。集中することが最も重要で、彼が生き残るのは些細なことだった。「なんてことを」

　リビーの声はいつものように非難がましく聞こえたから、それが本物の彼女なのか想像なのかはわからなかった。ニコの頭のなかでガンガン響いている音は、いまや耳をつんざかんばかりで、肩から首にかけての痛みは、両目のあいだ、鼻腔の奥に目をくらませるのに充分なだけの圧力をかけていた。おそらく汗でびっしょり濡れているはずのシャツの布地が胸と腹からはがされていくのを感じたが、やめるという選択肢はなかった。いまはだめだ、なぜむだにする？　魔法で築かれ腐敗した胞嚢の部分の治療は終わっていたので、ニコは空白と隙間に注意を向けた。

自分の体が暖かいほうへ引きずられていくのを感じた。彼を覆った熱の波が不規則だったのは、きっと炎が揺らめいていたからにちがいない。おそらくリビーが——もし彼女がほんとうにここにいて、たんなる彼の想像の産物でないとすれば——彼を凍えさせないために、居間の暖炉に火をつけたのだろう。きっと彼女はニコの奮闘の熱を汗で冷ますつもりにちがいないし、全体的に見てそれは素晴らしい考えだったが、おそらく充分ではなかった。最悪の場合、いまニコが屋敷の腐った部分に巻いている包帯と少しも変わらないだろう——最終的な死の訪れを遅らせるための、その場しのぎの飾りだ。

だがもちろん、ニコは大げさにいっているだけだった。死ぬつもりはない。

「このムカつくガキんちょ。バカ王子」彼女がニコを表すのに最も気に入っているか、少なくとも最も頻繁に使う新鮮味に欠けた言葉だ。あまりしょっちゅう聞かされているので、自分がたまたまどこかの国を植民地化して利用しているのかもしれないと感じるほどだった。「自分の才能をむだにして死ぬなんて、そんな身勝手なことはさせないからね、わたしが許さない」リビーが彼の両肩をぐいと引き起こしながら告げた。

もし自分が死なないようにすること、より具体的にいえば、いま現在自分からにじみ出ているもの、おそらく生きのびるのに必要なものに狙いをつけるのに忙しくしていなければ、**そんなことはわかってるさ、ローズ、黙ってろ、**とつぶやいていただろう。

「この哀れな俗物が」リビーがいった。「いったいなにを考えてたわけ？　いいえ、答えなくていい」彼女は文句をいいながら、とても優しいとはいえないやり方でニコを押しやり、その背中をなにかヴィクトリア朝風の椅子の脚のようなかたいものにもたれさせた。「いいから、なにをやってるのか教えなさい。そうすればわたしが手伝える——たとえそうするかわりにあなたを窓から放り出すべきだとしてもね」表向きは自分自身に対して、彼女は付け足しでつぶやいた。

ニコが返事がわりにうなったのは、残っている作業がひどく消耗するものになりそうだったし、さしあたって言葉で説明するのは無理だったからだ。密閉するか補強することが可能なものはほぼすべてが密閉・補強され、残っているのは腐敗し、損なわれ、薄くなっている領域だけで、包帯を巻くというよりは、切断して徹底的に再建する必要があった。損傷を元に戻し、混沌から再構築することは、わずかに残ったものを絞り出させてニコを完全に弱らせるのに充分だった。彼はそれを腸の痙攣に、いまは腎臓から、心臓から、肺から、魔法が奪われていく様子に感じることができた。この数カ月間でニコは自分の力が成長し、より豊かな土に根を張るようにのびていくのを感じていた。しかし与えるものが多ければ多いほど、失うものも多くなる。

「こんなふうにただ自分を差し出しちゃだめよ」リビーがいつものように口うるさい女教師然として叱ったが、それから荒っぽく彼の手を取り、指を絡ませた。「ちょっと見せて」

おそらくニコに触れた瞬間、すでにリビーは彼の力が奪われている方向を感じ取っていたのだろう。彼らは最初から、相手のはじまりとなり終わりとなるコツをつかんでいた。もちろん通常は拒否していたのは、それが侵襲的なことだからだ。ニコが彼女を利用する、あるいはリビーが彼を利用することは、一時的に手足を交換し、関節を取り替えるようなものだった。その日一日、ニコは自分の手のかわりにリビーの手を持ち上げ、一歩踏み出すためにリビーの膝を曲げているような感じがするだろうし、彼女が同じように感じることもわかっていた。ニコが視線を上げて彼女の目をとらえれば、リビーは彼になにかを奪われたように顔をしかめるだろう。そして、そう、彼女がニコから奪ったものはなんであれ、彼女が前に持っていたものと同等の価値があるはずだ。ふたりのどちらかがわざとそうしたわけでもないだろうに——だがそれでも、リビーはいま彼が持っているなにかを欠いていたし、それは逆も同様だった。

ふたりはきちんともつれを解こうともがいた。さもないともっとひどいことになる。彼らはそれぞれ、相手をかたどった奇妙なコピーだった。

自分たちの魔法を空間の効果を再現するために使うようになって初めて、借り物の力や盗まれた手足の感覚を、陰鬱な気乗りのしない性行為のように感じなくなり、むしろ真のシンクロニシティのように感じるようになった。彼らが一緒に手をのばしていると、そこにはより広い一対の翼を満足げに広げるような調和があった。ようやく正しい使い方、理想的な目標が明らかになったという感覚をのぞけば、その違いを説明するのは難しかった。そう、彼らは相変わらず人間とは思えないほど力強かったが、以前は狙いや方向性を欠いていたため、振り返ってみると能力の使い方だけが不器用で、あまり洗練されていない感じがあったのだ。結びつくこと、それは浄化されて焦点が合っていること、曇りがなく蒸留されていることだった。

利用の結果、それは成長だった。

ニコは数分ぶりに負担を感じず呼吸をし、リビーの力と彼自身の力の結合が、たんに彼の仕事を楽にする以上の結果をもたらしたことに、内心ほっとしていた。おかげで彼はより澄んだ、より正確な流れのなかに置かれていた。それはトリスタンなら漏れが少ない状態、と呼んだかもしれないが（そしていまはいかに漏れがないように見えるかに気づいていなければ、ニコもそうは呼ばなかっただろう）、もっと滑らかで、輪郭がはっきりし、円滑に流れていた。

数分のうちに配管は修繕された。数秒後には、結界は乱れることなく脈打っていた。ニコは残った力を使って球状の境界を徹底的に掃除し、それは彼に不安定な恍惚感をもたらした。今回は不具合はなく、間違いのちょっとした見落としもない。彼の監視の波に引っかかる欠陥はなかった。

リビーが彼を離し、わずかに体を引きずるようにして移動した。

「どうして？」しばらくして彼女はいった。

ニコが苦労して目を開けると、かたわらに彼女の姿がぼんやりと現れた。金色がアクセントになった壁の赤い色が、彼女の髪、閉じた目の輪郭の横にぼやけて見えた。リビーは彼と違って完全に疲れきってはいなかったが、間違いなく犠牲は払っていた。彼女はニコにかかった負担の一部を引き受けてくれていた。

「悪かった」声はかすれていたし、充分でもなかったが、ニコはなんとか謝った。

「まったくよ」リビーは床に手を滑らせ、掌を押しつけた。「まだ少し震えてる」

「それじゃあ――」クソっ、ニコの口はまだ耐えられないほどからからだった。「それじゃあ、きみがここにきたのはそのせいか？　震動の？」

「そうよ」

もちろんそうだった。当然、リビーは彼が引き起こした混乱に、そして彼が自分の能力をろくに制御できていないことに、大騒ぎするだろう。実際には、それを感じることができたのは彼女だけだったのに。いつものようにそれは彼の欠点ということになり、必然的にリビーは彼にいばりちらす――

「あなたには不公平なくらい才能がある。頭にくるくらい優秀よ」リビーは羨望の響きがこもったため息をつき、それから瞬きして目を開けた。「あれだけの魔法を使うなんて……」リビーは体をひねり、探るように彼を見つめた。「わたしなら絶対にひとりでやろうとはしなかった」

「ひとりでやろうとするべきじゃなかったよ」いまさら否定してもむだだ。

「そうね、だけどあなたはもう少しで成功するところだった。わたしがいなくてもうまくやってたかもしれない」

「もしぼくが間違ってたら、『もう少しで』も『かもしれない』も、それほど重要じゃなかっただろうな」

「それはそうだけど、それにしたって」リビーは肩をすくめた。「わたしがくることをまったく知らなかったわけじゃないでしょう」

ニコは口を開いて、もちろんそんなことは知らなかったと反論しようとしたが、考えなおした。はたして彼女の言い分は少しも正しくなかったといえるのだろうか。彼が認めようと認めまいと、リビーがそばにいればセーフティーネットは存在する。彼女に気づかれずに多くのことをやってのけるのは無理だったし、意識していたかどうかはともかく、ニコがある程度それを知っていたのはたしかだった。

「ありがとう」ニコはいった、というよりも、おそらくつぶやいた。

リビーは嬉しそうで、得意げといってもいいほどだった。

「どうしてひとりで屋敷の補修をしてたの？」ふたりのあいだのぞっとするような博愛の瞬間を脇に押しのけて、リビーがいった。それからあとで思いついて、「レイナならあなたを手伝えたかもしれないのに」と、つけ足した。

彼女が自分なら手伝えたとほのめかさなかったのは奇跡的に気が利いていると思ったので、ニコは褒美としていってやった。「もし誰かに協力を求めるつもりだったら、ローズ、それはきみだっただろう」

「口ばっかりね、ヴァローナ」というのが、同様に好意的な彼女の答えだった。「あなたはけっして誰にも助けを求めない」

「それでも、ほんとうだ」

リビーはわざとらしく目を丸くして身を乗り出し、彼の手首に親指を押し当てて脈を取った。「遅いな」彼女はしたり顔でいった。

「疲れてるんだ」

「ほかには?」

「頭が痛い」

「水を飲みなさい」

「ああ」ニコはうなった。「そんなことはいわれなくてもわかってるさ、ローズ」

「どこか痛いところは? 腫れてない?」

「ああ、ああ、そうだよ、全部そのとおり――」

「眠ったほうがいいんじゃないの」彼女はすまして意見をいった。

「いい加減にしてくれよ、たったいまぼくは――」

「どうして?」彼女がさえぎった。ニコは疲れ果てていたし、必ずそうなるとわかっている議論は望んでおらず、ベッドに潜りこんで少なくとも十二時間は眠るほうがどんなにいいかしれなかったが、それでも彼女が受け入れないとわかっているひとつのことを口にした。

「きみには話せない」

その声は自分でもどんよりとして聞こえた。

予想どおり、リビーはなにもいわなかった。かたわらで彼女の緊張が高まり、レイナの腕があの本を抱えこんでいたように、不安が彼女を守るように巻きつくのが感じられた。彼女自身のなにかを保護し、安全に保ち、隠しておくために。

認めたくはなかったが、ニコが自分にいちばん腹が立つのは、彼女に引け目を感じさせたときだった。

「とにかく……頼むから無理に訊かないでくれ」彼は疲れ果てていいなおした。誠意を示す最後の努力が彼女に通じて、これ以上苦しめないでくれるのではないかと期待して。

リビーはしばらく黙っていた。

「あなたは同盟だっていった」

「そうだ」そしてそうだった。「同盟だよ、ローズ、約束する。ぼくは本気でいったんだ」

「だからあなたに助けが必要なときは……？」

「きみだ」ニコは素早く請けあった。「ぼくはきみのところにいく」

「そしてわたしになにかが必要なときは？」

リビーはつんとすまして子どもっぽい仕返しをした。だが今回ばかりはニコは、出し惜しみをしなかった。

「ぼくが」ニコはなにかを差し出せることにほっとして断言した。「ぼくが守るよ、ローズ。今後は、誓って」

「それがいいわね」リビーはそれに満足したか、少なくともほっとしたようにいった。

「このちょっとしたばかな遠出で、あなたはわたしに大きな借りができたんだから」

「結局はきみが独善的になるのはわかってたんだ」ニコは礼儀正しいうわべをいくらか維持するだけのために、小さなうめき声をつけ加えた。いつもの敵対心をあまりにさっさと捨てて、ふたりのどちらかを怖がらせる必要はなかった。

「それでも」リビーはため息をついた。「もしあなたがなにかほんとうに危険な状態になったら、教えてくれるんでしょう？」

「ぼくらはもう大丈夫だ」

「ヴァローナ、それは答えになってない」

「わかった、そうするよ」またうめく。「もしぼくらが危険な状態なら教えよう。でも、こんなことをいっても意味はないかもしれないけど、ぼくらは大丈夫だ」

「でも、さっきまでは危険だった？」

「正確にいうと危険じゃない。でも、いくつかの……見落としがあった」

「そしていまは？」

「ぼくが信じられないなら、自分で結界を確認してみろよ」

「もうやった」リビーはとにかくふたたび間をおいた。「配管って、ほんとに？」

「おいおい、きみは家を持つことの基本を理解してないんだな、ローズ？」

「まったく、いやなやつ」

ああ、いつもの感じだ。

「おたがいさまだ」ニコは同意して、なんとか立ち上がろうとした。リビーは例によって手を貸そうとはせず、彼が椅子の脚に寄りかかっていた体を引きずり起こすのを、ただ面白そうに眺めていた。

たちまち太腿の筋肉が素早く収縮し、脚全体に響く刺すような痛みを感じたニコは、哀れっぽい声を押し殺しながらなんとか腰を浮かせておこうとしたが、失敗した。

「こむら返り？」リビーが平板な口調でいい当てた。

「黙れ」ニコは歯ぎしりし、目は見事に潤んでいた。

「泣き言をいわないで」

リビーが手を振ると、ニコの足元から床が滑り出し、彼は空間に溶けこんだ。そして前触れもなく自分の寝室にふたたび実体化し、ふらふらと前に傾くと手足を投げ出して倒れこみ、ベッドの枠に手の付け根をぶつけた。リビーの厚意で部屋の重力がふたたび傾き、マットレスの上にうつぶせに下ろされた彼は、ずきずきする手足を抱えて文句をいわずにくずおれた。

「助かった」ニコは枕の山のなかでなんとかもごもごいいながら、服を脱ごうともせずにじっとしていた。かすかに、だが徐々に薄れていく意識のなかで、彼は気づいた。自分のシャツがどこかよそに脱ぎ捨てたままになっており、たぶんまだ汗でびっしょり濡れていること、さらに悪いことに、まだなにも飲んでいないこと——

水の入ったグラスがあてつけがましくナイトテーブルの上に現れ、ニコは瞬きした。

「ローズのクソったれ」彼はひとりつぶやいた。

「聞こえたわよ」扉の外からリビーが答えた。

しかしそのときには、ニコはもう夢も見ず、気を失ったように深い眠りに落ちていた。

パリサ

するとゲームじゃなかったわけね。それとも、きわめてサディスティックなゲームだったのか。

いまになって思えばアトラスとダルトンは一度も、六人のうちひとりは家に帰される、と明言してはいなかった。六人のうちひとりはほかのものたちの決定によって排除される、といっただけだ。五人が去らせるひとりを選ぶのだが、彼らがどういう状態で離脱するかはけっして明確にされていなかった。もともとパリサはそれを、最も優秀で献身的なものだけを確実に先へ進ませるための恣意的な——洗練されてはいるが——やり方だと思っていた。

だがいまは、ねじくれてはいてもなにもかも理屈に合っていた。考えてみれば、世界で最も排他的な学術協会が、会員になり得るメンバーのひとりを黙って立ち去らせるわけがない。そんなことをすれば、いくらひいき目に見ても警備上のリスクになるはずだ。たとえ排除されたメディアンがほかのものたちと友好的に別れたとしても――すでに相当な「もし」だ――これだけははっきりいえるが、人間というのはうっかり情報を漏らすものだ。

口がかたいのは死者だけなのだ。そのことに気づいた――ダルトンの心のなかでそれにつまずいた――瞬間、ほかのなにもかもが腑に落ちた。

パリサの頭のなかには常にふたりの情事の記憶が残っていて、予言のように再生されていた。

「わたしたちのうちひとりは死ななくてはならない」閲覧室での密会のあとで、彼女は思い切ってそう声に出し、新しい情報の欠片が現実を背景にするとどんなふうに感じられるか試してみた。そのときダルトンがまだ彼女のなかにいたことは、彼が身を強ばらせるまではたいして問題ではなかった。

「なんだって？」

「だから、あなたはわたしに負けてほしくない。わたしが命を落とすひとりになることを望んでいない」パリサは彼を見ようとして身を引いた。「ちょっと過激だとは思わない？」

ダルトンは彼女に知られてしまったことで、ほっとしたようにも途方に暮れたようにも見えなかった。せいぜい観念したといったところで、体を離そうとしたが、まだ話の途中だったパリサは、彼をがっちりととらえて放さなかった。

「それじゃあ、あなたは誰かを殺したのね」彼女は瞬きをして、そう口にした。「あなたがしまいこんでいるのはそれなの？　罪悪感？」

「わたしを利用したんだな」やはりそうだったか、というようにダルトンはいった。

その答えがイエスなのは、明白だった。

「だけど、ひとりの研修生を殺すのに、どんな理由が考えられるかしら？」パリサは迫った。いまのところ、相手の自尊心をなだめることに興味はなかった。女はセックスを楽しみながら、同時に心を読むことだってできるのよ！　まだ絡みあった体を解いてもいないというのに、ダルトンはすでに、彼女を自分のファム・ファタール物語の敵役に仕立てる方法を探していて、パリサにはそれにつきあう時間も忍耐力もとうていなかった。「ひとりのメディアンを世界から消す。なんのために？」

ダルトンはズボンを手探りしながら後ずさった。「きみは知ってはいけないことになってるんだ」彼はつぶやいた。「もっと注意するべきだったよ」

嘘つき。彼は明らかにパリサに知らせたがっていた。「ひょっとするとわたしたちは、知ってはいけないことになってることを、くよくよ考えるべきじゃないのかもしれないわね」パリサがいうと、ダルトンは彼女に視線を滑らせた。ダルトンの舌にはパリサの味がほのかに甘く残っており、彼がそのまわりでぐるぐると考えを巡らせているのが、傍目にもわかるほどだった。「理由を話してくれるつもりはあるの？」パリサは迫った。「それともわたしはこのまま駆けだしていって、このすべてがいかに手の込んだ命懸けの闘いかをほかのみんなに伝えるべきかしら？」

「これはそういうことじゃないんだ」ダルトンは事務的にいった。それが組織としての方針らしい。契約上どうなっているにせよ、彼にはなにかほかに説明のしようがあるのだろうか、とパリサは思った。

「魔法には代償がつきものだ、パリサ。知っているだろう。なかには犠牲を必要とする問題もある。血。痛み。そうした魔法を生み出すには、破壊するしかない」

彼の頭のなかにあるものはもっとぼんやりしていて、それほど限定されていなかった。

「それは理由じゃない」パリサは彼の反応をうかがいながらいった。

「もちろん理由だ」いまダルトンは苛立ち、神経質になっていた。たぶん単純に否定されたのが気に入らなかったのだろうが、パリサはそれ以上になにかあるのではないかと思っていた。「書庫に収められているものは、万人向けではない。扱うにはとてつもない力と想像もつかないような自制心が求められる、珍しいものだ。選ばれるのがわずか六人なのには理由が――」

「五人」パリサは彼の言葉を訂正した。「選ばれるのは五人。ひとりは殺処分される」

ダルトンの口元が引きつった。「殺処分と呼ぶのはよせ。それは殺処分ではない。それは――」

「自発的な生け贄？　それは大いに疑問ね」パリサは鋭い笑い声を立てた。「教えてよ、もしそのためにひとりが死ななければならないと知ってたら、わたしたちの誰がこれに同意していたかしらね？　それにわたしには、まだなにかあるのがわかる」パリサは注意深くじっと彼を見て、相手がなにか明かさないかと待っていたが、ダルトンはふたたび金庫室に閉じこもってしまっていた。すでに彼はあまりに多くのことを漏らしていたか、単純に、彼女にそう信じさせたがっていた。それが彼の意図したことかどうかは、相変わらずはっきりしなかった。

「あなたはわたしに知らせたがってたわ、ダルトン」パリサは遠慮なしに彼を非難して成り行きを見守ることに決め、そう指摘した。「そうでなければ、わたしを近づけるほど軽率なことをするとは思わない。でもね、もしわたしがあなたの警告に従うことを望んでいるなら、どうしてそういう決まりになっているのか説明してもらわないと。もしそうしてくれないなら」彼女はばかにしたようにいった。「わたしがとどまらなくてはいけない理由がなにかある?」

「きみは出ていくことはできないよ、パリサ。多くを見すぎている」

そういうことだ。それにダルトンは、たとえそれが可能だとしても彼女が出ていくとは思っていないようだった。それを口にしたとき、彼には動揺の気配も、不安に取り乱した様子もなかった。それが紛れもない事実だからだ。

残念ながら、ダルトンの確信はあまりに当然のことだった。なんといっても、こんな経験をしたあとで、いったいどんな暮らしに戻れるというのだろう?

パリサは下着を整えスカートの乱れをなおすと、立ち上がった。

「ダルトン」パリサはそういって、彼の襟をつかんだ。「わたしがあなたを利用する以上のことをしたのはわかってるでしょう?」

ダルトンが唇を舐めた。「それ以上?」

「わたしはあなたを楽しんだ」パリサはそう請けあって、彼をぐいと引き寄せた。「だけど残念ながら、この件に関してはじっくり考えてみたら、尋ねたいことがまだかなり出てくると思うの」

ダルトンの両手が盲目的に彼女の腰を探り当てた。その手がいま、彼女を求めてうずうずしているのはたしかだった。真夜中に目を覚ました彼は、そこにはいない彼女の体の輪郭が掌のあいだに形づくられているのに気づくことになるだろう。

「おそらく、わたしはきみになにも与えないだろう」ダルトンはいった。

「そうかもしれないわね」彼女は同意した。

あの情事以降、パリサはなにもしていなかった。いまは彼の出方をうかがうときだとわかっていた。なんの答えも出てこないように思えたとき、彼の沈黙の重みは増した。パリサはそれが長く続くとは思わなかったが、彼も待っていたのだ。

彼女は正しかった。数週間もすると、ふたりはいつのまにかまた、不道徳な関係に陥っていた。

その時点で彼らの研究課題は時間の理論に移っており、認知が専門のパリサには、物理的魔法をおもに扱っていたときにくらべてはるかに多くのことができるようになっていた。時間とその動きに関する理論のほとんどは、どことなく心理学的だった——ある人物の時間の体験は、思考や記憶によって形づくられる可能性があった。過去の断片は近くにあるように思える一方で、未来は存在せず、同時に遠くにあって、素早く近づいているようにも見える。トリスタンは明らかに量子時間理論（かなにか）の重要性を証明しようとしていたが、パリサは明確になっていることに集中していた。すなわち、時間の実際の機能はその構造上の問題ではなく、それがどういう形で他者によって経験されるかである、ということに。

図書館が彼女に限って物事を明かしはじめたのはそれが初めてで、いつもの疑似知覚にあちらこちらへ引っ張りまわされたパリサは、最初はひどく軽んじていた歴史的文献に挑戦しはじめていた。もちろんフロイトではない。当然のことだが、自意識に焦点を当てた研究様式としての西洋の常人の心理学は、数世紀も遅れていた。むしろパリサはイスラムの黄金時代の巻物に没頭し、半ば直感でつついてみて、アラブ人の天文学者、イブン・アル＝ハイサムが錯視について、パリサが人間の経験一般について気づいたのと同じことに気づいていたのを突きとめた――つまり、時間はそれ自体が幻なのだということに。時間に関するほぼすべての理論は誤謬に根ざしており、概念としての時間の操作は、実際には思考、あるいは感情のメカニズムによって成し遂げられていた。カルムはあまりに怠惰で後者に焦点を当てることはなかったが、パリサは初期の心理学的メディアン芸術――ほとんどはイスラムと仏教の――に飛びこみ、その熱意でほかのみなを驚かせた。

彼ら全員、つまり、ダルトンをのぞいて。

「いっただろう」ある晩、閲覧室にひとりでいる彼女を見つけ、ダルトンはいった。

パリサは、彼に不意をつかれたと思わせてやった。「えっ？」彼女はびっくりしたふりをしていった。

　ダルトンは椅子を滑らせ、テーブルの彼女の隣に座った。「それは全部アル＝ビールーニーの手稿かい？」

「そうよ」

「反応時間の研究をしてるのか？」最初に心的時間測定の実験を行ったのはアル＝ビールーニーで、この場合は刺激と反応のあいだの時間のずれ、つまり目がなにかを見て脳がそれに反応するのにどれだけかかるか、というものだった。

「わたしがなにを研究してるか、どうして知ってるの？」パリサは尋ねたが、その必要はなかった。

　もちろん、ダルトンが彼女から目を離せないことをふたりとも知っていたからだ。

「きみが理論に取り組んでいるのはわかるさ。ひょっとしてそれについて議論したいんじゃないかと思ってね」

　パリサはうっすらと笑みを浮かべた。「わたしたち、差異心理学についてひそひそ話をするべきなの？　なんていやらしいのかしら」

「集中的な研究には、わたしでさえ落ち着かなくなるような親密さがあるな」彼はそういいながらパリサのほうに移動した。「未熟な思考の現れだ」

「わたしの思考が未熟なままだなんて、誰がいってるの？」

「きみはほかの誰ともなにも分かち合っていない」ダルトンは指摘した。「そしてわたしはきみに、味方を見つけるよう忠告した」

　パリサは自分の膝で彼の膝に軽く触れた。「それで、わたしはひとり見つけてないの？」

「わたしはだめだ」ダルトンは皮肉交じりの面白がっているような顔をしたが、離れようとはしなかった。「対象外だといっただろう」

「どうしてわたしに味方が必要だと思うの？　さもないとみすみす殺されてしまうって？」

　盗み聞きされている心配はなさそうだったが、ダルトンはちらりとあたりを見まわした。パリサは屋敷のなかに、ほかの活発な認知活動を感じることはできなかった。もしかしたらニコは別かもしれないが。それが起きるとき、彼はけっして完全に意識があるわけではなかったが、やや頻繁に、ある種のテレパシーを持つ存在の訪問を受けていた。

「静かに」ダルトンはいった。訴えるように――**わたしを信じろ、わたしの話を聞け。**

わたしを求めろ、わたしを犯せ、わたしを愛せ。

「わたしのことはどうなの？　明らかにあなたはわたしを信用してない」パリサはいった。

「もし信じることが可能でも、あなたがそうしたがるとはとても思えないわ」

ダルトンは彼女に素っ気ない、自然な笑みを見せた。「信じたくはないな、たしかに」

「ということは、わたしはあなたを誘惑してるってこと？」

「月並みな言い方をすればそうだろうな」

「そして月並みでない言い方をすれば？」

パリサの髪が片方の肩から滑り落ち、彼の視線をとらえた。

「きみはわたしを少し苦しめている」

「わたしがあなたを求めていないかもしれないと思うから？」

「きみが求めているかもしれないから。そしてそれは破滅的なことになるからだ。悲惨なことに」

「それはわたしを手に入れるってこと？」それはいかにも彼女に似合っていた。誘惑と破壊。ひとりの女の愛が自分たちを滅ぼしたと考える詩人が、世界にはあふれていた。

「いいや」ダルトンの唇が皮肉っぽく引きつった。「きみがわたしを手に入れるからだ」

「ずいぶんと大胆ね」それに、らしくもない。パリサはまだ、彼の性質を見極めなくてはならなかった。いまのは謙遜か、それともうぬぼれか？　彼は無謀にも堕落してしまったのか、それとも彼女のほうが意図的にどこかへ導かれているのか？　彼女がダルトンをもてあそぶまさにそのやり方で、もてあそばれているのかもしれないという考えは、くらくらするような酔いをもたらし、パリサは体をひねって彼と向きあった。「わたしがあなたを求めたらどうなるの？」

「きみはわたしを手に入れるだろう」

「そして？」

「そしてなにも。それだけだ」

「いまわたしはあなたを手に入れてないの？」

「もしそうなら、退屈だとは思わないか？」

「すると、あなたはゲームをしてるわけね」

「わたしはけっしてゲームなんかできみを侮辱するつもりはない」ダルトンが目を伏せると、気品のある頬骨が小さな卓上ランプの薄暗い光の陰になった。けっして悪い角度じゃない、とパリサは値踏みをするように考えた。

「きみの理論は？」彼が尋ねた。

「あなたは誰を殺したの？」彼女は応じた。

　ふたりのあいだは束の間、膠着状態に陥り、不安定な緊張が走った。

「ほかのみんなは時間の構造に焦点を絞ってはどうかといっている」ダルトンはいった。

「ループに」

パリサは肩をすくめた。「積み木みたいに宇宙を再構築することに用はないわ」

「なぜだめなんだ？　それが力というものじゃないのか？」

「なぜって、たんにほかの誰もやったことがないからかしら？　わたしには新しい世界は必要ない」

「この世界がほしいから？」

「なぜかというとね」パリサは苛立たしげにいった。「ひとつの世界をつくるのに必要な力は、その行く手にあるほかのすべてを破壊してしまうだけだからよ。魔法には代償がつきもの。あなたが自分でそういってなかった？」

「興味深い」ダルトンは彼女を見つめた。「するときみは賛成なわけだ」

「なにに？」

「〈協会〉の規則。その排除の過程に」

「その殺人ゲームに、という意味ね」パリサは訂正した。「それ自体が侮辱的だわ」

「それでもきみはとどまるんだな？」

心ならずもパリサは、自分が横目でノートを見るのを感じた。

「ほらな」今度はダルトンの顔に笑みが広がった。「いっただろう。たとえ真実を知っても、きみはノーとはいわないだろう、って」

「あなたは誰を殺したの？」パリサは尋ねた。「そしてどうやって殺したの？」

ダルトンは彼女の腕の下になっていたページを引っ張り出して、ざっと目を通した。

パリサは学究的世界の親密さについて彼がいっていたことを思い出し、ため息をついた。ダルトンがいちばん好きなのは、無防備なときの彼女なのでは？　パリサが手放したくないと思っていた彼女の一部を、自分が持っているとき。混じりけなしの喜び、あるいは共有されていない知識を。

「記憶」パリサがいうと、ダルトンはちらりと目を上げた。「記憶を通した時間の体験」

彼は片方の眉を上げた。

「タイムトラベルというのは」パリサは説明した。「ひとりの人物が知覚する時間のなかを移動するという条件でなら、単純なことよ。ひょっとしたら」当然ダルトンにはわからないだろうと予想して、彼女は躊躇した。「それは、わたしのいわゆる仲間たちにとっては、面白みに欠ける話かもしれないけど――」

「彼らはきみと同様、自分たちの専門分野の研究をしているんだ。続けて」ダルトンはいった。

「それほど複雑なことじゃないの」彼に一蹴されたことに驚くと同時に悪い気もせず、パリサはいった。「知能の高い人々はより素早く刺激に反応する。ということは、知能の高い人々は時間をより速く経験し、それゆえ、よりたくさん持っていると解釈できるかもしれない。知性というのはある意味、病気でもある――天才は、しばしば躁病の副作用として現れる。ひょっとしたらなかには過剰に時間を持っていて、それを異なった形で経験している人もいるかもしれない。また、もし時間が異なった形で消費される可能性があるなら、保存することも可能かもしれない。そして、もしある人物が過剰に時間を持っていれば――」

「彼らは自分自身が経験する時間のなかを、異なる形で旅することができるかもしれない」ダルトンは締めくくった。

「そういうこと。根本的にはね」

ダルトンは軽く握った手を口元にあてて思案し、じっと考えこんだ。

「知能はどうやって測るつもりだ？　それともこの場合、測るのは魔法になるのかな？」

「あなたは誰を殺したの？」パリサは尋ねた。

「彼はあまり好かれていなかった」ダルトンはそういって、ふたたび彼女を驚かせた。彼女は答えが返ってくるとは思っていなかったのだ。「それが言い訳になるわけではないが」ダルトンはつけ加えた。

「その人は危険だったの？」

ダルトンの眉間にしわが寄った。「なんだって？」

「彼は危険だったの？」パリサは繰り返した。「あなたにとって、それとも〈協会〉にとって」

「彼は――」ダルトンは瞬きし、わずかに身を引いた。「〈協会〉は、彼が生きるか死ぬかの決定は下さなかった」

「決定は下さなかった？　考えようによっては、彼らはひとりが排除されるとわかったうえで、十年ごとに六人の候補者を選んでいるわけでしょう。誰なら犠牲にしてもかまわないか、考えているとは思わないの？」

ダルトンがふたたび瞬きした。

そしてまた。

彼の思考がぼやけ、ふたたび像を結んだ。今度は異なる形に。

「どうやって彼を殺したの？」

「ナイフで」

「待ち伏せ？」

「ああ。そんなところだ」

「いかにも古代ローマ人風ね」

「わたしたちはひどく酔っていた」ダルトンは疲れたようにあごをさすった。「命を奪うのは簡単じゃない。たとえそれが必要なことだとわかっていても」

何事においてもパリサは強制されるのを好まなかった。「もしあなたがやっていなかったら？」

「なんだって？」

「もしあなたが誰かを殺さない道を選んでいたら」またダルトンの思考がはっきりしたとき、パリサはあらためて意図を明確にした。「〈協会〉は介入してきたと思う？」

「彼は知っていた」ダルトンはいったが、それは答えではなかった。「彼は自分がそうなることを知っていたんだ」

「だから？」

「だから、もし可能であれば、自分のかわりにわれわれのうちのひとりを殺していただろう」間《ま》。「おそらくわたしを」

ああ、それで彼の恐怖の説明がついた。少なくともその一部は。

パリサは手をのばし、額にかかったダルトンの髪を払った。

「今夜、あなたのベッドに入れて」彼女はいった。「どうしようもなく好奇心をそそられてるみたい」

　ダルトンのシーツはぱりっとして白く、きれいに端が折りこまれていた。彼女はそれを乱すのを大いに楽しんだ。

　それから別のときにも。

　一度は彼が庭にいるのを見つけた。早朝で、気温が低く、じめじめしていた。ダルトンは敷地の縁に立ち、屋敷に背を向けて花がついていないハナミズキをじっと見つめていた。

「イギリス人は、自分たちの寒々とした冬をロマンチックに考えすぎね」

「イギリスびいきさ」ダルトンはそういって、彼女を振り返った。彼の頬は寒さという双子のつぼみのスポットライトを浴びて輝いており、パリサは彼に手をのばすと顔を両手で挟んで温めた。

「気をつけろよ」彼は警告した。「わたしはこれを優しさと受け止めるかもしれないぞ」

「わたしが優しくないと思ってるの？　誘惑というのは命の危険があるものばかりじゃないのよ」パリサはいった。「ほとんどの人は大事にされたいだけ。優しいところがなかったら、わたしはまったくどうにもならないでしょうね」

「それで、今朝はどこにいきたいんだ？」

「あなたがわたしを連れていけないところはないでしょう」パリサは身振りで先にいくよ

う促した。

ダルトンは芝生の端に沿ってゆっくりと歩きだした。「お世辞は誘惑の一部、そうなんだろう？」

「必然的にそうなるわね」

「ああ。こんなにわかりやすい例になって後悔してるよ」

「誰もわかりやすいなんてことはないわ」

ダルトンはうっすらと笑みを浮かべた。「するとわれわれは単純なわけではなく、ただの……似たものどうしということかな？」

「人類の欠陥ね」ふたりで歩きながら、パリサは肩をすくめた。「唯一無二でありたいという衝動は、ひと目でそれとわかる同一性でひとくくりにされたいという欲望と衝突する」

ふたりはすでに人目につかない場所にいたし、まだほかの誰も起き出す時間ではなかったが、とにかく彼はパリサを近くのカバノキの木立に引っ張りこんで身を隠した。

「きみといると、わたしはとてもふつうになるよ」

「そう？」

「わたしがほかの誰かにとってどれほど興味深い存在になれるか、考えてみるといい」彼はいった。「殺人癖のある研究者だぞ」

「あなたは別にふつうじゃないと思うけど。どうして彼はあなたを殺したかったの？」

「誰のことだ？」そのとぼけ方にはうんざりしたが、どうやら必要なことだったらしい。

「あなたは何人から殺したいと思われたことがあるの、ダルトン？」

「おそらくそうとうな人数だろうな」

「まったく愉快なくらいふつうじゃない」彼女は曖昧にいった。

　ダルトンは彼女を腕のなかに引き寄せ、腰と腰をぴったりくっつけた。

「ちょっと教えてくれないか。もしわたしがもっと長くきみを拒んでいたら、きみはもっとわたしを求めていたか？」

「いいえ。もしあなたがそうしていたら、かなりのばかだと思ってたでしょうね」

　パリサは彼のズボンのベルト通しをいじりながら、頭のなかであれこれ検討した。

「〈フォーラム〉のことを教えて」彼女はそういい、彼が一瞬ぎくりとした証拠を目にして喜んだ。「わたしはずっと、この〈協会〉の敵について考えていたんだと思うの。特に、彼らが正しいかどうかをね」着任式の最中に〈フォーラム〉の工作員だけが〈協会〉の結界をすり抜けて脱出できたことを、彼女は忘れていなかった。

　最初にちらりと驚きを見せはしたものの、ダルトンはその質問には平然としているように見えた。「どうしてわたしが〈フォーラム〉についてなにか知っていなくてはいけないんだ？」

「いいわ」パリッサはがっかりしたが驚きはせず、ため息をついた。「それなら、どうして彼はあなたを殺したかったのか教えて」

「彼は誰かを殺さなくてはならなかったんだ」何度もいわせるなといいたげに、ダルトンはいった。「自分がやられる前にな」

「あなたは弱すぎたの、それとも強すぎたの？」

「なんだって？」

「彼があなたを標的に選んだのは、あなたが弱すぎたからなのか」彼女は意図を明確にした。「それとも強すぎたからなのか」

「きみはどう思う？」

ちらりと目を上げた彼女は、ダルトンがまじまじと見つめているのに気づいた。

「きみがわたしを選んだのには、きみなりの理由があるにちがいない」彼は肩をすくめてぽつりといった。「それはわたしが弱かったからか、それとも強かったからなのか？」

「あなたは自分をたとえに使ってるの？」

「そうかもな」

「どうして」パリサは反撃した。「わたしがあなたを手に入れることは危険だと思ったの？　誰にとって危険なことだって？」

「わたしだよ。ほかの誰よりも」

「それにしても、あなたは自己防衛本能に少々欠けてるんじゃない？」

「そのようだ」

「それが、彼があなたを殺したがった理由？」

　パリサはやみくもに狙えばなにか出てくるかもしれないと思い、冗談のつもりで押してみたのだが、ダルトンが彼女を見る目には新たな厳しさが宿ったようだった。

「ちょっと試したいことがあるんだ」彼はいった。「今夜、会おう」

「どこで？」

「わたしの部屋で。きみの腕前を見てみたい」

「それはもう試してきたでしょう」パリサは素っ気なくいった。「それに、ふたりとも見事にうまく対処してると思うけど」

「そういうことじゃない」ダルトンはいったが、明らかに反対はしていなかった。「わたしはただ、今日一日かけてあるものを隠すつもりだという意味でいったんだ。ある考えを」

「答えを？」

「そうだ」

ちょっとした興奮がパリサの全身を巡った。

「わたしとゲームはしないんじゃなかったの？」

「これはゲームじゃない。試験だ」

「なぜ？」

「好奇心さ」

パリサは一瞬、疑いの目で彼を見たが、相手は本気のようだった。

「あなたはわたしに興味があるのね」彼女は推測を口にした。

「そのことはかなりはっきりさせてきたと思うがな」

「こういうふうにじゃなくて」パリサはうっすらと笑みを浮かべ、彼のベルト通しを引っ張った。「あなたはわたしを研究したがってる」

彼は否定しなかった。「わたしが初めてか？」

「かもしれない」絶対にそんなことはない。「でもどうして？」

「はっきりとはいえないが」彼には確信がない、とパリサは確認した。「直感だろうな、たぶん」

パリサは肩をすくめて話題を変えた。「もし合格したら、なにをもらえるの？」

「答えだ」

「あの答え？」

「ああ、いいだろう」間。「きみは消耗するだろうな」

「試験に、それとも答えに？」

「試験にだ」ダルトンの口元がひきつった。「とりあえずは」

「いいわ」パリサは誘うようにいった。

「やろうとしなくてもきみになにができるかは、もうわかっている」ダルトンは警告した。

「わたしが見たいのは、きみがやろうとしたらなにが起こるかだ」

パリサは期待に身を震わせた。自分の得意分野で力を発揮する感覚が恋しくなっていたのだ。

「わかったわ」彼女は指を曲げながらいった。「だったらやってみる」

パリサが静かに東棟に滑りこんで彼の私室にたどり着いた頃には、ほかのものたちはベッドに入っており、ダルトンもすでに眠っていた。彼の部屋はパリサたちの部屋とほぼ同じで、これといった身のまわりの品はなかった。衣装戸棚、机、空っぽの暖炉。ベッドの脇に砂時計がひとつ置いてあり、その言外の意味は明らかだった。この試験には時間制限があるということだ。パリサはそれをひっくり返して目を閉じ、ダルトンの隣に仰向けに横たわると、彼の鼓動のリズムを探した。要は並行するアストラル界で彼の意識の端を見つけるために、彼女自身の意識に沈みこみ、それから最も開けにくい扉を探し出す努力をしろということだ。

パリサは易々と彼の心のなかに滑りこんだ。目を開けると、そこにはトゲが絡みあっていた。

「実にありきたりね」彼女はイバラの壁をかき分けながら、ため息をついた。藪のアーチを過ぎると、見上げるような糸杉と灰色の敷石の迷路が現れ、それは（もちろん）おとぎ話に出てくるような細い塔のあるゴシック様式の城へと続いていた。「塔のなかのお姫様のところにいくのに、一時間あるってことね？」

一時間分の彼の経験から、そしてあらゆるしるしから、ダルトンが飛び抜けて優秀であることがうかがえた。パリサは横を向き、イバラの道に沿ってひと握りの非自生種の菌類が生えはじめているのをちらりととらえた。

「手が込んでるわね」素っ気なくいってひと株むしると、それはパリサの掌で砂になった。ベッドの脇に置かれた砂時計のように、時間が彼女の指のあいだをすり抜けていった。ちょうどふたりが議論していたとおりの精神時間測定法だ。ダルトンはパリサが彼の心を横断するにつれ、彼女が時間の概念を操作してそれを集め、自分のために利用するのを許すようになっていった。コンピュータゲームのパワーアップ機能のようなものだ。それじゃあ、そういうことだったの？　結局はゲームだったということか。彼女は余分な時間の粒子をためこみながら、当てつけの意味でお洒落な薄手の板金鎧一式を呼び出した。

迷宮を通り抜ける過程は、パリサのエネルギーを浪費させるように設計されていた。ダルトンの頭のなかで彼女自身の魔法を使うのは、物理的な宇宙でやるよりもとてつもなく骨が折れた――力の働き方が交通渋滞のようだったのだ。一台の車が減速することは、増幅された遅れの波が生ずることを意味し、同様に、ダルトンの精神の外で魔法を使うのは、その内側で使う苦労にくらべれば幻のようなものだった。もし集めた余分な時間を使えば、パリサは消耗してしまうだろう。もし使わなければ、時間切れになってしまう。とても緻密とはいえない一連のルールだったが、特にテレパシーが主たる能力ではないものにしては、充分よくできていた。結局のところ、それはなにか――賭け事のようなものだった。パリサがどれだけ彼の謎に近づくかは、完全に彼女の選択次第なのだ。

これはどこをとっても、少しも素朴ではなかった。ダルトンが自分の頭のなかに築いた王国は、一日でつくりあげられるようなものではなく、並みのメディアンなら一生かかっても無理だろう。それが暗にほのめかしているのは、彼にはなにか隠し事があるということだ。迷路の配置は不安定で常に変化しているが、壮大で複雑だった。ダルトン・エラリーがどんな秘密をしまいこんでいるにせよ、彼はそれが見つかることを望んでいなかったし、それをパリサから隠しておくための並外れた能力を持っているにちがいなかった。

　ダルトンの精神的防御の洗練具合を考えると、彼女を追い出す仕掛けがなにかありそうだった。心にとって炎を呼び出すのは簡単なことで、石畳の道のひび割れから小さな野火が跳ね上がり、光り輝く舌がパリサの行く手を照らした。幽霊のような番人に襲われても、彼女は驚かなかった。その番人たちは人間の形をしたひとつのひな型から急遽コピーされたもので、全員が機械的に——同じパターンの攻撃を何度も繰り返して——闘った。素人の仕事としてはこれもまた見事なものだったが、これはただの試験だった。ダルトンはすでに彼女を死なせたくないと明言していたから、もしかしたら彼の心が本気でパリサを脅かす気になれないのはそのせいかもしれなかった。それは彼女になにかを証明させるだけのために設計されたものだった。

　迷路が終わると、城の入口へと続く長い柱廊が現れた。パリサはアーチ道をくぐり抜け、階段を一段飛ばしで上って、いちばん高い塔にたどり着いた。彼女がつくった鎧に錆が浮きはじめていた。体も薄れかけていた。時間切れが近いのだ。

　城そのものは、形の整った独創性のない想像の産物だった。おそらくダルトンがかつて訪れたことのあるどこかの城が元になっているのだろうが、細かい点には彼女が予想していなかったところもあった——壁に灯っている松明の炎は一本一本が空気の変化に反応していたし、タペストリーの色も思い出したものではなく、選んだものにちがいなかった。パリサは中央階段を上り、用意された道を進んでいったが、その両脇には家具や調度品——精巧につくられ、複製ではない——で埋め尽くされた部屋が見えた。色調は濃い青と青紫に統一されており、方向感覚を失いそうなあざのような色だった。

　廊下は狭くなりながら、踊り場から踊り場へとパリサを上へ導き、やがて彼女は曲がりくねった螺旋階段に足を踏み入れた。階段を上りきったところには三つの塔の部屋があり、それらはほかの部屋と違って扉が閉まっていた。パリサには三つの扉をすべて開くことはできても、ちらっとのぞくだけの時間しかなかった。中身を詳しく調べたければ、どれかひとつを選ばなくてはならないだろう。

　最初の扉のなかには彼女自身がいた。そのパリサ——ダルトンのパリサ——はダルトンの腕のなかで向きを変え、本物のパリサが期待に胸をふくらませて立っている廊下を見た。ああ、すると彼は、自分がほんとうに彼女をどう感じているかを見る機会を与えてくれたわけだ。つまらない。

　第二の扉を開けると、ある記憶が見つかった。見知らぬ人物、そしてナイフを手にしたダルトン。するとこれが、例の出来事か。心をそそられる。

第三の扉のなかには、鍵のかかった箱がひとつあるだけだった。それをこじ開けるにはいま持っているより多くの時間が必要かもしれないが、パリサは部屋の舞台設定に気づいて足を止めた。それはローマ広場、フォーラムだった。〈フォーラム〉。これはあとまわしにできる。待ってもいいし、自力で答えを見つけることもできる。

だからパリサは向きを変えて廊下に駆け戻り、第二の扉をぐいと押し開けた。そこではダルトンが見知らぬ人物と一緒に立っていて、ナイフがふたりのあいだで不安定に釣り合いを取っていた。

ほぼ瞬時に、パリサはダルトンの意識のなかに投げこまれ、彼女が思っていたところからはじまってはいなかったが、彼の記憶にあるその場面を生きていた。

「――ほんとうに？」

そのささやきは見知らぬ若い男から、いまより若く、ほとんど誰だかわからないダルトンに向けて発せられた。彼の髪型はいまと同じで、いつものことながら身だしなみに細かく気を配っていたが、その顔にはなにか、まったく異なるところがあった。たしかに十歳若いのだが、なにかで満たされていた。

いや。なにかが欠けていた。

「一度やれば、ぼくらは後戻りできない」その黄褐色の肌をした若者は、聞き慣れない訛りのある言葉でしゃべりながら、〈協会〉の寝室のひとつを行ったり来たりしていた。もしかしたらパリサの部屋という可能性さえあった。「きみはそれを抱えて生きられるのか？」

ベッドに横向きに寝そべったダルトンは、半分しか聞いていなかった。どこかぼんやりした様子の彼は魅力的で、彼が開いている本のまわりの空気がちらつきゆがんで、ページの上に小さな嵐が発生した。

「ぼくにはその必要はないだろう」ダルトンはいった。不気味なことに、彼は戸口に立っているパリサのほうを向いた。

「人々は、重要なのは人生の意味だと考えている」ダルトンがパリサに話しかけ、彼女は瞬きした。彼がどうやって自分の記憶を操り彼女と話しているのかわからなかったが、そうしているのは間違いなかった。部屋にいるもうひとりは行ったり来たりを続けているのに。「それは意味じゃない」ダルトンは続けた。「みんな目的を求めるが、目的はない。あるのは、生きているか、生きていないかだけだ。こういうのは好きかい？」突然声の調子を変えて、ダルトンが尋ねた。「きみのためにつくったんだ」

彼はパリサに返事をする暇を与えず、もうひとりの若者のほうに向きなおった。

「ぼくならきみを連れ戻せる」ダルトンは提案した。

パリサにさえ、この若いほうのダルトンの言葉には心がこもっていないのがわかった。

「それは無理だといってなかったか？」若者がいきなり立ち止まって尋ねた。

「やらないといったんだ。だがもちろん、ぼくにはできる」ダルトンはふたたび体をひねってパリサに流し目をくれ、不安をかきたてる笑みを浮かべた。「ぼくは与命術師だ」彼がパリサにそういったのは、もうひとりの若者には聞こえていないようだった。「死がなにか永続性のあるものだという印象は、ぼくにはない。ただしぼく自身の死は例外で、そのことが次に取った行動の説明になるだろう」

ダルトンは若者に向きなおった。「ぼくらがきみを連れ戻せないということはない」彼はそういいながら、自分が呼び出した小型の嵐を消し去った。「もしかしたら追加の試験かもしれないぞ？　もしかして常に与命術師がひとりいて、だから実際には誰も死なないのかもしれない」

なにかがきらりと光った。ナイフだ。それはパリサ自身の手のなかできらめいた。

それから彼女は衝撃を感じた。間違いなく刃が肉に刺さっていた。

それから、なんの前触れもなく、彼女はひとりで座っていた。

「こういうことはするべきではないんだが、きみに聞いてもらわなければならないんだ」今度はアトラス・ブレイクリーが行ったり来たりしていて、パリサがちらりと自分の膝に目をやると、ダルトンの指が彼女自身の指のようにかたく組みあわされていた。「彼らが殺したがっているのはきみなんだ、ダルトン。ほかのものたちはきみで合意している」

「どうして知ってるんです？」その言葉はダルトンではなく、パリサの口から出てきた。彼女はまだ同じ部屋にいて、そこは彼の部屋にちがいなかった。アトラスは暖炉のそばに立っていた。

「彼らはきみを恐れているんだ。きみは彼らの自信を失わせる」

「ずいぶんと小さな連中だ」ダルトンは不遜な態度でいうと、しぶしぶ認めた。「いいでしょう。彼らに試させるまでだ」

「だめだ」アトラスがくるりと向きを変えた。「きみは彼らの考えを変えさせなくてはならない。きみは生きのびなくてはならないんだ」

「なぜです？」

「彼らが気づいてようといまいと、〈協会〉にはきみが必要だ。きみにできること、きみならアクセスできること――」アトラスは首を振り、途中で言葉を切った。「〈協会〉が彼と一緒になにができる？　彼のようなものは前にもいた。彼のような男は裕福になり、金持ちになる、それだけだ。彼らは世界規模の寡頭政治には貢献するが、以上、それでおしまいだ。きみは別の形で必要なのだよ」

裂け目が、小さな破れ目がその場に現れ、部屋の欠片がなにもない虚空に落ちていった。パリサは一時的に失神状態に陥った。やがて彼女の前にはふたたびダルトンが座っていて、パリサは視野の黒い点を追い払おうとむだに瞬きし、ふたたび鎧姿で、彼の城のこぢんまりとしたほとんどなにもない塔の部屋に座っていた。

今回彼らはふたりきりで、それぞれ特徴のない木の椅子に座っており、ダルトン――この若いほうの彼――は彼女の顔のすぐ前まで身を乗り出していた。

「彼らはぼくになじんだ」ダルトンはいった。「そしてぼくは殺すのは嫌いだった。ぼくは与命術師だ」まるでそれがすべてを説明するかのように、彼はつけ加えた。パリサは、ある程度はそうだろうと思った。

「あなたは命をもたらす」彼女はそう口にした。

「ぼくは命をもたらす」彼は同意した。

それが記憶であれ、ホログラムであれ、幽霊であれ、彼には改竄された形跡があり、パリサが知っている細かいことにこだわるダルトンらしくない、ぎくしゃくした動きが見て取れた。

ダルトンがどの程度正直に話しているのかは、はっきりしなかった。彼の記憶は過去の経験によるトラウマか、それとも現在の彼自身の器用な手によって、明らかにつくりかえられていた。

「あなたはわたしを利用してるの？」自分が不用意にどこかへおびき寄せられるままになっているのかもしれないと思いながら、パリサは尋ねた。

若いほうのダルトンは、素晴らしい笑みを浮かべた。

「きみには別の部屋を見てほしかったな。それならふたりとも大いに楽しめたのに。この部屋は退屈だ」

「あなたは彼に嘘をついたわね」パリサは気づいたことを口にした。「もうひとりの候補者に。呼び戻してやるといったでしょう？」

「彼はけっして実際に同意してはいなかった。ぼくにその気がないことはわかっていただろう」

「彼を殺すこと、それとも連れ戻すこと？」

「たぶん、両方だろうな」

「だから彼は、ほかの人たちにあなたを殺せといったのね」

「ああ」

「そしてあなたは、彼らを説得して殺す相手を変えさせた？」

「そうだ」

「難しかった？」

「いや。彼らはそれが自分じゃないことを、ただ喜んでたよ」

「それで、どうして彼を連れ戻さなかったの？」

「手間がかかりすぎる」ダルトンは肩をすくめた。「それにどのみち、ぼくは間違ってた」

「どこが？」

「すべてだ」また肩をすくめた。「いつも誰かが死ぬんだ。そうでなくてはならないし、そうしないとまずいことになる」

「どんなまずいことになるの？」

ダルトンはどうでもいいというように、ちらりと彼女を見た。

こちらの彼は、パリサが想像していたのとはまったく違っていた。

「〈フォーラム〉ってなに？」かわりにパリサは尋ねた。

「退屈だな」ダルトンはいった「〈協会〉に採用されなかったものたちさ」

「あなたは興味ないの？」

「誰にでも敵はいる」

パリサは違和感をおぼえずにはいられなかった。なんらかのちょっとした異常、細かい部分のずれ。

「どうしてあなたはまだここにいるの？」パリサは尋ねた。「〈協会〉に。なぜあなたは残ったの？」

ダルトンはいつのまにか前に出て、ぶらぶらとパリサのほうに近づいており、その瞬間、彼の正体の見当がついた。いきなり動きだした彼の姿は、かすかにちらついていたのだ。生きてはいるが、かろうじてだ。意識はあるが、制御されていない。幽霊ではない。記憶でもない。

「あなたは与命術でつくられた被与命体なの？」前にした質問を忘れて、パリサは尋ねた。

ダルトンの口が苦々しげにゆがみ、唇が開いた。

そのときパリサは襟をつかまれ、後ろに引きずられるのを感じた。

「出るんだ」低い声がいった。「いますぐ」

彼女は弾かれたように起き上がった、いや、起き上がろうとしたのだが、気がつくと自分自身の意識に戻り、麻痺した体を横向きにして寝ていた。本物のダルトンに頭を抱かれており、また徐々に自分の体を占めるようになるにつれ、パリサは自分が発作を起こしていたことに気づいた。いまさら気づいても遅いが、自分の舌で窒息しかけ、吐きそうになっていたのだ。

パリサは無理をしすぎていた。かたわらの砂時計はとうに落ちきっていて、ダルトンの表情からすると、目覚めさせるのはかなり大変だったようだ。

パリサは瞬きしながら慌てて彼から離れた。「あれはなんだったの？」

ダルトンは顔をしかめた。「あれはなんだった？」

「最後に聞こえた声、あれは――？」

彼女は途中でやめて、目をぱちぱちさせた。

いま、ダルトンの顔にはなにかがあった。老けてはいたが、そういうことではない。十年前の記憶のなかでは、彼は二十代のはじめだったはずだが、それだけではない。いまとは表情が異なり、より不安に苛まれていた。あのときパリサは、若いほうのダルトンの思考を読もうとはせず、直接話しているつもりだったが――どのみち彼らはふたりとも、彼の頭のなかにいたのだ――いまにして思えば、それが間違いだったことがわかった。

あのときの彼がなんであったにせよ、現在のダルトンにはその痕跡はいっさいなかった。それは緩んでほつれた糸のようなもので、なにかが解けて切断されていた。ダルトンの頭のなかにいたのが何者であれ、それは彼から失われていた。

「あなたは完全じゃない」パリサは気づいたことを声に出した。「そうでしょう？」

ダルトンはじっと彼女を見つめた。「なんの話だ？」

「あれ、あの被与命体は――」

「きみはまったく試験に取りかかっていなかった」彼がゆっくりと口を挟むと、今度はパリサがじっと彼を見つめた。

「どういうこと？」

「きみはどこにいたんだ？」今度は心配そうに、ダルトンは彼女に迫った。「きみを感じることはできたが――」

　パリサは漠然とした不安に体が震えるのを感じた。

「それってなんだったの？」彼女は尋ねた。「あなたの試験というのは」

「銀行の金庫室だよ。ダイヤル錠のついた。基本的にはパズルだ」

　それなら、パリサが彼の頭のなかで侵入したのはなんだったのだろう。奇妙だ。奇妙どころではない。彼が説明した状況は簡単そうに、初歩的にすら聞こえた。要するにそれは、テレパスではない相手に期待されるようなもので、彼女が見つけたものには似ていなかったということだ。

「その銀行の金庫室にはなにが入っていたの？」パリサは用心深く尋ねた。

「羊皮紙が少し、重要なものはなにも……。数分で見つかるはずのものだ。きみはどこにいたんだ？」ダルトンはふたたび、より切羽詰まった調子でいったが、今度はパリサは答えなかった。

あれがどこであったにせよ、彼女を引っ張り出したのはアトラス・ブレイクリーだという確信がますます強まっていた。

レイナ

彼らは十二月の連休の頃に休暇を与えられ、希望すれば帰省してもかまわないことになっていたが、レイナは断固として拒否した。

「誰かが結界の番をするために残るべきじゃないの？」彼女は個人的にダルトンに尋ねた。

「アトラスとわたしがここにいる」彼は答えた。「週末だけのことだ」

「わたしはクリスマスは祝わない」迷惑な状況に不機嫌になって、彼女はいった。

「ほとんどのメディアンはそうだ」ダルトンは同意した。「しかし〈協会〉は常人の祝日に、毎年恒例の行事を催している」

　レイナは顔をしかめた。「わたしたちは〈協会〉の行事には招待してもらえないの？」

「きみたちは有望な研修生であって、会員ではない」

「でも、ここで暮らしているのはわたしたちなのに」

「そう、そしてきみたちのうちひとりは」ダルトンは曖昧にいった。「一年が終わるまでにはいなくなっているだろう。だからだめなんだ。きみたちは招待されない」

帰省するという考え（「家族」や「充分な睡眠」とともに無意味な概念）は、理解しがたいものだった。忌まわしくさえあった。現在彼女は、パリサが持っているのを見かけた魅力的な手稿――イブン・シリンによる夢の神秘主義的研究についての、あるメディアンの著作――を読んでいるところで、潜在意識のなかの領域という概念に興味を抱くようになっていた。ニコもその手稿に少し興味を示しており、彼女はそれを明確な重要ポイントだと考えていた。彼に翻訳を頼まれたルーン文字の件と同様、彼が夢に関する本になにを求めているのかはわからなかった。彼は歴史心理学にも、物理学の奇跡に変えられないものにもいっさい関心がなかったが（理解しがたいほど驚異的な存在でいるのを許してもらえないときには、ニコはとても不機嫌だった）、それでも議論できる相手がいるというのはいいものだ。ほかのものたちはたいていが自分の研究に関してはひどく秘密主義で、その理論を他人に知られないように守っていた。

ニコはいつも彼女に対していちばん開けっぴろげで、冬の休暇のあいだニューヨークに招待するとまでいいだした。「きみはマックスが大嫌いになるだろうな」スパーリングの最中に彼が幸せそうに名前を挙げたのは、おそらくルームメイトのひとりだろう、とレイナは思った。「きみはあいつを殺したくなる。そしてその場を離れた五分後には、ほんとうは愛してることに気づくんだ。ギデオンはその反対だな」彼はつけ加えた。「これまでこんなにいいやつには会ったことがないと思ってたら、いつのまにかお気に入りのセーターを盗られてるのさ」

レイナは右を強く打ちこむふりをし、ニコはそれを本のように読んだ。彼は一方の手を自分の頬にあて、もう片方の手をそのゆがんだ笑みに似合った信じられないほどの傲慢さで垂らして、するりと後退した。それから**ほらほら、もう一度**、というように軽く手招きした。

二十代はじめの男子ばかりのところに泊まることを考えると、レイナは不愉快なかゆみをおぼえた。「遠慮しとく」彼女はいった。

ニコはそんなことで侮辱されたと思うようなタイプではなかったし、予想どおりだった。「好きにするさ」彼が肩をすくめて大ぶりのフックをかわしたとき、レイナはリビーが唇を軽くゆがめて自分たちのほうをちらりと見たのに気づいた。リビーは恋人に会うのを楽しみにしていて、つまり本人はそういっていたのだが、レイナにはそうは思えなかった。リビーの恋人（誰も彼の名前を思い出せなかった、それとも実際にはリビーから一度も聞いたことがなかったのかもしれない）は間の悪いときにばかり電話してきて、スクリーンに目をやったリビーは苛立たしげな顔になった。もちろん彼女は自分が迷惑がっていることを、ほかの誰よりもニコに対しては激しく否定したが、レイナの知るかぎりでは、恋人のことでなにかいわれるとリビーが見せる条件反射的な反応は、しかめ面を素早くこらえるためのものだった。

短い休暇を前にして、ほかのメンバーも大部分はレイナと同じように気乗りがしない様子だった。トリスタンはここを離れることをひどく恐れているようで、それはたぶん、そもそもここにくるために様々な種類の橋を燃やしてしまったからだろう。パリサは一時的な追放に苛立って、いつものように神経質になっていた。カルムは例によって、どちらだろうとあまり気にしていないようだった。帰省することにいくらかでも心から関心を抱いているらしいのは、ニコだけだった——もっとも、ニコは概して順応性が高かったから、どんな環境でもしばらくは耐えられる程度に居心地よくできるのではないだろうか。

この数カ月間は、比較的平穏な日々だった。彼らは全員がある種のリズムに乗っており、自分たちの壊れやすい平和が乱されることになるのは、特別不都合で、厄介なことにすら感じられた。たしかに彼らは絆で結ばれてはいなかったが、少なくともしつこい緊張感に悩まされることなくおたがいの物理的空間に存在する程度には、親しみをおぼえていた。タイミングというのは微妙なものだ、とレイナは思った。そして屋敷の植物たちは、近々彼女がいなくなることをおおっぴらに嘆いていた。

結局、レイナはロンドンにとどまることにした。

あえて〈協会〉の屋敷の敷地から外に出たことは一度もなかったため、いまの彼女は表向き、自分が暮らす街の観光客だった。一日目はグローブ座を見学し、それからロンドン塔をぶらついた。二日目の朝は早足でキョウト・ガーデンを散歩したあと（霜で覆われた木々は機嫌よく身を震わせ、ささやくように自分たちの起源を物語った）、大英博物館を訪れた。

ウタマロが描いた日本の高級娼婦の絵を見ていたとき、誰かが後ろで咳払いをして、彼女を苛立たせた。

「購入されたものだ」髪の薄くなった南アジアの紳士が、英語で彼女に話しかけてきた。

「なんの話？」レイナは尋ねた。

「購入されたものだ」紳士は繰り返した。「盗まれたのではない」

彼の発音は完全に英語らしいわけではなく、複数の言語の響きが混じっていた。

「申し訳ない」彼は訂正した。「専門用語では『取得された』というのでしたな。イギリス人は盗んだと非難されるのをいやがる」

「たいていの人はそうだと思うけど」レイナはそうであることを願いながらいった。

あいにくそうではなかったが。

「少なくともいくらかは貢献している」紳士は続けた。「ここにある世界の宝は隠されるのではなく、展示されている」

レイナはうわの空でうなずき、向きを変えて立ち去ろうとしたが、その紳士も彼女に続いて向きを変え、並んで歩きだした。

「十年ごとに世界で最も将来性のあるメディアン六人が、姿を消す」彼の言葉を聞いて、レイナは口元を強ばらせた。「彼らのうち数人は、二年後に現れて権力や特権のある地位に就く。あなたはなにか持論をお持ちではありませんか？」

「なにがほしいの？」レイナは痺れを切らして尋ねた。不作法だと思われたのなら、それでもいい。彼女は特に礼儀正しくする必要性は感じなかった。

「あなたはトウキョウにおられるものと思っていましたよ」まるで彼女が口を挟んだことなどまったくなかったかのように、男はさっきの考えの続きを口にした。「実をいうと、われわれはもっと早くここにきていたのですが、あなたの行方を捜すのは簡単ではありませんでした。あなたのようなかたのご家族は――」

「家族とは連絡を取ってない」レイナはいった。家族は彼女を求めていなかった。彼女は家族を求めていなかった。どちらが先かは問題ではない。「それに煩わされたくもない」

「ミス・モリ、もしよろしければ少しお時間を——」

「あなたは明らかに、わたしが誰かを知ってる」レイナはいった。「だったら、わたしがすべての申し出を断ってきたことは知ってるはずじゃないの？　なにを受け入れたと想像しているのかは知らないけど、わたしは受け入れてない。それにあなたがどんな申し出をするつもりだろうと、それもお断り」

「きっとあなたはなんらかの恩義を感じておられるにちがいない」男はいった。「あなたのような学者なら、アレクサンドリアンの記録にアクセスすることには価値があると考えるはずだ」

レイナは身を強ばらせた。アトラスはいつも、〈協会〉は一定のグループのあいだでは知られた存在だといっていたが、それでも自分がとても大切にしている場所についてこれほど公然と無頓着に言及されることがあるとは、考えたくなかった。

「その書庫になんの意味があるのでしょう？」男は彼女の顔に浮かんだ表情をとらえて、たたみかけた。「そこから学ぶことができるのが、世界の魔法人口のうちごくわずかなものに限られているのなら。少なくともこの博物館に収められている美術品は、常人界全体に提供されている」

「知識は管理するものを必要とする」もう用はないといわんばかりにいって、レイナはいまにも背を向けようとした。

男が彼女を止めた。「知識を管理するには、しまいこむよりも良い方法がありますよ」

別バージョンのレイナなら、彼に同意していたかもしれない。だが実際には、ほんの一瞬、目をやっただけだった。

「あなた何者？」

「大事なのはわたしが何者かではなく、なにを支持しているかですな」男はいった。

「それでなにを？」

「情報の自由。平等。多様性。新しい発想」

「それで、わたしからなにを得られると考えてるわけ？」

「〈協会〉は本質的に階級差別主義者ですよ」男はいった。「最も高度な訓練を受けたメディアンだけがその地位に達し、その書庫は誰に監視されることもなく、エリート主義的な体制を守るだけのために奉仕する。世界の宝がすべて、ひとつの屋根の下にあり」彼は挑発するようにいった。「たったひとつの組織がその配分を管理する？」

「わたしは」レイナはいった。「あなたがいってることはなにも知らない」

「たしかに、あなたはまだ会員ではありません」男は声を落として同意した。「あなたにはまだ、別の選択をする機会がある。あなたは〈協会〉の規則にも、その秘密にも縛られていない」

「仮にその話にあてはまることがあるとしても」レイナはつぶやいた。「わたしからなにがほしいの？」

「ミス・モリ、大事なのはわれわれがあなたからなにがほしいかではなく、われわれがあなたになにを提供できるかです」男は内ポケットから一枚の名刺を取り出し、彼女に手渡した。「いつか、ご自身の選択によって身動きが取れなくなっているのに気づくことがあれば、われわれにご連絡ください。あなたの声が届くように手配しましょう」

その名刺には男の名前なのか、仮名なのか「ノザザイ」とあり、裏には「〈フォーラム〉」とあった。もちろん、〈協会〉のすべてを破壊する存在であるという証明書だ。ローマ市民広場《フォロ・ロマーノ》はアイデアの市場であり、世界で最も名高い集会場であった。商業、政治、礼節の中心地であった。つまり、〈協会〉は閉ざされた扉の奥に閉じこもり、〈フォーラム〉はすべての人に開かれていたのだ。

しかし、そもそもアレクサンドリア図書館が身を隠さざるを得なくなったのには理由があった。

「あなた、ほんとうに〈フォーラム〉の人間？」レイナはまだ名刺に目をやったまま、曖昧な口調で尋ねた。「それともたんなる暴力団？」

彼女がちらりと目を上げても、彼――ノザザイ――は視線をそらさなかった。「あなたになにができるかは秘密ではありません、レイナ・モリ」彼はそういってから、いいなおした。「少なくとも、あなたになにができたかは秘密ではない。われわれは隠された世界の市民ではなく、世界経済――全人類――の構成員です。われわれが生きているのは困難な世界で、進化と後退の瀬戸際にあり、真の変化を起こす機会を与えられたものはほとんどいない。〈協会〉のようなものが持っている力は、この世界を高めることはありません。持ち主を変え、その強みを囲いこみつづけるだけです」

　それは昔からある議論だった。なぜ帝国を受け入れ、民主制を取らないのか？　〈協会〉版の答えは明白だった。自治にはなじまないこともあるからだ。

「あなたはわたしの立ち位置からはなにも貢献できないと思ってる、そういうことね？」レイナは迫った。

「あなたが多様な不満が混じりあった存在であることは明らかだと思っています、ミス・モリ」ノザザイはいった。「あなたはご自身のものも含め、あらゆる形の特権に対して反感を抱いておられるが、現在の制度を破壊したいという強い思いは示しておられない。わたしはいつかあなたがご自身の信念に目覚められるだろう、そしてそのときにはなにかがあなたを突き動かすだろうと思っています。そしてそれを引き起こすのが誰になるにせよ、あなたがわれわれのことを検討してくださるのを期待しているのです」

「つまり、わたしがなんらかの暴政の片棒を担いでいると非難してるわけね？」レイナは尋ねた。「それともそれは、あなたの勧誘戦術が意図せずもたらした結果なの？」

男は肩をすくめた。「権力がごく限られたものの手に握られることはあってはならないというのは、歴史によって証明された事実ではありませんか？」

「暴君ひとりにつき、自滅する自由な世界がひとつ存在する」レイナは傲慢さの欠点を把握するのに充分なだけ、古代史を知っていた。「権力はそれを悪用するもののためにあるのではない」

「自らを高潔であると認識しているのが、最悪の暴政なのではありませんか？」

「強欲は強欲」レイナはきっぱりといった。「たとえあなたが認識している〈協会〉の欠点を認めたとしても、どうしてあなたたちの意図はどこか違うと信じなくちゃいけないの？」

ノザザイは笑みを浮かべた。「ミス・モリ、わたしはただ、じきにあなたがその件について立場を変えるのではないか、そしてそうなったときに、ご自身がやりたいようにやらせてもらえるわけではないと知ることになるのではないか、と思っているだけですよ。もし味方が必要なら、あなたにはいます」彼はそういうと、深くお辞儀をした。

その瞬間、レイナは前にもこれと同じような場面があったことを思い出した。

「あなたはある種の〈管理人〉なの？」アトラス・ブレイクリーの名刺のことを考えながら、レイナは尋ねた。彼女に取ってかわるかもしれないほかの候補者たち――アトラスが特に挙げていた、それがどういう意味かは知らないが、旅人のような――について彼がいっていたことが、どういうわけか記憶に蘇ったのだ。〈フォーラム〉のメンバーは、たんに〈協会〉に切り捨てられたものたちなのだろうか？

「いいえ、わたしは別にたいしたものではありません。それに〈フォーラム〉は、自分の面倒は自分で見ていますから」ノザイはそういうと背を向け、それから立ち止まって半歩引き返した。「ところで」彼は小声でつけ加えた。「ひょっとしてもうご存じでしょうか？　トウキョウの大富豪サトウが、議会の補欠選挙で現職を破って当選したことを」

アイヤの名前が出たことにはっとしたが、レイナはそれを表に出さないように努めた。

「どうしてわたしがアイヤ・サトウのことを気にするっていうの？」

「ああ、きっとそんなことはないでしょうな。しかし、実に興味深い――現職議員の汚職を暴いたのは彼女だったのですよ。まるで政府自身もつかんでいない情報を持っていたかのように。もちろん現職議員は否定していますが、誰を信じればいいのでしょうな？　サトウ自身の調査書類以外に証拠はありませんから、われわれが知ることはけっしてないのかもしれません」

　ふとレイナは、閲覧室での短いやりとりのあいだにアイヤが呼び出していたもののことを思い出した。題名の書かれていない本。レイナは素早く瞬きしてそれを払いのけ、自分の思考をぼやかそうと努力した。たとえこの男がパリサほどの熟練したテレパスではなくても、彼女の頭のなかをつつく方法はほかにもあった。

「暗殺」ノザザイがいった。「常人の著作権登録はされてもけっして公有財産にはならない、新しい科学技術の発達。上流階級にだけ売られる新しい兵器。主戦論者が支配する国家のために密かに開発された宇宙計画。報道されずに終わる生物兵器を用いた戦争、貧困の縁に取り残された口にするのもはばかられるような人々を一掃する病気」

「それが〈協会〉のせいだっていうの？」主張の範囲が広すぎるし、レイナが考えるかぎりでは、実行は可能だが理解を超えている。

「わたしは〈協会〉を非難します」ノザザイは明言した。「そうした蛮行を引き起こすのが〈協会〉の仕事でないのなら、どうしてそれを防ぐ努力をしないのでしょう？　必然的に、得をするからにちがいない」

　博物館の管理事務所のどこかで、渇き死にしかけている小さなシダが、か細い悲痛な叫びを上げた。

「常に誰かは得をする」レイナはいった。「常に誰かが損をするのと同じようにね」

ノザイはがっかりしたような素っ気ない目つきで彼女を見た。

「ええ、そうでしょうね。それではごきげんよう」彼はそういうと博物館の人の流れのなかに戻っていき、残されたレイナは彼の名刺に目を落とした。

奇妙なのは、彼が現れたタイミングだ。たしかに予感はしていた。〈協会〉の壁の外に踏み出した瞬間、レイナがその内側に見出していた平穏がなにかに乱されることは。

それにしても、考えてみれば、そのタイミングはあまりに奇妙だったかもしれない。あの自称ノザイが、〈協会〉の結界に邪魔されずに彼女にたどり着ける機会は、疑わしいほど限られていた。レイナが屋敷に戻る予定の時刻まで、週末の休暇の残りはあとほんの数時間で、推測でなんとかするにはあまりに範囲が限定されていた。

これもまた、着任式のときのように〈協会〉の試験だったのだろうか？

〈協会〉への入会をなにかに妨げられることを思うと、レイナは反射的に指を握ってしまい、手のなかの名刺がくしゃくしゃの迷惑なかたい球になった。

ほかのみんなは力を使って好きなことができるだろう。レイナは名刺をゴミ箱に放りこむと大股に寒いなかに出ていき、歩道のひび割れのあいだから顔を出した木の芽は無視した。世界を救うために〈協会〉に刃向かうべきだという議論自体、ばかげたものだった。

たとえばレイナ自身の才能を考えてみるといい。無責任に人口を増やしすぎた惑星を維持するために彼女の自由を犠牲にしろとほのめかすのは、なにも〈フォーラム〉が初めてというわけではなかったはずだ。そのような過度な要求というものがあり、レイナはこれまでの人生で、他人の要求というものがよくわかっていた。たとえ、あるいはひょっとすると特に、彼女のことをまったく求めていなかったものたちの要求であっても。

ペルセポネがさらわれたのか、それとも利用されるのを避けるためにデメテルから逃げたのかは、見方次第だ。いずれにせよ、彼女は自らが女王になっていた。〈フォーラム〉だかなんだか知らないが、彼らはレイナが信念を持たないことを悪く取っていた。だが実際には、彼女の信念ははっきりしていた。すなわち、見返りなしに血を流すつもりはない。

もしこの世界がレイナから奪えると感じているなら、好きにすればいい。彼女は喜んで世界から奪うだろう。

訳者略歴　関西大学文学部卒，英米文学翻訳家　訳書『魔道士の掟』グッドカインド，『ヴァンパイア・アース』ナイト，『空の都の神々は』ジェミシン，『世界を変える日に』ロジャーズ，『竜に愛されし少女イオナ』グッドマン（以上早川書房刊）他多数

HM=Hayakawa Mystery
SF=Science Fiction
JA=Japanese Author
NV=Novel
NF=Nonfiction
FT=Fantasy

アトラス6
〔上〕

〈FT617〉

二〇二三年三月二十日　印刷
二〇二三年三月二十五日　発行
（定価はカバーに表示してあります）

著　者　オリヴィー・ブレイク
訳　者　佐《さ》田《だ》千《ち》織《おり》
発行者　早川　浩
発行所　株式会社　早川書房

郵便番号　一〇一 - 〇〇四六
東京都千代田区神田多町二ノ二
電話　〇三 - 三二五二 - 三一一一
振替　〇〇一六〇 - 三 - 四七七九九
https://www.hayakawa-online.co.jp

印刷・株式会社亨有堂印刷所　製本・株式会社フォーネット社
Printed and bound in Japan
ISBN978-4-15-020617-8 C0197

本書は活字が大きく読みやすい〈トールサイズ〉です。